我们的父亲母亲

Ⅱ

何晓
—
编

SPM 南方传媒 | 广东人民出版社
·广州·

图书在版编目（CIP）数据

我们的父亲母亲．Ⅱ / 何晓编．—广州：广东人民出版社，2023.7

ISBN 978-7-218-16555-4

Ⅰ．①我…　Ⅱ．①何…　Ⅲ．①散文集—中国—当代　Ⅳ．①I267

中国国家版本馆CIP数据核字（2023）第078149号

WOMEN DE FUQIN MUQIN Ⅱ

我们的父亲母亲 Ⅱ

何晓　编

出 版 人：肖风华

责任编辑：李力夫
责任技编：吴彦斌　周星奎
装帧设计：安　宁

出版发行：广东人民出版社
地　　址：广东省广州市越秀区大沙头四马路10号（邮政编码：510199）
电　　话：（020）85716809（总编室）
传　　真：（020）83289585
网　　址：http://www.gdpph.com
印　　刷：三河市中晟雅豪印务有限公司
开　　本：880mm×1230mm　1/32
印　　张：9.5　　**字　　数**：189千
版　　次：2023年7月第1版
印　　次：2023年7月第1次印刷
定　　价：52.00元

如发现印装质量问题，影响阅读，请与出版社（020-85716849）联系调换。
售书热线：（020）87716172

目录

第一章 ——— 天下至味，不过一碗人间烟火

第二章 ——— 所谓“破防”，就是瞬间读懂漫长

第三章 ——— 人间清醒，体味平凡琐碎的美好

第四章 ——— 愉色而养，心有阳光世界明亮

第五章 ——— 至善无痕，春风化雨计之深远

第六章 ——— 风化于成，从一个人的坚守开始

第七章 ——— 走出少年，走不出他们的目光

第八章 ——— 有种铭记，叫永远不需要想起

第一章 ———— *Chapter 1*

天下至味，不过一碗人间烟火

王占武

母亲的手擀面

北国的春天，乍暖还寒的季节，不小心得了感冒，浑身说不出的酸痛，食欲也大减。妻子望着桌上做好的饭菜，无奈地说：“这么多好吃的，真不知你想吃什么？”“母亲做的手擀面。”我脱口而出，在我心中，那是天下最好的美食。

我的家乡在豫西偏远农村。母亲是个苦命人，她二十岁出头时，姥爷得了重病卧床不起，舅舅才九岁，当时农村搞生产队，吃大锅饭，靠挣工分养家。母亲毅然扛起了家里的重担，勤劳、朴实的她对农活和家务活样样在行，尤其擅做手擀面，在街坊中很有名声。

我的童年正值20世纪70年代中末期，物质还很匮乏。中原大地，一日三餐以面食为主，打我懂事起，每天午饭吃捞面，晚饭喝汤面，基本雷打不动。吃饭的时候，乡亲们一人端一海碗面条，走街串巷聚在一起边吃边唠，那场景不像是吃饭，更像是开会。

家乡地处丘陵地带，水浇地少，农作物以地瓜、花生、棉花为主，当时小麦磨成的白面是稀有品，家中常吃地瓜面做的面条，只有在过生日或过节时才能吃一次白面做的面条。地瓜面不筋道，和面、擀面很有讲究，若是哪一个环节掌握不好，面就擀不到一起，下锅煮完筷子也挑不起来。母亲擀的地瓜面总是不软不硬特别好吃。每天放学回去冲进家门，总能听到擀面声，我就飞奔着跑进厨房，坐在案板边的小凳上，看母亲忙碌的身影，不一会儿，面前就会有一碗热腾腾的手擀面。我到现在都认为，温暖的厨房里，沸水蒸腾的氤氲之气中，母亲那擀面的身影，是千万儿女心中母爱的缩影；那擀面杖撞击面板的声音，更是赞颂天下母亲最美的音乐。就这样，我吃着母亲做的一碗碗手擀面，咿呀学语，蹒跚走路，慢慢长大。

我四岁那年的春天，有一次不知吃了什么开始拉肚子。那时农村的医疗条件差，整个村里都没有卫生所，赤脚医生开了点药吃却不见好转，到第三天晚上开始伴着发烧，母亲心疼不已。下半夜，母亲决定带我去乡医院。父亲和村里的壮劳力当时在离家很远的农田水利工地上，母亲把十五岁的小姑叫起来，自己拉上架子车，提起麻油灯，让小姑抱我坐在车上就往乡医院赶。漆黑的夜晚，崎岖的山路，母亲紧拉快走，头发、衣背全被汗水打湿，终于在天微亮前赶到了乡医院。医生诊断是重症痢疾，输完两个吊瓶再回到家时，天又黑了。一连几天生病，我变得面黄肌瘦、皮包骨头，躺在床上眼睛都睁不开，母亲喊一嗓子眼皮抬一下，除了喝点开水，什么也不吃。当时家里也实在没什么吃的，面缸里只有地瓜面，母亲决定到街坊邻居家借点白面，擀面条给我补补身体。正是青黄不接的季节，母亲摸黑走了两道街，敲开了五家门才借来了两勺白面。当晚先给我擀了一碗白面条吃了，随后两天，又用剩余的一点白面裹着地瓜面擀了几顿面条，吃了后我的身体才一点点有了好转。母亲是要强的人，一辈子很少求人，许多难关都是自己咬牙挺过去。那时家家都不容易，想借点东西都要挨家挨户去讨。现在想想，人有时候是多无助，才会如此低声下气地去讨要，更不要想当时母亲那软弱的声音和躲闪的眼神，可母亲为了我，宁愿忍受一切去这样做。

我始终认为，从小病弱的我，能够健康成长，离不开母亲做的手擀面的滋养。如今，我入伍离开家乡已二十余年了，现在物质丰富、工具发达，家乡的人也很少擀面条了，远在故乡的母亲也慢慢变老，再也擀不动面条了。但母亲做的手擀面，我却总在伤痛和软弱时想起，我知道，那一碗面汇聚的是母亲的坚韧、宽容、慈爱，给我的是力量，是慰藉，是希望。写到这里，有种抑制不住要打电话的冲动，电话那头母亲轻轻地喊了一声我的乳名，我竟一时无语，泪水模糊了双眼……

孔昭凤

妈妈的“黄豆四重曲”

今日，在搞迎年彻底卫生时，耳畔突然就回荡起童年里，妈妈每年腊月挂在嘴边的似吟似唱：“小孩小孩你别馋，过了腊八就是年；腊八粥，喝几天，哩哩啦啦二十三；二十三，糖瓜粘；二十四，扫房子；二十五，磨豆腐；二十六，炖猪肉；二十七，宰公鸡；二十八，把面发；二十九，蒸馒头；三十晚上熬一宿；初一、初二满街走……”

儿时，之所以企盼妈妈的这一吟诵，是因为，一年到头，妈妈从吟诵这段民间谚语起，便不会再轻易责骂孩子，并且，随着年节的临近，好吃、好穿的也会相继而来。哥哥姐姐们都在盼杀猪宰鸡，而我只对吟诵中的“二十五，磨豆腐”情有独钟。

现在，豆腐几乎是餐桌上最廉价的菜品。可在那个困难年代的农村，豆腐还不是寻常人家所能吃到的呢。而我的妈妈，每年春节都能变戏法般亲手制作出老豆腐。

童年时光里，生产队还不许农民有自留地，更不许农民搞多种经营。但那时，我家住在方圆一公里没有人家的山坳里，妈妈每年都偷偷地在山坡上开出一块地：春天撒上豆种，秋天便能收回一袋子黄豆。

妈妈把黄豆视若珍宝一样藏在矮屋里一个带盖子的瓷缸中，等到腊月二十四晚上，才揭开瓷缸盖子，揭开层层包裹，首次启用黄豆。妈妈首先用秤称出20斤黄豆，拣出豆荚碎和小石子等杂物后，把干净无杂物的黄豆哗啦啦倒入水桶，再往水桶里注满山泉水。那一桶黄豆，潜伏在水桶里，经过一个晚上卿卿我我的拥挤沉睡之后，在次日早晨，粒粒都变得丰盈圆润起来。腊月二十五的早晨，天刚蒙蒙亮，妈妈便给吃饱喝足的小毛驴围上眼罩，套到石磨上。小毛驴听话地一圈又一圈拉磨前行，妈妈则极其耐心地把泡好的黄豆加上适量的山泉水，一勺一勺添加到磨眼里，间断地、再准确无误地把流淌到磨盘上的黏稠豆浆，适时收拢到一个干净的水桶里……

这样的程序一直要重复持续到所泡的黄豆全部磨完，所需的时间要足足一个上午呢——第一次从书本上接触到"磨光阴"一词时，我的思维，立马就跳跃到了当年跟妈妈一起磨黄豆的现场。

妈妈把磨好的黏稠豆浆挑回家，加山泉水稀释后，再将一张大大的白色网布的四角用绳子系在与家里大锅对应的房檩上，在空中悬起一个大网兜。这时，妈妈会指派最有力气的四哥，用水瓢把稀释好的豆浆盛到网兜里。于是乎，锅之上，网兜之下，便会凭空流淌出一股乳浆般的小瀑布。

当网兜里豆渣渐多时，妈妈适时盛出豆渣放到干净的盆里留作他用。待所有的豆浆都过滤一遍后，便开始起火烧锅。锅里的豆浆表层开始起泡“眨眼睛”了，妈妈会把我们所有的小孩子都赶到远处观望。妈说，即将沸腾的豆浆一旦掌握不好火候，就会溢锅沸走，她要全神贯注盯着锅里的豆浆，在豆浆沸腾的一刹那，灭掉锅底下的火。

然后，是按比例点卤水。待满锅的豆浆华丽变身为无数朵棉絮状的豆花儿时，妈妈的脸庞也会随之绽开花儿样的笑容，随即将一朵朵豆花儿盛到一个个铺着纱布的专用模板盒里。每个模板盒子装满后，再用纱布把豆花儿“集合”扯出棱角来包好，一个模板压一个模板，如此层层叠叠地在最上层恰到好处地嵌入一块木板，木板之上压一重物。待到豆腐模板下不再滴水时，一盒盒老豆腐便大功告成了。

妈妈对自己制作的老豆腐的质量要求几近苛刻：每当豆腐做好后，妈妈都会随手取一块豆腐来称，如果秤钩能勾起，则意味着来年将有好收成，妈妈的脸上便会笑靥如花。

当晚，妈妈会先拿出一方豆腐敬天地，然后，切好两盘豆腐让家人蘸酱尝鲜。接下来，将一部分豆腐切片，在大锅里用小火烙成琥珀色的豆腐干；将一部分豆腐切成无数个一寸见方的豆腐块，拿到雪地里制成冻豆腐；将剩下的豆腐泡在一个清水盆里保鲜。如此，正月里来客时，妈妈亲手做的豆腐，至少可以烹饪出三个菜来款待客人。

那个年代，妈妈这大年里的山水老豆腐，是最令众亲友称羡的啦。

前面提到的豆腐渣，现在的人几乎都当废品扔掉了，妈妈却是变废为宝地充分利用了起来。

农历二十五，做豆腐的庞大工程完工后，妈妈不停歇地把豆腐渣放在大锅里温火煮熟，煮的过程中，还要不停地用锅铲翻锅，为的是保证豆渣煮熟又不粘锅。翻锅是个力气活儿，妈妈三九天里脱了棉袄还能累得满头是汗。

豆渣炒好后，妈妈把豆渣与早已备置好的炒玉米粉按照比例搅拌在一起，然后，就轮到四个哥哥上阵比武啦。妈妈让四个哥哥把搅拌好的混合物，用力揉搓成一个个“铅球”，成形的过程要经过摔、揉、拍、团、滚等多道工序，为的就是让“球体”夯实浑圆。如果做得不瓷实，球体就会内里发霉。为了保质保量，妈妈严格要求每个哥哥在各自的“作品”上签名留存。以便来年拆封使用时评优劣。于是，哥哥们便铆足了劲儿等着评先创优，谁都不肯出次品。

“铅球”做好后，妈妈会整齐码放在一个装有稻草的筐里，再覆盖一层稻草后，把大筐悬挂在厨房的大锅上方的房檩下，任凭大锅一日三餐散发出的蒸气熏。

大人孩子暂且把那一筐“铅球”忘到脑后的日子里，妈妈还会两次用到黄豆。

立春的前一周，妈妈会再次启用黄豆。经过一夜的山泉水浸泡后，妈妈把饱涨的黄豆集结到一个专用的木盆里——那个木盆妈妈是不允许我们任何人私自触碰的，每天必须由她一个人亲自喷水、查看、打理。待到立春那天，一小盆黄豆便蓬勃出了一大盆春色盈盈的豆芽。那一天，我家的餐桌上，必定是烙春饼卷豆芽。在我的记忆深处，妈妈的春饼卷豆芽，是天底下最可口的美味，没有之一。

二月二那天，妈妈会把装黄豆的口袋打开，盛出一小盆，在锅里炒至每个豆豆伸腰开节儿，然后出锅，再裹点儿白糖，平均分给我们兄弟姐妹一人一份。妈妈说，吃了“金豆开花儿”，预示着新的一年好运程，一家老小笑哈哈。儿时的我，无暇顾及未来和远方，只知道，那糖豆是眼前最解馋的零食了。于是，一家人吃的时候，自然是边吃边笑的啦。

待到万物萌发的农历三月，妈妈会选个艳阳高照的日子，让哥哥踩着梯子把那筐被遗忘了很久的“铅球”搬下来。我和姐姐分工合作，姐姐先把每个“铅球”体表的霉绒扫净，再用小刀把“铅球”蓝黑的表皮削掉。脱掉了丑陋外衣的“铅球”，由内而外地渐显美丽的珊瑚色。我负责用小斧头把姐姐处理好的美丽“铅球”劈成若干个乒乓球大的碎块，这便是美若珊瑚的“酱引子”啦。这是我童年里最爱的家务之一，总觉得自己是在参与一项特别神奇的大事儿：年前，那么一堆丑陋的“粑粑”状的污糟物，经过几个月的冬眠之后，咋就能变成如此鲜艳美丽的酵母呢！

做豆瓣酱之前，要提前两天泡黄豆，那一天，妈妈会把缸里所有的黄豆全部泡上。待豆子涨发好后，便放到大锅里加水焖煮。每粒黄豆都熟烂软糯了，妈妈却并不急于起锅，而是让已经熟烂的黄豆在大锅里盖着锅盖继续捂着。熟豆子经过一个晚上的酣睡之后，原本浅黄色的豆粒，不知啥时候竟悄然穿上了锦袍。

早晨起来，妈妈便把冷凉后"穿了锦袍的黄豆"，用水桶和那些被我剁碎的酱引子一起，挑到山脚下的大石碾子那里，让小毛驴拉着石碾把黄豆和酱引子分别碾碎；回家后，加细盐一起搅拌均匀，一起酿到大大的专用瓷缸里，再撒上厚厚的一层粗盐；最后，妈妈会沿着缸沿儿，糊上一层牛皮纸，以避免苍蝇造访。之后的日子里，便不管不顾了，任由时光流逝到六月六，便能自然发酵成一缸梨香味十足的大酱了——直到那时，妈妈才会首次开缸起酱。

每个月初，妈妈会亲手用勺子定量盛一小坛子酱出来，放到橱柜里以方便平日里食用，紧接着再把大酱缸用牛皮纸封好。那酱缸被爸爸誉为"我家最为神圣的精神高地"，除了妈妈，别人不得私自开启。

于是，一家人的贫困日子，因了妈妈的这缸豆瓣酱，而平添了幸福的滋味。那些年，我家餐桌上的大葱蘸酱、蘸酱菜、酱焖鱼、酱焖茄子、炸酱面，等等，都是用妈妈酿造的豆瓣酱来当作料的。

"我爱黄豆，因为，黄豆的黄，是妈妈的黄；我爱妈妈，因为妈妈的黄，是黄豆的黄。"这是我小学时写的一篇作文中的语句。当时，老师用红笔给这段话标注了醒目的线，并注明：太绕，太啰嗦。可是，时至今日，我依然习惯性地把黄豆丰富的营养价值与妈妈那双万能的手联系在一起，几近膜拜地尊崇着。

很多年后，我曾经问过妈妈：您是咋练就了那套对黄豆再加工的本领的？妈妈若有所思地说："那算啥本领啊？就是被苦日子磨就的呗！"

这一个"磨"字啊……

黄豆，在别人家，或许只是一款可有可无的杂粮，而在妈妈巧加工后，却成了困难岁月里，我家必不可少的幸福添加剂。

年关临近，深切怀念把黄豆视为至宝的妈妈！妈妈姓黄，是黄豆的黄！

饶继猛

千里之外的投喂

2011 年，我参军入伍。这 11 年间，我同父亲的电话联系真的少有，有我工作特殊性的原因，也因为父亲的不善言辞。

正是如此，快递便成了父亲传递爱的不二选择，构建了我们父子间亲情的桥梁。

我是湖北人，生活在鱼米之乡的监利，我家就住在河边上，每到夏季，除了现摘的菱角、莲蓬，高笋也是湖北农村最受欢迎的一道家常菜。这是一种生长在水里的野菜，六七月份，高笋刚刚长出来，特别是一下雨，父亲一定会穿上齐胸的水裤下水采摘高笋，我打小就爱吃，现摘现吃，鲜嫩十足。

“雨后的笋不摘，耽搁一下就老了。”父亲说。虽是长年累月和泥巴打交道的农村人，但食材这方面，父亲对这些时蔬的吃法尤为讲究。

为让身处异乡的我吃上刚出的笋，父亲在一次邮寄出现问题后，继而想出了“先焯水再邮寄”的方法。这种方法并不能锁住笋的鲜嫩，但是在辅以冰袋后邮寄的话能保证笋子不坏。

“不坏就行。”父亲的要求并不高，所以这个方法一直在沿用。

“你母亲就是抓住了我的胃，才牢牢抓住了我的心。”父亲是个“撒狗粮”的老手，在他的经营下，母亲的生活也常常像被灌了蜜一样。

我于父亲而言，就是一只他亲手放飞的风筝，只不过轴线长了点，从南飞到了北。但不管我飞多远，父亲总能拽着那根线，抓住我的胃，并想尽办法满足我的胃。

但凡是父亲的包裹寄到，我也不耽搁，北方的炖菜吃得多了，此刻来上一盘老家小炒，简直绝了。我套用母亲的做菜流程，锅里倒油，简单地捯饬后，和爱人一起享用空运而来的美味佳肴。

显然，它没有刚摘下时的鲜甜十足，却仍然透着南方水草独特的清香。更重要的是，每一根笋都承载着父亲浓浓的爱，还勾起了我无数个放学回家帮父亲母亲剥笋的回忆。

其实，在北京有很多超市都能买到这种蔬菜，也就是茭白。嫩笋长大了就成了茭白，它的上市在每年9月，与父亲邮寄的高笋是同一物种。

2018年，我成婚，之后有了孩子，快递抛投的次数倍增。村里没有邮寄点，寄快递要往返镇上十几里。父亲总说这些东西是“寄给我儿媳妇还有乖孙儿吃的”，我只是负责签收一下罢了，让我没了拒收的理由。

但对于父亲坚持邮寄鸡蛋这一做法，我很长一段时间都不能理解，更让我叹为观止的是鸡蛋的邮寄竟然有它特有的包装，在特定的“模具”里，每个鸡蛋都由泡沫分隔开，完美保护。

无数次的签收快递也证明了这一点，父亲给我邮寄的鸡蛋不仅不会破，就连一个裂纹也未曾出现。

需求决定市场。这得是天下多少父母给儿女寄鸡蛋才使得“模具”横空出世。

孩子不爱吃蔬菜，但唯独爱吃韭菜煎鸡蛋，特别是爷爷寄过来的鸡蛋。“一个鸡蛋邮费五角，能不好吃吗？”爱人唏嘘。

“天价鸡蛋”发挥了它的天价作用，它喂饱了满足了我和爱人的胃，也养刁了孙儿的嘴。

我说千里迢迢，东西易坏，他就从普通邮寄改为特快邮寄，哪怕费用再贵。

今年夏天，父亲以“家里的虾干净好吃”为由，给我邮寄了十斤小龙虾，但到手时鲜活的却不足五斤，一半的虾子交待在路上，十分可惜。

即便如此，这些年里，父亲隔三岔五就会寄过来“家乡菜”。除非我“敷衍”父亲说不方便接收快递，否则年年雷打不动。这种神奇的力量，像极了队里饭前一支歌所唱：“这力量是铁，这力量是钢，比铁还硬，比钢还强。”

就这样，酷暑时采摘的高笋、藕尖、莲子，迎新年腌制的鱼和肉，从南到北，都成了我和爱人的盘中餐。

2022年，我因工作表现突出荣立三等功，父亲看到姗姗来迟的喜报，说：“爸看到这奖励，好高兴。”我仿佛看到了父亲久违的笑容。

“有我的一半，也有您的一半！”我反复思量，回复父亲。一直以来，父亲激励着我“有付出必有回报”，教导着我“好的身体才是革命的本钱”，任何一丝的成长进步都离不开父亲千里之外的投喂。

此刻，父亲一定又在酝酿着给我邮寄“家乡菜”，对我荣立三等功表示祝贺！

崔寒凝

虾

绿皮火车一夜摇晃。半梦半醒中，我回到家。一进门，空气里就弥漫着花椒大料的香味。

去年年底，姥姥因慢性肾炎病情恶化住进我家，蛋白指标低，要吃鱼虾补充蛋白。

父亲做着白灼虾给姥姥补充营养，一日不停。

白瓷盘里的虾红得像熟透的芒果，青花盘里的虾像是绽放的鲜花，碎花盘里的虾就像头戴花翎的武者……父亲像是定好闹钟，准时把刚出锅的白灼虾特写发到我的手机上。

那一盘盘虾不断向我肚子里的馋虫表达着思念，日复一日。

白灼虾做起来很简单，但父亲只让我打下手。父亲把小盆里冲洗干净的虾子捞到白瓷盘内，一只一只码放整齐。因花眼严重，他不得不把虾子放在手里仔细端详。找到虾背上的第二节和第三节的连接处，他轻轻把牙签插进去挑出虾线，像是怕动作大了，惊扰了虾一样。

父亲有些骄傲地把虾线拿在我眼前晃，“你看，这是虾线，不挑出来吃着牙碜着呢。”我回想，几年前父亲是不挑虾线的，后来我嘀咕牙碜，父亲便开始学着挑起虾线。

热水翻滚起来，锅盖在蒸气的催动下不断发出声响。父亲把盘里的虾一股脑倒进去，虾像活了一般，伸展的肢体逐渐蜷缩到一起，身子也微微发红。

姥姥因病不能过多摄入盐分，父亲便给姥姥先盛出一盘，再给剩下的虾加调味料。

饭桌上，父亲把第一个剥开的虾子送到姥姥碗里，姥姥挥舞着手里的筷子，兴奋得像个孩子。姥姥因长期服药记忆力减退，人也爱犯糊涂。但每到吃饭，父亲总是一遍一遍地问姥姥想吃什么，再做些可口的给姥姥吃。

小时候，父亲也是这样一遍遍问我喜欢吃什么，努力修炼手艺，成为我心中的“厨神”。比如这盘没有腥味、没有虾线的白灼虾，或者是那碟子咸淡刚好的蘸料，都刺激着我慵懒的味蕾。

知道我探亲时间有限，父母都里里外外忙活着。父亲怕我带的东西不够，带我去购物。

路上，父亲走在前面，我跟在后面，就像小时候那样。我看着父亲的发根闪着银光。即便是染黑了头发，也抑制不住白发的生长，任谁也无法和时间抗衡。

我很久没有看过父亲的背影了。他的背在生活的重压下，慢慢弯下去，没有了往日的挺拔。我想起父亲放进沸水里的虾，在滚烫的沸水中弯下背脊。

我走在父亲后面，父亲的影子覆盖着我的影子。父亲身高一米八，步子大，没有走几步，我们的影子又逐渐分开。

我像一只幼虾，吮吸着父亲所有能给予的养分，一点点从父亲的躯壳里剥离出来，找到新生。父亲在原有的生命里心甘情愿地失去光泽，渐渐苍老。

返程时，父亲给我准备了水果和备用药，大包小包塞满行李箱，执意要送我到车站。

候车室门口，父亲说："常回家看看。"我点头应着。我知道这样的机会和时间不会太多，心里很酸，却还是笑了。

玻璃门把我的影像与父亲奇怪地折叠在一起，就像幼虾未离开虾蜕时的合影。这让我感到久违的温暖。

我多希望生活可以暂停，或者说能够在此刻停下——让它成为这部电影的最后一个镜头，这部电影里只有父亲与我。火车不会开走，车票不会过期，我包里的白灼虾还是热气腾腾。

甄小龙

最好吃的炸带鱼

自从2000年上高中离开家，一晃二十多年过去了。一路颠沛流离，我和家的距离越来越远。尤其是援藏之后，我和家的距离更远，达到了3842公里，开车要走55小时30分钟。

可是，不管离家多么久、距离多么远，爸爸做的炸带鱼一直是我记忆中最美的味道，也是每年春节的必备菜。只不过，从2010年正月初六开始，我就再也吃不到了，因为那天爸爸永远离开了我们。

2010年的正月初二，我和爸爸最后一次通话：

“爸爸，过年好！干吗呢？”

“炒菜呢！马上炸带鱼，最肥的给你留着呢！”

在河北老家，这一天是出嫁的闺女回门的日子。通常这一天，老丈人会起一个大早，使出浑身解数，张罗一大桌子菜，鸡鸭鱼肉应有尽有，欢迎回门的闺女，款待女婿，其中的深意，我想应该是让女婿对闺女好点，家庭更加和美幸福。

我自2004年入伍后，就很少回家，根一样的家成了我的旅馆。而爸爸则对我有了更高的期待，他期待我能够在部队考军校提干。

为了不影响我的前途，关于我的婚事，爸爸只字不提，把这份心全都用在了妹妹身上。结果，妹妹比我早好几年结婚。从妹妹相亲、确定对象，到婚房装修，再到整个婚礼，都是爸爸一手把关的。

虽然已经很多年没吃到爸爸做的炸带鱼，但是从小在爸爸身边耳濡目染，已经把做炸带鱼的流程记在了心里。就跟我学会打麻将一样，坐在爸爸身边，看爸爸打了3圈，我就学会了。

只不过，我从小就知道赌博是个不好的东西。一直到现在，我从来没有参与过赌博，即使我知道打麻将、推牌九、打扑克都很好玩，而我也都会玩。我也许比更多人更明白《士兵突击》里的许三多说的一句话："打牌，没有意义！好好活才有意义！有意义就是好好活！"

小时候，每年一进腊月，爸爸就骑着自行车带我去赶大集。除了给我和妹妹买新衣服，就是买带鱼。在内陆地区，要买上新鲜的带鱼是根本不可能的。因为带鱼生活在深海，一旦离开海面就会立即死掉，渔民都是用冷冻的方法贩卖到各地的。

爸爸总是竭尽所能和鱼老板讨价还价，既能买到最肥的带鱼，又能省点钱添置别的年货。

回到家后，爸爸先用大剪刀把鱼鳍、鱼头、鱼尾剪掉，再用切肉刀清除掉带鱼的内脏，接着用菜刀把带鱼剁成大概10

厘米长的鱼段，洗净后放进提前调制好的酱料里腌制 1 个小时左右。带鱼段下锅前还有最重要的一步：用蛋清和上面粉裹满鱼段。

待花生油热了以后，用小火将带鱼段炸至两面焦黄，就可以出锅了。

每到这时候，我和妹妹都恨不得把手伸进油锅里捞鱼吃，抢着想要第一个吃到美味。那个味道，简直无敌！

记得有年夏天，雨水特别多，邻村的沙场里积了很多的水，水里有很多小草鱼。听老一辈人说，这一带曾经发过大洪水，他们当年吃鱼都吃吐了。

那会儿的我还不会游泳，但是胆子大。黑得像炭一样的我约上几个小伙伴，抄起塑料袋就去了。一来是过过游泳的瘾，二来是捞点鱼来养养，等鱼死了拿来吃。由于经验不足，我只捞到了 5 条小鱼，还没有小拇指的一半大。

这野生的小草鱼生命力特别强，我等了好几天才等到它们死。哈哈，机会终于来了。

我按照爸爸做鱼的程序和方法来“超度”这 5 条小草鱼。掐头去尾，去内脏，只是少了剁成段的步骤……忙活一中午，饭没吃饱，上学还迟到了，被老师罚站一下午。

这么多年，我虽然参加了很多饭局，也吃过几次炸带鱼，但始终找不到记忆中的味道。

妹妹结婚后，每年也做炸带鱼。我知道，妹妹也在想爸爸，想留住爸爸的味道。

农历十月初一，老家的“寒衣节”。妹妹去给爸爸送寒衣。她发视频给我，告诉我：“爸爸的坟头开满了野菊花！”

没过几天，一场大雪普降华北平原。妹妹打来视频电话，让我看看家里的雪景，问我：“哥，明年春节回家吗？”

我说：“回，一定回！”

望着漆黑的高原，我对自己说：“忠孝要两全！”

刘丽馨

那些年老爸种的菜

小时候，因为孩子多，家里条件很是艰苦。对于我们四个尚未成人的兄妹而言，水果和零食绝对是望尘莫及的奢侈品。所以，老爸的菜园就成了我们打牙祭的乐园。

老爸是个既勤勉又讲究的人，干起活来总是有模有样、规规整整。就拿种菜来说，老爸侍弄菜园那叫一个精心：翻地松土、间苗除草、浇水追肥……恨不能拿筛子把菜园里的土都过一遍，平整过的菜园连一根草棍、一小块土坷垃都找不到。而且，菜园里沟是沟，垄是垄，总是横平竖直，方方正正的；种出来的菜也是疏密有致、整齐划一，看着就让人喜欢。

但令人百思不得其解的是，老爸付出那么多心血种出来的东西却偏偏中看不中用——印象中，老爸种的菜虽然长势不差，但结的果实总比人家少，成熟的速度也比人家慢。邻家的西红柿眼见着变成了“红灯笼”，可老爸的西红柿就像“老僧入定”，任你怎么着急、眼热，就是绿油油的，永葆本色；人家的黄瓜架上挂满了长长短短的黄瓜，可老爸的黄瓜架上只有稀稀落落那么几根，而且一溜儿的巴掌长短，似乎永远也长不大……唯有那无人问津的南瓜长势喜人，长长圆圆的，爬满了房顶、院墙。可惜那几年我们在饭桌上见腻了这又大又蠢的家伙，看见它就觉得反胃。如果可能，我们情愿拿它去和人家的黄瓜、西红柿交换，以解我们的燃眉之“饥”。

而老爸居然还是那么爱惜他的菜园，总是忍无可忍地指责我们的偷食“作践”了他的园子，整天像防贼一样地防着我们，没有他的许可，绝不准我们踏入菜园半步。但是我们成竹在胸，自有对策：柿子不红，不能总傻等吧，我们争先恐后，摘下几个“有苗头的”，在包袱里捂上几天，就能大快朵颐了；黄瓜不见长，那咱就将就小的吃，味道更嫩更脆。毕竟老爸不能整天守着菜园吧，更何况“家贼”难防，要防的还不是一个两个呢！于是，老爸的菜园问题越来越多，“失窃”现象也越来越严重，以至于形成了越不结果越没果、越长不大越不长的恶性循环。对此，老爸也是无计可施，只能任其自然。我们虽然不无惭愧，却也满腹怨言：老爸虽说一辈子的身份是农民，但毕竟大半辈子做的是会计，到底比不了人家纯粹的庄稼人，个个是行家里手，种什么收什么。这样一想，心里对老爸的“不争气”也只有无奈。总之，老爸的菜园成了我们心中不大不小的遗憾，一直持续好多年。

一年暑假，我回乡下消夏。几年不见，昔日老爸的菜园呈现出空前的喜人景象：绿油油的黄瓜、紫灿灿的茄子、红艳艳的西红柿，还有那随风摇荡的青菜、豆角……随你怎么吃，任你尽情摘，却仿佛永远也摘不尽、吃不完。触景生情，我不禁疑惑地请教老爸：同样的菜园，为什么当年您种的西红柿就不红？黄瓜就长不大呢？现在是您的技术长进了，还是菜种更新了？老爸啼笑皆非："傻丫头！这两样都没变，只是日子变好了，你们的胃口也小了。想当年你们哪个有耐心等它们长熟呀，就摘的摘、藏的藏，囫囵进肚了，要能结出今天这么大的果子才叫怪事！也是，那个年代，像咱们这一大家子，有多少东西也填不饱你们的肚皮啊！"老爸的话里不无感慨。

真是一语惊醒梦中人。看着满园的丰硕，我终于顿悟：其实，老爸的技术根本无可怀疑，是那个饥荒的年代让老爸背了多年的黑锅，老爸真冤啊！

黄韵妍

家乡的牛肉兜汤

我的家乡，是坐落在福建西部的一座小山城，是一座历史悠远的古城。一条汀江河，千百年来孕育了淳朴的客家人，他们用自己勤劳的双手，创造了许多客家传统美食。其中，最令人回味的，便是家乡的牛肉兜汤。

据说旧时卖汤的小贩，挑着担子，穿梭于浮桥门一带的老街中。清晨，微光洒向老街青石小路，卖汤人穿着背心，挑着两筐滚热的汤，热气飘散，好似云雾，缭绕在卖汤人周身。“卖兜汤嘞！刚出锅的牛肉兜汤嘞！”浮桥门临江，几声叫卖便吸引了不少准备外出打鱼的渔民，他们从贴身内袋掏出褶皱的二两粮票，买一碗汤，端着鸡公大碗坐在江边便嘬了起来。上杭话中，“端”读为“兜”，于是，这样的汤便叫作“牛肉兜汤”，意为“端着喝的牛肉汤”。渔民们喝下这碗汤，吃下牛肉，浑身便会像牛一样充满力量，载着肚中的牛肉兜汤的温热，渔民们周而复始地在渔船上辛苦劳作着………

每年回老家，父亲做的第一件事便是拉上我去寻味，他说，比起大城市的山珍海味，还是家乡的美食最让他念念不忘。儿时我便兴高采烈地跟着他，享受家乡牛肉兜汤带来的满足。

一个冬日的午后，我寻味来到一家小店，映入眼帘的是一大锅我挚爱的牛肉兜汤，浓稠的汤底沉淀着可口的牛肉，锅中蒸气缓缓上升，模糊了我的视线。随着蒸气升腾的则是越飘越浓的香气，令我不禁垂涎三尺。敦厚朴实的老板，一边热情地吆喝着请我品尝他家的美食，一边娴熟地捞起一大勺兜汤，勺中鲜汤滑落，汁液明透。老板端起瓷碗，将兜汤倒入碗中，笑盈盈地送到我面前，香味弥漫，直击嗅觉。

我早已按捺不住，迫不及待舀起晶莹浓稠的汤，努起嘴来轻嘬一口……汤的鲜美、甘醇、滋润瞬间散布口中，所有味蕾都被调动了起来，颊齿间荡漾着一种难以言喻的香味。丝滑的汤滑入食道，一股暖流弥漫全身，回味无穷。我又把一勺牛肉送入口中，那更是绝味，入口即化，只需轻抿几口，肉香便在口中翻滚，流进了胃里……

咀嚼着鲜嫩多汁的牛肉与浓郁的汤底双重美味，幸福感油然而生，终于明白：一碗牛肉兜汤，承载了远在外地的父亲对家乡的深厚情感，美味之外，包含着父亲对家乡的精神依赖。

父亲告诉我，制作一碗牛肉兜汤，简单却颇有讲究，需要使用家乡特有的蕉芋粉，汤才得以更加浓稠。制作时，取半瘦半筋的牛肉，横切成指头大小，将蕉芋粉裹入牛肉中，双手用力搓匀。生姜拍扁，蒜切末，投入水中，待水微滚，再将牛肉轻轻滑入锅中。接下来便交给时间，一阵微火慢熬，一碗齿颊留香的牛肉兜汤便做好了。

在广州，父亲也常常做牛肉兜汤，还一遍又一遍与我讲述家乡的故事。我们父女俩常常品着兜汤，想念着远方的亲人与街巷。父亲通过牛肉兜汤，把他对家乡的情感传递给我，教会我无论走多远，都不要忘记自己的根，不要忘记家乡。

第二章 ———— *Chapter 2*

所谓“破防”，就是瞬间读懂漫长

梁　波
万石弓

万石弓，用比钢铁还坚硬但非常轻的紫檀木制作而成，十大名弓排名第六，据传为三国时黄忠所用。近日返乡，发现父母日渐老去，他们被沧桑岁月和艰辛生活压弯的腰背，像极了弓，拼尽全力顶住万石重压，颤颤巍巍地，护送孩子们到千里外……

——题记

去年初，因为突如其来的新冠疫情，我提前结束休假，作别年迈的父母，冒着纷飞的夜雨，携妻儿从湖北老家匆匆“逃离”。

转眼间，已经一年多没见到双亲了。经历病毒的一番折腾和疫后的“报复式”加班，特别是听说娘在老家意外受伤，我内心更加惦念，一直想返乡看看。可每次通电话，娘却总是宽慰道：“晓得你们工作忙，路途又远，家里好得很，莫担心。”

今年“五一”假期刚好不值班，我买好一家三口回老家的火车票，给娘打电话。老人家高兴地说：“有空回来玩玩，蛮好的。”

五月一日傍晚时分，我们终于回到朝思暮想的老家。门前的竹林翠得惹人喜爱，许多新竹拔节向苍穹，就连夕阳也是十分美好的样子。几年前新盖的三层小楼和五六间老屋静悄悄的，不见父母的身影。

我直奔厨房，高声喊“娘”。

娘应了一声，从屋里探出头来，左手扶着墙，右手撑着腰，脸上挂着笑，蹒跚着朝我走来。娘原本个子不高，如今已被岁月压弯了腰，背驼得非常明显，佝偻着，像一棵倔强的千年胡杨，又像一张坚硬的弯弓。

没想到短短一年多没见，娘竟老成这样了！我内心一颤，急忙搀扶娘坐下，轻声问：“娘，您这是咋了？”

“老啦，腰上没力，腿也没劲，不中用了。”娘喟叹。

闻言，我顿时语塞，不知怎么接茬。恰好爱人拿着新买的老人鞋走过来，蹲在地上帮娘换上。娘低头看着暗红色的鞋面，高兴地说：“城里买的鞋就是好，又轻便，又好看，又合脚。”

爱人抿嘴笑了笑，问：“娘，爹去哪了？”

“喔，他在老屋做木工。”娘说。

爱人给娘倒了一杯茶说：“我们看看爹去。”

天色渐暗，老屋亮着灯，年逾八旬的老父亲坐在板凳上忙碌，旁边是一口即将完工的棺材。爹年轻时学了木匠的手艺，如今一大把年纪还不肯闲下来，不能到乡亲们家里出工做家具农具，就在自家老屋里制作棺材。老家仍沿袭土葬的风俗，棺材是人们亡故后的容身之所。

爱人问爹："天都黑了，您怎么还在忙？"

爹见我们到老家，眼神里满是欢喜，一边忙着手上的活一边说："王老头病得厉害，怕是不行了，他家里催着要哩。"

爱人问："爹，您一个人做棺材，不怕吗？"

爹嘿嘿一笑说："人都有咽气的那一天，有啥可怕的？"

在一口棺材旁边聊生死，见老父亲淡然豁达，我和爱人顿时觉得释然，陪爹拉起了家常。

爱人开玩笑说："爹，看您身体这么硬朗，活一两百岁都不成问题。"

爹哈哈大笑说："活两百岁那是乌龟王八，我和你娘都老了，腰弯了，背也驼了，活一天赚一天，做一点是一点，尽量少给你们添负担。"

聊得正欢，老同学来电话，催我们一起吃晚饭。

得知我们的返乡计划后，几位要好的中学同学在一处农庄预订了包厢，热情地手机联系说，多年不见，一定要聚一聚，叙叙旧。

盛情难却。叮嘱女儿在家陪爷爷奶奶，我和爱人去参加同学聚会。

见面，微笑，握手，寒暄，拥抱，入席落座，几十年的岁月雕刻，昔日的追风少年已经变成中年模样。

乡间，乡土，乡音，乡味，乡情，酌几杯家乡的酒，忆一段尘封的旧时光，顿时消解了许多乡愁。

同学们都是四十出头的年纪，都在出走半生中经历了一番打拼，都是上有老下有小，扛着生活最重的那副担，爬着人生最陡的那段坡。

觥筹交错，相谈甚欢，话题很快集中到培养孩子、赡养老人。

各家父母的情况大抵相似，有的已经作古，有的卧病在床，还有的像我爹娘一样，尽管身体早已被岁月压成了弯弓，却向儿女隐瞒病痛，依旧挣扎着终日拼忙，竭力帮孩子们减轻负担。

何同学打开手机上的一个短视频，画面是农村的留守老人，在老屋近旁或是田间地头，穿着旧衣，拄着拐杖，佝偻着腰，白发稀疏，皱纹满面，眼中闪动慈爱的光。视频配着《万爱千恩》的背景音乐，同学们传看之后都唏嘘不已，有的泪眼婆娑。

陈同学提议："我们一起敬父母一杯酒，祝愿老人们健康长寿。"大家起身端杯，一饮而尽。

酒过半酣，散席。

我贪吃了几杯酒，夜风一吹，有几分醉意。和爱人回到家，发现爹靠在椅子上泡脚，闭目养神。娘在灯下制作"捶肉"，她扭着腰，吃力地拿着锤头，一下一下地砸。

捶肉片，是老家的一道经典菜，通常和青菜一起下锅做汤，嫩滑美味，营养丰富。但"捶肉"的做法费时费力，先把瘦肉切成方块，裹上淀粉，然后用铁锤反复细细地砸，直到把瘦肉的纤维砸碎，把淀粉砸进肉里变成薄片。小时候，娘经常让我当"捶肉师傅"，那时性子比较躁，完成一次捶肉片的制作后，手臂要酸痛好半天。

“娘，您咋还在忙？”爱人抢过娘手里的锤头，嗔怪道。

“你们难得回来一趟，我多捶点捶肉，明早做汤给你们吃，”娘笑着说，“这捶肉啊，在外面是买不到的呢。”

“是呢，娘，想想这捶肉，都要流口水了，”我想让娘开心，顺着娘的意思说，“可是，都这么晚了，您怎么还没睡啊？”

娘任由儿媳妇接手剩下不多的活儿，在围裙上揩了揩手，伸了伸弯得厉害的腰，笑了笑，旋即叹了一声说：“这不，我一边捶捶肉，一边等你们回来嘛。我寻思，你们难得回趟老家，多聊会儿天呗，哪晓得左等右等不见回来……晚上喝了不少酒，又醉了吧？”

闻言，我满心愧疚。说是趁着过节返乡陪父母，我却回家的第一餐饭就把父母晾在家里，跑去和朋友们叙旧聊天、推杯换盏。而且，确实如娘所说，我又喝醉了。

酒这东西很奇怪，除了个别酒鬼，很少有人能独自品咂出什么滋味，往往需要性情相投的三五好友才能开怀畅饮，往往都是在外喝完回家才醉。也许，一个人只有回到家里，才能真正放下所有戒备和顾忌，袒露最真实的自己，所以无法也无需掩饰自己的醉。

我赶紧因回家太晚给娘赔不是，然后席地而坐，抱着娘的双腿，靠在她身上。爱人见状，忍不住哈哈大笑，一边拿手机给我们拍照拍视频，一边说我借酒发疯，穿越到几十年前，又在娘怀里“撒娇”了。

娘轻抚我的头，并未责备我醉酒，只是像很多年前一样，慈祥地望着我笑。突然，娘心疼地低声惊呼道：“喔！你也有白头发了。”

“可不呗，娘，我也四十好几啦，”我应道，“不说我了，还是听您讲讲以前的事儿吧。”

“好哩，好哩！”娘像以往一样，高兴地打开话匣子，讲起记忆深处的陈年旧事，关于外公外婆、关于爷爷奶奶、关于和爹的婚事、关于哥哥姐姐、关于左邻右舍，关于如何出工、如何勤俭、如何盖房子、如何为人处世，高兴的、难过的、惊险的、憋屈的……娘讲的那些往事，我大多都听过很多遍，但怎么听也听不够。

我静静地倾听，时而插一两句话，听到入心动情处，甚至真像个醉鬼一样哈哈笑或者呜呜哭。我心里明白，对娘来说，儿女们不在身边，平时鲜有“听众”，难得有一次畅快的聊天和倾诉。

顿时，我发现父母真的老了，心生几分悲凉。父母是什么时候变老的呢？也许，其实并不是什么特定的时候，而是每年每月、每时每刻、每分每秒。当我们在世俗的事务和欲念间穿梭拼忙时，往往忘了父母正在一天天老去，而我们的陪伴，却经常缺席。

不知不觉，夜已深沉。

爹靠在椅背上泡脚，竟睡着了，响起鼾声。窗外的世界，大约也在昏沉的夜色中睡去了吧。娘打了一个呵欠，意犹未尽地说：“太晚了，快去歇着吧。”然后双手撑着膝盖，吃力地挣扎着站起来。

我坐在地上，仰头望去，刚好看到娘的背，脊柱已经明显变形，向后凸起，分明是一张紧绷的弓！

周学艺
父亲老了

漆黑的一大片田地，父亲亮着的灯光是田间唯一的星点，与他相伴的是当头的明月、夜晚的风，还有咬人的蚊虫……

从军十余载，我与父亲是聚少离多，最多一年见两三次而已。至今，已是一年没见。想来，父母离婚的那一年，我 17，哥哥 18。父亲一个人操持着这个家，既当爹又当妈，肩负着父母的双重责任。其中的滋味，说不尽道不完。然而，多年的辛劳还是使父亲看上去比同龄人多几分沧桑。

父亲是朴朴实实的农民，身体不是很好，奶奶很心疼她这个唯一的儿子。也没有白疼，奶奶患病九年，父亲一直在她身边伺候，端茶送饭，直到最后离去。奶奶在世的时候，常常对我说："你以后可要好好对待你父亲，他为你们付出多少，受了多少委屈，奶奶心里最清楚。要不，奶奶在九泉之下，心都难安！"奶奶虽已走一年，但她的话我一直记在心里。

父亲的一双脚常年四季开裂，经常奇痒无比，时不时还会出血，但他每天依旧早出晚归，忍着疼痛难受，面朝黄土背朝天地干着农活。白天太热，干不了活，父亲选择在晚上劳作，戴着头灯，勤劳地翻着地。漆黑的一大片田地，父亲亮着的灯光是田间唯一的星点，与他相伴的是当头的明月，夜晚的风，还有咬人的蚊虫。早些时候靠着种些蔬菜补贴家用和准备我们的学费，父亲经常用自行车载着辣椒去赶集，早餐随便应付，天一丝丝亮就出发，没有集市就载到菜市场卖。路途遥远，几十里的地，一趟有时就得骑上两三个小时，卖完又得往回赶，回到家时早已汗流浃背。每次赶集父亲自己都不舍得买东西，但少不了给我们带吃的。那会儿，只要看到父亲回来，就会特别地高兴，却忘了父亲的艰辛。虽然家里条件艰苦，父亲对家庭、对家人的爱，却不曾远离。

父亲当年，学习成绩挺不错，深受老师喜欢，只是在中考时生了一场病，影响了考试，那或许是他一辈子的遗憾。所以父亲对我们的学习很重视，也很支持。我也从未让他操心我的学习，也未出现旷课现象。

小学六年级的时候，我有一次在池塘游泳，脚被划伤，为了不影响学习，父亲坚持背着送我上学，整整半个月。读初中时，家离学校远，上学时得很早出发，父亲担心我害怕，经常送我到大马路上，遇到有同学一起，他才放心离开。有时下雨天坐同学的顺风车，遇到泥泞地，父亲怕我把衣服鞋子弄脏，坚持背我走过泥泞地，才肯放下让我走。家里条件差，学费就像是一座大山压得父亲喘不过气。父亲经常低声下气地跟亲戚朋友借，这家不行，走下一家，就这样辗转奔波，东拼西凑，勉强维持到我高中毕业。最后一学期的学费还是找亲戚借的，至今十余年，钱已还上，了却了父亲的一桩心事。

高考失利，当时我心里挺失落，父亲心里也很难受。其他亲戚朋友都劝说要我放弃学业，唯独父亲一直坚持着。他不想放弃，找过几个老师，还是想让我复读。当时手里实在拿不出钱，也实在没地方可借，他瞒着我们跟亲戚朋友打电话都被拒绝了，只好放在心里。即使他没有说，其实我也知道。最后，哥哥联系了一个亲戚，说好借钱复读的事，父亲又像是看到了希望，心情有所好转。当时准备出发去取钱，出发前打了电话，那边又说暂时没钱。复读的计划破灭了，意味着学业结束。父亲也只是无可奈何地摇摇头。那时我彻底地下定决心不读了，也说服了父亲。纵然心有万分不甘，我还是毅然决然地放弃了学业。

外出打工，参军入伍，所有的这些经历都是我一辈子的财富。我选择外出打拼，父亲纵然心疼，也有万分不舍，但一路走来，父亲都是无私地支持我，鼓励着我。考上军校那年，父亲笑了，我哭了……饱尝生活的艰辛与酸楚，为了这个家，为了我们兄弟的成长，为了我们的学业，看了多少眼色，受过多少委屈，父亲依然坦然面对。父亲能力有限，但他付出了他的所有，虽没有给我想要的生活，但在我心中，他是世界上最好的父亲。

现如今，我与父亲分隔两地，平日里隔三岔五地与父亲保持着联系，不是打电话就是微信视频。每次都是等到父亲挂完电话，听到嘟嘟嘟的声音，我才不舍地挂断，然后陷入对父亲的思念。

尽管联系频繁，但我与父亲总有说不完的话，我问他家里琐事，他问我工作生活。他一直告诫我，自己要争气，靠谁都不如自己；要学会感恩，别人对你的好要记在心里；要学会放得开，有些事过去就过去了，不要放在心上……但他说得最多的还是，要我照顾好自己，特别是出警要注意安全。

行文至此，我打开微信，找到父亲，点了视频通话。看着视频里满头白发的父亲，我的眼眶湿润了……

张守权

妈妈病了

人的一生不可能不面临改变，但改变的因素和时间谁都无法预料。

我的家，就因为妈妈的一场病，让家庭所有成员都发生了变化，甚至是质的变化。

那一年，我十一，妈妈已过五十岁。

妈妈是一位特坚强、特勤劳又特能隐忍的人，可是，她却突然病倒了。没有任何征兆，而且很重。

那是初夏的一天中午，应该是星期天，我和姐姐都在家。妈妈做好午饭，想到离家二百米的自留地里去拔些葱，临走还特地嘱咐我们等她回来吃饭。

左等右等不见妈妈回来，饥饿难耐的我便跑去自留地找。庄稼还没有长高，大地里视线很开阔，一眼望去不见妈妈的影子，以为她从别的路已回了家。返家看没回，我和姐姐立马慌了神。再折返自留地，在自家的地里仔细察看，发现拔葱的痕迹和妈妈的脚印，奇怪的是，她的脚印在拔葱后却歪歪扭扭地走向了村子相反的方向。

我顺着脚印一直走到村北大壕沟边，由于有杂草覆盖地面，脚印断了，一时不知所终。站在大壕的堤坝上环顾四周，视线之内不见妈妈的影子。

一种不祥的预感向我袭来，妈妈去哪了，她怎么突然失踪了……

妈妈平日里没有啥反常现象呀，除了经常叨叨当兵的三哥……难道她是想念三哥，一时糊涂去了县里？我按照她走的方向，直接奔万家店河口（渡口）寻找。

到了那里，见到一位万家店的人，证实了我的判断。他见到了妈妈，说她要过河去儿子家，因为船漏水不能摆渡，没能由此过去，又告诉我妈妈向南面走了。我顺着河套里的小路边走边找边喊，一直到三里多远我们村的渡口，还是不见，其间也没有遇到任何人。复又折返察看可以蹚水过河的河床上是否有妈妈的脚印，仍无果。

这时见到了本村的人，委托他告知家人一声，便过河直奔县城。沿着铁路路基边缘窄窄的小道一路小跑，当气喘吁吁地跑到差不多离家三十里的大哥家，还没等我开口，一脸惊愕的大嫂便问我怎么回事，不必多说，妈妈没来这。

接着跑到二哥家，同样失望。午饭没吃，连口水都没喝的我，又不要命地往家赶。

在这往返过程中，心里只有一个念想，一定要找到妈妈，一定能找到妈妈！全然忘掉了饥渴，忘掉了累。

赶到家，看到院子里围着人，屋门敞开着。想象着妈妈就在屋里，我不顾一切地向屋里冲，第一眼就看到了妈妈，便扑过去抱住她，一边摇晃，一边哭喊着：“妈！妈！”

躺在炕上，处于半昏迷状态的妈妈，在我的呼唤中慢慢睁开眼睛，先紧紧抓住我的手，然后开口说：“老儿子，妈咋找不着你了？”停了停又说：“刚才做了个梦，梦见你三哥了。他在好远好远的地方，跟我说话我听不见，就看见他摆了摆手。后来就听见你喊我。”此时的妈妈只认识她这个老儿子，连站在身边的两个姐姐都不认得。

妈妈是被二姐与一位闺蜜在河套里找到的，地点就是我去过的万家店河口附近。那时，她的意识已经完全处于混沌状态，别说去县城，连回家的路也全然不知了。

从十七岁嫁到张家，妈妈几乎没有休息过一天。三十多年里她就像一台上满了发条的钟表，一直嗒嗒嗒嗒不停地转动着。何止一日三餐，缝缝补补、洗洗涮涮、田间劳作、鸡鸭猪狗，还有生育十一个孩子（存活七个，其中一个被本家叔叔抱养，另有四个分别从一到四岁夭折）的痛苦和操劳，三哥当兵走后整整六年不见面的日夜思念，以及几十年奶奶的欺凌、父亲的暴力……让她在身体承受无休止劳累的同时，还要承受精神上的巨大压力。如果不是妈妈有超乎寻常的毅力和忍耐力，估计早就被这些重压摧垮了。所以，今天她的病倒看似突然，实则在情理之中。

就拿她想念三哥的例子来说，当初三哥决意当兵，只是临行跟妈妈告别时她才知道。

作为母亲，无论她有多少儿女，无论她内心世界多么强大，儿女们在她心中的位置都不会缺席，少了哪一个都是剜她心上的肉。那四个夭折的孩子，加上抱走的弟弟，就差点让她哭瞎眼睛，三哥离开了她的视线，而且一走几年不见，换哪个母亲能不去想？不牵挂劳神？

在她得病前，每次到县上，只要有穿军装的进入视线，她保准追上去看个仔细，然后端详着人家的脸说“不像我儿子”或“真像我儿子”。就为这，当年“支左”的一位解放军排长，谁家都不住，就住在我家。那段时间，妈妈真把他当成了自己儿子，家里有一点好吃的，一定留下来让他吃。那位排长，派到谁家吃饭都不敢吃好的（有规定），只有我家例外，因为这位兵妈妈也成了他的妈妈。

妈妈说梦里看见三哥在很远的地方。没错，他此时的确离家很远，远得出了国界，正出生入死在抗美援越的战场上。

母亲一病，家里的生活秩序瞬间被打乱，原来在母亲料理下顺理成章的事，此时都需要重新安排。能够承担起母亲职责的就是大姐，也因为这，她耽误了学习，没能考上初中。本来上学很晚的二姐也辍学在家，成了大姐的帮手，同时分担看护妈妈的任务。

妈妈得了这种意识不清的病，胆子变得特别小，特别怕突然的声响。尤其是在她睡觉时，我们连大气都不敢出，只能用手势加口型说话，让我和姐姐与母亲的关系，不得不转换角色。

第一个发生改变的就是我。这个最不懂事，让妈妈操心最多，起床起夜都要妈妈三番五次地催促、提醒的我；生活中的一切都离不开妈妈，似乎天生就要有人一直管下去，却从来没有想过能帮妈妈分担点什么的我，当那天下午寻找妈妈把饥饿、疲劳、胆小全然忘掉时，当意识到此时的妈妈更需要照顾时，我瞬间换了个人。

从那天开始，每晚我必须等妈妈先睡着了自己才睡，且从原来的睡觉特别沉变得特别轻。夜里妈妈经常梦魇，每次都是我从沉睡中迅速醒来，随后轻轻呼唤妈妈把她叫醒。否则，她会因为噩梦加重心衰，延缓康复。

就这样，原本娇生惯养、一身毛病的我，发生了彻底的改变。我懂得了照顾妈妈，不再任性地欺负姐姐，还主动为家里做力所能及的事，诸如打柴火、打猪草、捡粮食、喂鸡鸭，等等。

最出人意料的还是父亲。

他此刻也是完全换了一个人，首要的改变是不再欺凌妈妈。过去，因为奶奶总告妈妈黑状，孝顺的父亲不问青红皂白，一律把罪责推到妈妈身上，并且经常对妈妈施以暴力。

也许此时他忽然意识到了妈妈在这个家庭的重要地位；也许两个姐姐因为妈妈生病，不得不终止学业，让他心里感到了愧疚；也许是过去给予妈妈的不公，让他感到忏悔，他完全改变了对妈妈的冷漠，开始带着妈妈到处求医问药。中药抓回来他亲自熬制，偏方弄回来他亲手炮制，并看着妈妈定时把药服下。那个细心劲，任谁都不会相信，他是曾经在家事事不管、还经常对妻子施以暴力的人。

奶奶也一改过去的蛮横不讲理，不再继续闹腾，多数时间待在姑姑家，尽量不给这位唯一的、她欺负了几十年的儿媳添堵。

三年时间，在父亲的精心照料和我们姐弟共同配合下，加上其间三哥回国后休假探亲，妈妈的病情一天天好转，最后竟奇迹般地痊愈。妈妈的脸上，终于露出了久违的、欣慰的笑容。

妈妈的病，从表面看让整个家在物质上、精神上都经受了很大的损失和考验，尤其是两个姐姐被迫终止学业，但却让成长中的我们变得知理懂事，让愚孝的父亲变得疼爱妻子，让家里的氛围变得和谐温暖……

李天鸿

诚心父亲

我的父亲是苏北淮河岸边一个极其普通的农民，普通得就似河岸上的一棵小树、田埂间的一株小草，引不起众人丝毫注意。他一辈子没干过其他非农的事，只跟土地打交道，心里熟悉的只有麦子、稻子、玉米、高粱等各类庄稼，以及村里的男女老少。日常的活动半径，就是家里到田里，田里到家里，再者是家里到集上，集上到家里，他的一双脚最远没走出过三百里地，外面的精彩世界对他而言是相当陌生的！

一个从土里刨食的农民，其身份地位是不高的，按理说应该找准自己的位置，看清自己才是，可他却幼稚可笑地希望别人都能够尊重他，对他恭恭敬敬，客客气气。就为了这个，父亲这辈子生过无数次不该生的闲气！

劳动间隙跟村干部站在一块，遇有村民散烟，若只散给村干部，不散给他，父亲就感觉面子上挂不住了，当时脸上的表情显得很是难看。回到家一屁股坐到院里杏树下，口里便大骂那个散烟的村民势利眼，小人！

行在路上，通常会撞见亲属或老友家的晚辈，要是有视而不见不跟他打招呼的，父亲也特生气，在我们子女面前就喋喋不休地喷那孩子不懂事，没把他放在眼里。临了还不忘告诫我与弟弟们千万不要学那种孩子，要懂得尊重长辈。

最让父亲耿耿于怀、生了一肚子气的是他多年前参加一老友寿礼。那天他是与自己的老表一起前往的。来到老友家门前，负责接待的老友大儿子只对父亲点了下头，而对他的老表却客气得不得了，满脸带笑，又是拍肩、拉手，又是敬烟，热情地朝屋里让。见此情景，父亲感觉脸上发烧，就像被人打了一巴掌，心情低落到了极点。

宴席开始时，别人觥筹交错，谈笑风生，只有他一人闷闷地抽着烟，闷闷地喝着酒。回来后，一头倒在床上，连连唉声叹气，不住说老友的儿子大眼眶，不是个东西！气得连晚饭做好了叫他都不起来吃。见此，我便开导他说：你怎能跟你老表比，你老表的儿子是县里面的干部，而你自己不当官不是老板，儿子又都是平头百姓，人家不尊敬你并不足为奇。父亲听了我这话并不以为然：“你这话说得不对。不能因为我无权无势，我儿是普通百姓就不尊敬我——我就不是这样的人，当官不当官，有钱没钱，在我心里都是一样看待！”

父亲这话说得半点没错，他一生确实是这样待人的。父亲爱抽烟，平时抽的都是相当低档的牌子，通常是 3.5 元一包的“黄一品”，可父亲为了招待他人，衣袋里却另外备一包 6 元或 8 元牌子的卷烟。出门路上遇到熟识人，无论身份高低，父亲总是主动上前热情打招呼，并慌不迭地掏出衣袋里那包高一档的卷烟，立马抽出一支递过去。若对方出于客气（其中当然也有嫌烟档次低的）不接烟，父亲傻乎乎地再三相让，直到对方接过为止。

平日家中来了客人，无论亲疏远近，也无论尊卑长幼，父亲一律都是笑脸相迎，殷勤地递烟倒茶，并竭尽所能，用最好的酒、最好的饭菜招待来客。那个热情劲有时都让人有点适应不了。即便这客人中有曾经冷淡过他的人，他也不计前嫌，照样客客气气。就说先前父亲那个老友的儿子，后来因事来我家，我担心父亲会以其人相同的方式相待，可是没有，与招待其他亲友一样，同样客客气气，令对方很有点不好意思。

再一件事就是借钱的事。20 世纪 70 年代初，我家居住的那两间茅草屋经风侵雨剥，已破败到了一定程度，实在不能再住人了，父母合计后就打算翻盖三间大茅草屋。盖此屋大概需资金三百元，可是因为贫困，家里的积蓄总共才四十来元。无奈何，父亲便只得张口向亲友们借，当时大家都困难，借来借去借了许多家也没完全凑足数，最终还是短缺了七八十元。再问谁借哩？父亲摸着头想了半天，想到了一个远房亲戚。这个亲戚在公社大修厂上班，家里日子过得还不错，有点积蓄，借个七八十元应该会借的。可让父亲没想到的是，当他进门开口说明来意后，对方却推说家里也没多少钱，积攒的二三百元都让亲友借走了。父亲明知是对方怕他到时还不起，不愿借，可又不能说啥，只得扫兴而归。为了凑齐建房款，回来后，父亲万不得已，只好忍痛将家门前那棵有将近二百年历史的大槐树卖掉用来造屋。

事隔三年，那位远房亲戚的媳妇患重病，要大手术，需一笔相当大的手术费。这个亲戚拿出家里全部的积蓄，借遍了所有能借的亲友，最终还是不够。没办法，这个亲戚就硬着头皮红着脸来问父亲借，父亲二话没说，将家里仅有的二百多元全部拿出来借给了对方。父亲事后跟别人说道：人家当初仅仅只是没借钱给我，又没得啥仇怨！即便是有仇怨，今日媳妇生了大病伸手来借我依然会借给他，治病救人耽误不得！

在村上，大家都说父亲这人心诚、实在！当然其中也有人说父亲有点傻！

父亲心诚了一辈子，实在了一辈子，可还是经常遭人冷待，不被人尊重，有时他就觉得不公平，心里很是愤愤然！赌气说今后他也学学他人，什么人什么待，什么客什么菜！可等气消了后，他依然还是如故，用一颗诚心善待着他人，善待着这个世界！

只是令人伤心的是，诚实憨厚的父亲活的岁数并不大，77岁就离开了人世。当下社会，老年人普遍身体好，寿命长，而他自迈入中年以后，就浑身多病，不知这是否跟他长期好生气存有关系？

张书芳
母亲送给我们最好的礼物

进入知天命的年龄，如果你问我，成长道路上给我影响最大的人是谁？我会毫不犹豫地说：是我的娘！

有一天，我把同样的问题抛给了哥哥和弟弟，他俩也不约而同地说："是咱娘！"

娘身上到底是什么影响了我们？我们还真一下子说不出来。娘没读过多少书，只上过两年学，更没跟我们说过什么高深的道理，也很少正儿八经地给我们"上课"，我们基本上是在娘的故事里长大的。

"姐娘"的故事

娘 13 岁那年，姥姥让火车给轧死了。老实巴交的姥爷看着 13 岁的娘、12 岁的大舅、刚会走的小姨、才会爬的二舅，发了愁，有了把两个小的送人的想法，哪怕至少送走一个也行。娘听了，坚决说不，说她能把弟弟妹妹养大。

于是，娘一夜之间长大，丢弃了书包，扔掉了天真，义无反顾地背起弟弟妹妹，挑起了所有的家务活儿。

“你们不知道，求人的时光是真难啊！”娘每当和我们讲起她的故事，总要这样说。

地里的活儿还好说，和姥爷、大舅起早贪黑多出力，总能把它们干完。针线活儿呢？一家人的缝穿在那个年代可是个大活儿。娘说得最多的就是姨姥姥（娘的三姨）的帮助，说姨姥姥给娘他们做衣服的时候手把手教娘。娘真是心灵手巧，十四五岁便开始缝制全家人的衣服。姨姥姥看着娘做出来的衣服，赞不绝口。

二舅和小姨就是在娘的呵护和缝穿下长大的。在他们的印象中，只有姐姐，没有见过娘。

小姨嫁人之后，一有空就到我家看娘，一见到娘就哭，仿佛一个离家很久的孩子长时间没见过娘。二舅在二十多岁的时候，不知受了什么刺激，精神有些不正常。他到处跑，到处搞破坏，把我家窗户上的玻璃砸得粉碎。没办法，娘只好含着泪用绳子把二舅捆起来。二舅一边挣扎一边喊：“姐娘，姐娘……”当时围观的乡亲没有一个不抹眼泪的，娘更是泣不成声。

西院的大爷含着泪对大家说：“明仓（二舅的名字）人疯心没疯啊，知道姐姐像娘一样把他们养大了！”

他们姐弟几个最困难的时候，娘是主心骨，顶梁柱，愣是把那个风雨飘摇的家给撑了起来，把弟弟妹妹们健健康康地养活了。“姐娘”是小姨和舅舅们对娘发自内心的称呼，也是他们情感最真挚的流露！

爬坡的故事

因为娘没上几年学，我们上学便成了娘的头等大事。那时候，为了养活我们全家，为了让我们能上好学，不仅地里的活儿娘全包了，家里还养了猪，喂了鸡，养了牛。

放学的时候，别的孩子玩耍，我和弟弟早已有分工，我做饭还要给猪薅菜，弟弟则牵着牛出去放牛，天不黑不准回来。尽管当时很委屈，也想出去玩啊，可现在想想，幸好我们还算懂事，多少也算替娘分担了些家务。

娘为了我们能交上学费，借过很多人家的钱，也借过走街串巷的卖豆腐的钱，只要是我们上学的事，再难娘都要想办法克服。

有一次我傍晚从学校回到家，发现大门紧锁，正纳闷呢，来了几个邻居，其中美荣婶子说：“你娘啊，典型的舍命不舍财。为了摘棉花中午就没回过家，一大天一直在地里。我看见她上南地的大坡，咋的也上不去，愣是连手带脚爬上去的……”那一刻，我听不下去了，马上想起了娘很早就变了形的手，粗壮、弯曲、皴裂，五个手指伸出去没有一个是直的，哽咽的泪在我的喉咙里堵了很久。

我们兄妹大了些，只记得娘干活很霸气，只要我们一回家，娘就恨不得让我们长在地里，不管我们吃得消吃不消。现在我明白娘为什么霸活了：仔细想想，爹常年在外上班，娘一个人在地里干活的时候是多么的苦累和无助啊！可这些，娘在我们面前很少提起。只要是学校要钱，娘都二话不说就拿了出来。“拿着，这是卖棉花的钱”或者“正好粜了粮食的钱”，这些都是娘当时的口头禅。

为了我们兄妹三个，为了我们这一大家子能过上好的日子，娘像一只永不知疲倦的老牛，无时无刻不在劳作……

鞋垫的故事

把我们都供出来了，娘也老了，落下了浑身的病。右胳膊关节老化性脱臼，双膝关节变形，娘的心脏下过支架，腰间盘动过手术……娘那曾经丈量生活、无所畏惧的脚，现在只能一步一挪，一步一步地向前蹭着走，每走几步，就气喘吁吁。

哥嫂把娘接到了城里，住到了楼上。我们都觉得娘该休息了，也劝娘什么也别干了。可娘说坐着太没意思，硬是要找活儿干。衣服现在没人做了，那就匝鞋垫吧，娘终于又找到了自己的生活目标。

“踏踏踏踏、踏踏踏踏……”熟悉的缝纫机的声音，再次唤起了娘的干劲儿。除了给我们自己人匝了鞋垫外，娘又发扬她热心助人的精神。楼上楼下的邻居、来娘家串门的亲戚朋友，娘只看他们几眼，便知道他们脚的大小。于是，鞋垫像长了翅膀一样，飞到了许多人的家里。

那日，我看娘正在兴致勃勃地匝鞋垫，就问这又是给谁匝鞋垫？娘说了一句，我没听明白，但我知道是娘在这个院里新交的朋友。

娘说小区的人不赖，这个给红薯、那个给蔬菜，知道娘的腿脚不方便，把东西放在娘的门口就走了。“我到现在都不知道谁送的……”娘既高兴又自豪。

写作的故事

娘执笔写字，原本就已经出乎我们的意料，更不要说写作了。不单单是因为娘只上过两年学，还有一点，就是娘的右胳膊肩关节老化性脱臼，实在是不方便，不得已只能学着用左手吃饭。可在爹离开我们之后半年，娘竟然拿起了笔，开始写自己前半生的故事和一些人生感悟！

娘怕我们笑话她，最初一直藏着写。当我们发现时，娘已经写了好几个本子。第一个本子上的字大的大、小的小，歪歪斜斜，像一些站不稳脚的孩子。第二个本子上的字明显小了许多，那些“孩子”被娘驯化得乖巧听话，都稳稳地站在格子里，看起来整齐顺溜。

我和嫂子吃惊地看着娘的写作本，真不知道娘是如何用不听使唤的右手把这些字一个一个写出来的。娘很自豪地拿出了她的全套“武器”：一根铅笔、一本字典、一块长方形的小木板和一块橡皮。

因为手不听使唤，娘刚开始写的时候经常是横竖画得很长，字写下来一个个就像旁逸斜出的枝干。于是娘就用橡皮把这些字擦了，再重新写。因为右胳膊支撑不住，娘就把那块小长方形的木板当作桌子放在自己盘着的双腿上，然后再把本子放在木板上，一笔一画地试着，一个字一个字地练着，一行字一行字地写着。遇到不会的字娘就查字典。娘把我大侄子儿时的字典当成了宝贝，直夸这不开口的老师太好了，帮了她大忙了。她还说电视也是她的老师，有一次写伺候老人那段往事时，不知道“伺候”两个字咋写，正好电视上出现了这俩字，她便照着写了下来。

这就是我的娘，虽然没上过几年学，但是她用实际行动感染着我们，熏陶着我们，让我们懂得了感恩，体味着自强不息给家庭带来的生机和力量——这是她送给我们最好的人生礼物！

刘　力

石头情大山恋

晚霞明似锦，春雨细如丝，静静地、静静地，您在那片山坡上憩息24年了；好多次，我来到山坡，碑上的您，正笑着看我，好像有许多话要和我说。您走时我尚年轻，而今，坡上的小树都长大了……

爸爸走时，我写了《石头情》《大山恋》《怀念父亲》，总想续写，无奈笔重，这一瞬念，如梭光阴便匆匆而去。

您走在清明前，今又清明。我又开始叨念大山，叨念山上的石头了，您一生与大山与石头为伍，我只能拾掇些缀成文字，寄往天边。

您生在岳麓山下，骨血中深埋了湘人的豪爽与质朴，走进地质学院，便终生潜心与之为伍，毫无杂念；直到老年重回岳麓，书柜中满是群山中的小石，一道好靓好亮的风景，您与之对视时，是最陶醉的时光。

那段时光，知识荒芜。您这个专家被发配宁都农村，一个不通车没电灯的大山中；那个山坡叫竹森山，您在那劳动，效仿东坡陶潜，种田修渠。闲暇时分，常到坡上倚竹觅石，心惦石与矿的组合。懵懂的我不懂您的心。

鱼游大海，龙出潜渊。告别农村后，您立身矿山，操持本行，在那座叫画眉坳的钨矿，有山白石。潜心白石山，探矿、采矿、选矿……下井前，不会唱歌的您也能哼出音调，好多时候，您带我进矿道、爬竖井，乐观地哼着“吃得苦中苦”。终于，您在山坳把中考状元送上了运矿的货车，那以后越走越远，我却也渐渐爱上了大山和石头。

菁菁校园中，听到了全家离开白石山的消息，长途迁徙，车上有带着山恋的石头！许多年以后，遵父嘱再回白石山，原先繁荣的矿山早已荒芜，提及父亲，有位老人唱了句山歌“山含情水含情石头也含情”，父亲情愫一语中的。

您生命中最后的时光大都留给了长江边那座叫黄石的城市，倚居月亮山脉，续写山石情怀。您总拉着偶尔返家的我登山，指点山下城市穿城江水，依然讲石头的故事大山的情怀。如今，您当年开采的山脉已夷为平地，矗起高楼，每及旧地，眼中仍有您抹汗的身影。

那天，我接到了您笑着打来的电话，正拟一份开采与环境的政协委员提案；当天晚上，噩耗传来，匆匆赶回，您已安卧冰棺。倚坐棺旁，我陪了您两天两夜，写下了那串串文字。整理遗物，把您的提案草稿送至政协，会上忽而多了一道风景。

您静静地安卧在马鞍山，风吹雨打，笑望山石；我是带着石头恋恋不舍离开的。之后，每次山腰探父，便会想起岳麓山、竹森山、白石山、月亮山、马鞍山……还有一堆迥异的石头，那是怎样的一份石头情大山恋？

人生苦短，矢志不移。冬去春来，光阴荏苒。常记起您的许多话，让我像山一样踏实做事，像石一样坚挺做人，坚持自己，不畏挫折，因为，只有生时的耿直踏实，方就身后的安详宁静。

父亲，您在山上还好吗？您就是我心中的大山，心中的石头。石头想您，我也想您……

杨大会

无尽的思念

10月1日是我的生日。往年过生日，不论是在单位，还是在漂泊的大海上，首先拨通的肯定是山东老家母亲的电话，“妈，今天是我的生日，儿的生日娘的苦日，记得买点好吃的，我在执行任务不能回去看您了。”然而现在，这个电话竟成了莫大的奢望，手拿电话，怅然若失，心像被掏空了一样，母亲再也不能接我电话和我说话了。

父亲去世的时候，母亲四十岁出头，家里一贫如洗，房子是借来的，五个孩子只有大姐刚出嫁。在以后的岁月里，母亲怕我们受委屈，始终没有改嫁，含辛茹苦地拉扯我们长大，默默履行着对爸爸临终前许下的诺言：放心吧，孩他爸，我一定把儿女们培养成人，不让他们受半点委屈。那时我才九岁，不知多少次放学回家，看到母亲独自一人躲在角落里哭泣，见我回来又装作若无其事到田里干活。生活给了母亲太多的苦水，她始终一个人默默承受着、隐忍着、吞咽着……

初中毕业那一年，家里实在是揭不开锅了，我只能辍学打工。第一份工作是玻璃厂的搬运工，在600多摄氏度高温的炙烤下，30多斤的铁模子每天要搬运三千多趟，我一干就是四年。至今还清晰地记得，当我兴奋地拿着第一个月的工资（每天1块2毛5分，共计37块5毛），一分不差地交到母亲手里时，母亲看着我满手的血泡和稚嫩的脸庞，一把把我搂在怀里，号啕大哭起来："苦命的儿啊，妈对不起你，这么点年纪，去遭那么多罪……"我与母亲相拥而泣。为了维持全家的生计，母亲几乎什么苦活、累活、脏活都干过。给生产队掏粪挑粪、在医院做清洁工、在粮站卖早点、在食品厂摊煎饼、为陶瓷厂加工陶坯，有的工作既危险又辛苦，强度之大甚至连壮年男子都吃不消。记得母亲在粮站打工时，每天凌晨三点就要赶过去，一年四季，天天如此。炸油条、煎油伞、蒸米糕、摊煎饼，母亲样样做得有模有样。下班后，母亲经人同意带回家的"边角余料"，总是先紧着我们解馋，自己却从来不舍得吃一口。

淄博是中国北方的陶瓷之乡，家家户户的生活基本上都与陶瓷有关。为了多挣点钱，贴补家用，母亲在医院做清洁工的同时，自己挑泥浆加工陶坯。泥浆是用家乡的青石块磨制而成，因为掺了水，两桶泥浆就有250多斤，母亲用她90多斤的单薄身体和1.58米的个子，挑起泥浆要走40多分钟才能到家。每次到家，母亲浑身上下的汗像水浇了一样，衣服裤子都贴在身上，两边的肩膀透着殷红的血印。加工一个陶坯2厘钱，五个才挣1分钱。每一个都要经过沁、倒、削、刻、磨、晒等七八道工序，然后再把加工好的陶坯挑到陶瓷厂，一个星期下来最多能挣到10块钱，这份活计共持续了五年。那时放学回家，我经常帮母亲打下手，一轮做下来，累得腰都直不起来。

有时我们娘俩也苦中作乐，听听收音机，哼哼小曲。母亲虽然不识字，但特别喜欢听戏唱戏，京剧、豫剧、吕剧、越剧、黄梅戏，母亲都爱听，样板戏《红灯记》《杜鹃山》《智取威虎山》《沙家浜》里的精彩唱段，她样样都能哼几句。我对歌唱艺术的喜爱，就是在那段艰苦难忘的日子里慢慢养成的。后来，为了学会一首喜爱的歌曲或唱段，竟然着了魔似的到同学家、邻居家去学，有时甚至跑到县城的百货大楼去听，母亲从来不拦我。我学会的每一首新歌的第一个听众肯定是母亲，每次听完，她总是夸我：学谁像谁，唱得跟收音机里的一样，将来我儿子准能成为歌唱家。后来，我考上了解放军艺术学院，还上了中央电视台，可每学会一首新歌，依然渴望先唱给母亲听，母亲始终是我心中最信赖最忠实的听众。

家里日子过得再艰苦，在孝敬老人的事情上，母亲从来不打折扣。父亲在世时，每月给奶奶的生活费是10块钱，父亲去世后，奶奶主动减到了5块钱。别看这5块钱，常常压得母亲透不过气来，但母亲就是四处去借也从不拖欠。轮到我们家赡养奶奶时，母亲要拿出家中最好的米面，摊好煎饼，蒸好馒头，和我一起给奶奶送去。怕奶奶记性不好，母亲会细心地把钱塞到奶奶贴身大襟褂的兜里。有一次，母亲实在没辙了，打起了我的储钱罐的主意。那是我辛辛苦苦攒了近一年的零花钱，共6毛1分钱，全是一分两分的硬币。看着母亲期许的眼神，我含着泪“慷慨”地砸开了储钱罐——一个残破的陶瓷茶壶，把钱交到母亲手里。母亲用她的仁慈和善良侍奉着老人，也用质朴温良的言行深深地影响着我和哥哥姐姐。

好不容易熬到姐姐哥哥都结婚成家，我也考上了军校，母亲的身体却每况愈下，胃溃疡、冠心病、糖尿病一起向她袭来。用医生的话说，年轻时太拼命了，体力透支得厉害，把身体都累垮了。

考入军校后，每次回家，母亲总央求我一件事——着装整齐，陪她赶集。每隔五天，家乡都有一次集市，是街坊四邻、十里八村的乡亲们自发形成的。海军军装要么一身蓝，要么一身白，虽说漂亮，但我总觉得太显眼，不自在。可母亲已近乎偏执地把我和这身军装当成了她一生的骄傲。当兵24年来，由于我的演唱特长和工作需要，跟随部队出访了二十多个国家和地区。无论我在哪里，只要母亲知道了，首先看那里的天气预报，她无时无刻不在牵挂着我的衣食冷暖。

2007年春节刚过，我把母亲从山东接到大连。由于孩子小、房间挤，单位任务又多，母亲觉得太烦劳儿媳，住了半年就回了山东。回家没两个月，母亲就大病一场，医院下了病危通知书。我当时在海岛执行任务，军舰靠岸后，连夜赶赴山东。第二天下午四点到医院时，母亲已昏迷20个小时。医生说，如果36个小时内，病人有反应，就有救；如果没有反应，就准备后事吧。可怜的母亲，脸肿得连眼睛都看不到了，手脚冰凉，浑身插满了各种输液管，孤独地躺在重症监护室里。我让哥哥姐姐们先回家休息，自己守护着母亲。母亲在大连的半年时间里，我连续创作了十几首歌曲，发表在《解放军报》《海军文艺》和《音乐周报》上，有几首还录制成了 CD。每次放给母亲听的时候，她都啧啧称赞：我以为我儿子只会唱歌呢，没承想还会写歌呢，每首歌曲的调调，好听得直往人心里钻！

从晚上八点到凌晨三点，我不停地在母亲耳边哼唱她喜欢的几首歌。三点半左右，恍惚间发现，母亲额头上的皱纹微微地往上一挑，母亲终于有反应了！我的眼泪奔涌而出，飞一般地冲到护士站。在医院的全力抢救下，母亲在重症监护室躺了七天，总算逃过了一劫。出院后，母亲的记忆力急剧衰退，一下子变得少言寡语起来，要说也是翻来覆去地唠叨那几件事和几句话。医生说是小脑萎缩的缘故。

从 2009 年开始，我连续执行国庆大阅兵和军舰出访任务，很少能回家看望母亲。2012 年回家过春节，给母亲洗脚剪趾甲的时候，她微笑着问我：“妈有日子不出门了，也没洗脚，你这大军官不嫌我脏啊！”我笑着回答：“嫌你脏，我就当不了军官喽！”怕母亲心里闷得慌，我给她穿上羽绒服，裹上头巾，搀扶她来到街口的集市上。在街口，母亲竟然像孩子一样央求我给她买点瓜子，我担心她的糖尿病，又怕她咳嗽，只买了半斤。回来的路上，母亲还嗔怪着买少了。可我做梦也没想到，这竟是我和母亲赶的最后一次集。

2012 年 4 月，我随舰参加环球航行任务。7 月 19 日，当军舰行至南美洲的厄瓜多尔时，母亲竟撒手西去。母亲去世两个月后，我才回到祖国。最不可思议的是在母亲去世前的半个月里，我竟然连续做梦，梦里母亲说自己要走，要到很远很远的地方去，我接连从梦中哭醒，最后一次梦境依然清晰记得：母亲在村口等我放学，一遍遍唤我的乳名。当天，我拼命往家打电话，家人怕我失控，以谎言搪塞。现在回头查看自己的海上日记，时间竟然奇迹般地吻合。远隔千山万水，怎么会接二连三地做那样的梦呢？怎么会有如此强烈的感应呢？母子连心啊！

母亲去世后的两年里，我不知有多少次从梦中哭醒，梦见在母亲的呵护下一起劳动，一起赶集。因为没有见到母亲最后一面，总觉得母亲没有走，老人家依然活着。正如诗人所说：我相信故去的亲人，会变成星星，守望着我们，直到永远……

秋风乍起，秋雨潇潇，又逢今天我的生日，儿的生日娘的苦日，仰望苍穹，泪眼婆娑。妈，儿想您啊……

蓝绍敏

怀念我的父亲蓝润华

这是他离开后的第十二个清明节。

十二年，一个轮回。

十二年，一个循环。

这样的一轮，足够一个婴儿成长为一个少年。这样的一轮，足够一个人从壮年进入中年。这样的一轮，也足够让我将对父亲的爱和思念沉淀得最深最浓。

十二年前的一个晚上，他安静地躺在病床上，离开了我们，我因工作关系却没能守护在他的身边，也没能见他最后一面，这成了我心中永远的痛。

我最亲爱的父亲，离开我们，已经十二年了。

……

一

清明前夕，家里商量扫墓的事。

母亲已经默默地准备了很久，伴随着家里折好的金银圆宝慢慢越堆越多，我的思念，也随着这纪念的进行，越发不可自拔……

过往的一切，如清晰的电影画面，在脑海中一一闪现。

我的父亲，是一位受人尊敬的传染病专家，主治肝病，“文革”前是南通医学院的教授，“文革”后于传染病院当医生。

和他在学术界的成就相比，我的出生对于他来说更为重要，老来得子的父亲几乎把全部的爱都给了我。

我闭上眼睛，父亲的目光如春阳般温暖地覆盖在我周身。暖暖地，柔和地，无声地包裹住我，就如同他生前，充满无限的爱与关怀的注视，我享受了整整三十六年，区区的三十六年，短暂的三十六年……

记事起，父亲就从未吝惜过对我的宠爱，印象最深的，便是父亲慈祥的目光，这目光里包含对我无限的爱。交流中，谈话间，父亲的目光中总透出信任的爱、期待的爱、关心的爱。

有一次，我刚下楼要赶着去上班，忽然想到忘了带钥匙，便急急地转身向楼上喊，想让母亲帮我扔下来。就在转身的那一刹那，我看到父亲正站在二楼的阳台上，望向我……原来，每天关门下楼后，他便站在阳台上，望着我离开。

从开始的步行，到后来骑自行车，再到后来，有汽车停在楼下来接我，他始终保持着一个不变的姿势，拖着他日渐苍老的身躯，在阳台上，用他最慈爱的目光守护我。他不会像妈妈那样喊：路上当心，早点回来，下雨了要带伞。他只是默默地，用他一贯的方式站在那里，护送我。

每天上班，父亲目送我离开；每天下班，他会摸准时间，不时地站在阳台上张望，直到看到熟悉的我的身影从拐角出现，他那满是皱纹的脸上，笑容顿时如花一般绽放，满足而踏实。

过了多少年，当我也为人父，当我每送儿子去远方读书，望着儿子离开的背影，忽然体会到当年，父亲每天必做的功课。

我想，在他心里，一定有着小小的不舍，当他注视着我的时候，那目光里有对我最深的爱！他会在心里挂念，会担心，如果他离开人世，还有谁会像他这样来爱我。

父亲逝世后，我总觉得照片不足以表达怀念，便请雕塑家为父亲塑了一尊和真人差不多的铜头像。现在，这尊铜像就放在家里的客厅里，朝夕相处犹如父亲仍在我们中间。是的，雕塑虽然可以做到形似神似，每天我一进家门，最先迎接的就是他亲切的目光，仿佛当年。但是，这目光啊，怎么让我那么心痛！

二

虽有智慧的长者在一起，无须要他教你什么，看到他那样的表情，就学会很多东西。父亲对我的影响是全面而广泛的，好静不好动的性格、坚韧坚强的精神、宽以待人的品德、满足知足的心境……全部来源于父亲。因为我的身体里流着父亲的血，我的成长受到父亲的影响和教育。

“不一定期待去做大官，但立志做父亲那样的好人”是我一直的追求。

父亲善良一生，作为一名医学专家，他养成了细致耐心、好静不好动的性格。除了看病、救死扶伤外，回到家里总是一份《参考消息》、一份《红旗》杂志加上一杯浓茶，就能久久坐在那张藤椅上一动不动。

安静的家，安静的父亲，安静地坐在那里。如此安静的时光，仿佛是这个世界里最诗意与恬静的瞬间。

这样的画面，始终印在我心里。以至于，现在的我，也习惯于静静地坐着，阅读、品茗、思考……仿佛当年他的模样。

虽然家境尚可，但几十年也形成了习惯，将吸剩的烟头全部留下，然后取出烟丝卷成喇叭烟抽。

我稍大懂事后知道那里焦油特多，常劝父亲不要这样抽了，可他坚持着这一习惯：把白纸裁成小片，小心翼翼地卷起那小喇叭烟，点着后深深地吸上一口。当他吐出那缕缕白烟的时候，脸上便透出安稳，透出恬静，透出幸福。

后来，我才知道这是抗日时在徐州战区养成的习惯。

父亲告诉我：当年在战区，条件艰苦，从当兵的人那里学会了这种节约缓解烟瘾的方式，习惯了。

当然，他习惯的，还远不止这些。

他习惯于尽心尽力治病救人，习惯于在逆境中依然坚持，习惯于对科研的追求和探究……

其实我并没有享受过父亲的辉煌岁月，从我记事起，我们家已经从教授大楼被赶到了反修平房，我的成长笼罩着浓浓的政治歧视。

父亲瘦弱却精神矍铄，弱弱书生形象的他教给我自信和坚强。政治上的“牛鬼蛇神”，无法动摇父亲的学术地位。父亲对肝病的研究和治疗，为他赢得了广泛的尊重，他老老实实、勤勤恳恳地一直工作研究到生命的最终。

他把很多病人从死亡线上挽救了过来，人们想感谢他、报答他，他却从不接受任何礼物。马路上、商场里，常常遇见治愈病人面向父亲感激地伸出颤抖的手。那些病人见了父亲，总是老远就喊着“蓝教授”，并小跑着过来，激动地握着父亲的手上下地动。父亲总是憨憨地笑着，谦虚地将身体向前，攥着对方的手并叮嘱几句注意事项。

他可能不太记得他治愈的每一个病人，但每一个病人，都牢牢地记着他。很小的时候，我站在他身边，怯怯地扯着他的衣角，这样激动的场景一再在我面前上演，而当我渐渐长大，我搀扶着父亲，目睹这一幕幕看似稀松平常的点头问候，越来越深地感受着人们对父亲的感激，心里的自豪感与日俱增。我想，那时，站在他身边高大而优秀的我也是父亲心里的骄傲吧！

父亲是属于人民的！为人民做好事，不重金杯银杯只重群众口碑，这也是父亲留给我的精神财富。

在那个年代，虽然红小兵、共青团，我都没能在第一批加入，但作为学生，我总是最优秀的之一。不用父亲告诉我要好好学习、力争上游，他的一言一行，无声地成为我最好的榜样。每当我将奖状、奖杯捧回家的时候，他总是微笑着点头——我的每一点进步，都成为他最欣慰的成就。

直到现在，我还清晰地记得，当我骄傲地向他汇报好成绩的时候，他眼里闪烁着的欢乐的光芒……

三

“文革”岁月中的父亲，政治上被歧视，精神上受压抑，不过，肉体上并没有吃多少苦。当时，有多少父亲同时期的专家被批斗被毒打，但父亲仅受到过一些文斗而已。

他还是一个极能排除困难，超脱于自我而工作的智者。眼看他渐渐老去，却从未褪去孩子般的天真、开阔。对待这个世界，哪怕有万般的不公平，父亲都以他宽阔如大海般的胸怀包容着……

父亲待人亲和宽厚，学术上从不以权威压人，生活上处处关心同事和后辈。

父亲因胃不好，上班常常会带上母亲为他准备的饼干等食品。父亲带去的饼干，总是成了没吃早饭的同事的救急早点，有时又成了部门同事工间的零食。父亲带去的茶叶也总是大家共享的。有时他的胃病犯了，却发现食品袋空空如也时，他不仅不生气不发急，还会乐呵呵地说："挺受欢迎，挺受欢迎。"目光中透露出长辈的慈祥。

那个年代，轮到批斗他时，同事们觉得实在没法批他，也找不出批的理由，有的只有尊重，他们轻描淡写地说他几句，草草地将批斗的流程走个过场。

因为受父亲的影响，我没能在第一批当上红小兵，没能在第一批入团，却始终没放弃我的努力。全世界都知道，父亲这个名分的尊严，而我的父亲，以他的实际行动给我做了最大的榜样。

他的一生，有自己的灿烂。静静地、宽容地、容忍地，快乐地生活着，对肝病治疗与研究做出了业内人士才明白的贡献。

……

十二年间，我有无数次后悔。为了学业，为了工作，种种借口和理由，我心安理得地享受着父亲的爱，轻率地把和父亲在一起的三十六年时光度过了。我总以为还有很长时间可以在一起，我总觉得他的离去，是和我开了一个玩笑。

时间在变，空间在变，而我们受其左右，一直也都在改变着。

和十二年前相比，此时的我减少了几许的激情洋溢，但却沉淀了更多的内敛稳重。而对于父亲的那份爱，那份思念，依旧。

十二年的思念，一直想写点什么，来纪念父亲，而这样的事，竟然一拖再拖，我一笔一画地记录下对父亲的所有思念，情到深处，浓到化不开。很多细节，像潮水一般涌来，堵在我胸口，只恨自己的笔跟不上我跳跃的思维。

写得很辛苦，也很欣慰，因为这是我十二年来，唯一一次，写得最多的和工作无关，只和父亲有关的文字，这也是我除了思念之外，为父亲做得最用情用心的一件事。父亲在天上，一定温厚地用他慈爱的目光注视着我，仿佛十几年前，他站在二楼阳台上目送我离开的样子……

十二年过去了，又是清明。

2011 年的清明，又一个新轮回的开始。

父亲——我爱你！

第三章 ——— *Chapter 3*

人间清醒，体味平凡琐碎的美好

张绍勤

有钱难买天明叫

许多人常常认为“有钱难买天明觉”。因为黎明前的那段时间，也常常是一个人酣梦未醒的时刻，睡眠往往是最香的，有一种良宵一刻值千金的感觉。可是在我父亲的口中，他常说的却是“有钱难买天明叫”。

20世纪七八十年代，那时候我十几岁，总觉得收麦是一年中最苦最累的农活，每到龙口夺食的季节，最怕提起收麦。农历五月初，正是“小麦覆陇黄”的季节，那可真是“田家少闲月，五月人倍忙”。由于当时收小麦主要靠人力，而且一家人一年的口粮主要来自小麦，所以当时大到一个村庄，几乎是集全村之力；小到一个家庭，极尽全家之力。每逢麦收季节，工厂调休，学校放假，商店关门，县城的街上静悄悄的，几乎所有人都回家收麦了。

每年收麦前，父亲也总是忙忙碌碌地做着准备工作，修理、添置镰刀、木锨、扫帚、麦杈，拉麦用的架子车、压杆、压门、刹绳，平整、碾压晒麦的麦场。因为家庭经济困难，这一切的一切上是舍不得去市场上购买的，只有靠修修补补、东拼西凑来准备。至于为个人或家庭成员准备的防暑降温品，对于我们家来说，是一种奢望。

收麦的日子，因为天气炎热，很多人都会早早起床，趁着天气凉快去地里干活。天刚蒙蒙亮，我们一家人也带着镰刀、拉着架子车到了麦地，排成一排，一人几行，开始割麦。因为我年龄小，一次只割四五行，父母亲都要割十几行。刚开始几镰还割得比较快，刚割有一二十分钟，就汗流浃背、腰酸胳膊疼，远远地看看父母亲弓着腰、弯着背，比我快许多，我又咬紧牙关，奋力地往前割，想赶上他们，但由于腰太疼了，力气用尽了，也赶不上他们，索性躺在已割倒的麦铺上伸懒腰了。休息了一会儿，看到父母亲一刻也顾不得休息地往前割，我又直起腰，继续挥动着镰刀开始割。

一天下来，累得“人仰马翻”。一到晚上，丢下饭碗，我就一骨碌躺在床上睡着了。也不知睡了多长时间，耳边响起了父亲的喊声，我睁开了疲惫的眼睛，嘴里嘟囔着：“还早着呢，我还没有睡醒呢。”可睁开眼睛朝外一看，天早已大亮。但我还是想多睡一会儿，就打着哈欠懒洋洋地说：“天明这会儿睡觉太舒服了，让我再睡一会儿吧。”父亲意味深长地说：“干什么，不要怕吃苦，起得早，才能有更多收获。”

“有钱难买天明觉”实际上应该是“有钱难买天明叫”。多少年来，在我劳动、上学、工作中，父亲的“天明叫”一直伴随着我：幼年时，它像闹钟，每天总是准时叫醒我起床去上学；工作时，它像启明星，准时照亮我前进的道路；懒惰时，它像冲锋号，激励着我向更高的目标进军。

曾有一项调查，研究“谁是世界上最幸福的人”。结果出来，按照得票多少，第一名是给自己的孩子洗完澡后怀抱婴儿的妈妈；第二名是给病人治好了病目送病人远去的医生；第三名是海滩上夕阳西下的时候，看着自己筑起的沙堡自得其乐的孩子；第四名是给自己的作品画上句号的作家。我想，还应该再加上，在成长过程中，天明时被叫醒起来努力的人。

清明节快到了，我的父亲离开我们二年有余，我再也听不到父亲的“天明叫”了。

愿我们所有人珍惜身边的幸福！

廖益生

一生幸福，一生感恩

老娘生于20世纪50年代，在那个一贫如洗、百废待兴的年代，家乡赣南革命老区的农村仅靠着国家分配给每家每户的几亩水稻田耕种生活，但因为老娘勤俭持家、勤劳朴素，我们小时候总有一种特别幸福的感觉。

小时候，左邻右舍都处在为解决温饱而辛勤劳作的生活水平，村庄里时常有靠挨家挨户要饭的流浪汉路过，他们每每走到家门口时，如遇上家里正在吃饭，即便是自己家饭菜不够，老娘也要把他们的菜碗盛满；即便不是我们家的饭点，老娘都会给予他们家里的红薯干、熟芋头、熟花生、黄豆等副食，从不让他们空手而走，失望离去。

起初我们姐弟都很不理解老娘这样的做法，老娘就讲，他们有这顿，但下一顿不知什么时候能吃上，我们这餐或许吃得不够饱，至少下一顿还能准时吃饱。那个年龄，我们虽对老娘所讲似懂非懂，但老娘的言行却给我们幼小心灵烙上了印记。

遇有清明做艾米果、端午包粽子、立夏做青粄、初冬新的山茶油出来后的煎粄等节日或亲戚来访之际，身为小孩的我们都极期盼有亲戚来访，因亲戚到家后，我们可以借此改善伙食，可以吃上难得的美味。为此，老娘都会做些艾米果、青粄、煎粄等特色小吃来庆祝节日和招待远道而来的客人。

米果、煎粄在那个缺粮的年代，绝对是所有小孩们的上等食品，正常自家做一次用米七八斤足够，但每次制作时，老娘都要再追加三分之二的大米，待家里做出成品后，专门挑选上好足量的精品米果，足数足量让我们分别端送给上下左右邻居。有时看到老娘精心挑选、耐心查看，我不停又不舍地催喊老娘说："够了，够了 。"生怕多送后自家吃不够。

我们把米果端送给周边邻居后，同龄的小伙伴看到了，都会惊叫，都会欢呼。临回时，邻居大伯、婶婶、大哥、大嫂们也会回赠好多吉祥话。春去秋来，年复一年，左邻右舍逢年过节，但凡谁家做了好吃的，都会你端我往，给孩童年代的我及邻家小伙伴，带来巨大的惊喜、极大的开心。

去年冬休假回到家，快到晚餐开饭时间，隔壁邻家恢盛哥、溅香嫂子听到我说话的声音，隔着墙高喊："老表，快过来这边吃晚饭，有好多小时候爱吃的米果，还有你在大城市很少吃的山货。"我听了，有些犹豫。老娘在一旁看穿了我的顾虑，笑着说：" 想吃就过去，还有什么不好意思。"一听老娘这样说，我迅即前往，酒足饭饱后聊天才知道，当年老娘给邻居端送米果之前之所以耐心查看数量，是在默数邻居家的人数，要确保送到邻居家的米果每个小孩都至少能吃上两个，且保证每个大人也要有。

前些年，老爸老娘来到东北过春节，其间我们一起到省城购物。临近年关，东北全域冰天雪地，凛冽的寒风中，各大商户都派有促销员在外发放宣传单。进商场路过时，我还随手接了几张，后面的老娘也接了几张。

待购物出来时，夜已黑，我们拎着物品匆忙赶往车场，我放好物品，发现老娘竟然还没有跟上来，忙着急忙慌地沿路找寻。转过弯，看到街对面手捧一沓厚厚的宣传单的老娘，还一路接过每个促销员手里的宣传单。看到此景，我隔着马路一阵高声吆喝，催促老娘别再接了，赶紧走。

上车后，我还不停数落老娘，刚从南方过来不久，人生地不熟，万一走散了，我们怎么找？老娘语重心长地说：零下几十度，还有风，孩子们冻成啥样了？我知道这些宣传单拿回来也没什么用，可我们多领走一份，孩子们就早一点下班回屋，不在外受冷受冻。我听后，心里五味杂陈，真是无言以对，无地自容。

那之后，出差走南闯北，下飞机乘高铁，看到年老、年幼行动不便需要扶助和扶送者，我一定会主动上前，搭把手，或推一把，或送一程，看到路边行乞之人、街头路演的人，也会驻足给予力所能及的帮助和赞助。

行文至此，我突然发现，这些年，尽管我们家并没有大富大贵，但因为传承了老娘的勤俭持家、勤劳朴素，我们依然很有幸福感。

姚小红

想 娘

娘离开我已经有 10 年，娘走的时候才 61 岁。那时我 32 岁。10 年后，娘 71 岁，我已 42 岁了。

现在的我，变得异常脆弱，就像当年的娘一样。我们四个儿女，哪一个不是娘心头的肉啊？可是娘最操心的就是我。

因为我离家最远，娘想我，我也想娘。娘不敢看我的信，她每次看，每次哭。娘每次电话里叮嘱我——一定要好好吃饭，人是铁，饭是钢，一顿不吃心发慌。打铁必须本身硬，你只有自己硬起来，别人才不敢欺负你。

娘说的话，我都记得，娘受过的苦，我都懂得。娘喜欢的秦腔，成了我最好的精神食粮。只要我想娘了，我就会听一段娘最喜欢的秦腔。

一遍一遍地听秦腔戏《朱春登哭坟》——

我叫一声，我的老娘，娘啊，我的母啊！实想说回家来把娘侍奉，回家来不见我娘面，却留下了两堆黄土冷清清。再不能听娘的声音见娘的尊容，老娘啊！再不能娘把你儿叫几声。朱春登直哭得昏迷不醒，要相逢除非是南柯梦中……

那一声声对娘的呼唤，听得我几度落泪，几度哽咽。

以前我不理解，为什么奶奶去世时，大娘、二娘（大伯、二伯的妻子）跪在奶奶的遗体前，一声一声地叫着："妈，你娃叫你嘞。妈，你走了，留下你可怜的娃，再叫谁呀？"她们眼泪一把，鼻涕一把，哭得那么伤心，那么悲痛。

等娘走了，我跪在娘的遗体前，也同她们一样，一声声哭喊着："妈，你娃回来了。妈，你咋不应我嘞？妈，你娃叫你嘞。"眼泪一把，鼻涕一把，哭得肝肠寸断，哭得心一阵一阵地痛。

娘脸上盖着白色的手帕，我一遍遍掀起，看娘紧闭的眼睛、紧闭的嘴唇、被阳光晒黑的脸，我想永远记住娘的面容。

的确，娘开心时的笑容我记得。娘想爹时，那满面的愁容我也记得。

娘最开心的是 1999 年夏天，我考上大学后那一个多月。娘每天起早贪黑，去苹果地里摘苹果。我跟在娘身后摘苹果。我们一起将苹果放进箱子里。等苹果装满箱了，娘在前面拉着架子车，肩上挂着一根很粗的麻绳。娘在前面拉，我在后面推。娘逢人就说："我碎女子考上大学了，我碎女子考上大学了。"

爹走的那年夏天，娘也害了一场大病。我和姐姐们一起去村头迎爹的魂。马路上没有几个行人，我心情沉重地跟在姐姐们身后。突然看到娘，娘刚刚从赤脚医生那里打针回来。娘瘦了，瘦得我都认不出来了。娘看到我，我也看到娘，我和娘的手紧紧握着。娘的手好冰，好凉。我不敢看娘的眼睛，我知道，爹走了，娘一下子没了主心骨。我想和娘在一起，陪着娘，可是我必须和姐姐们把爹的魂迎回来才能陪娘。

窗外下起了淅淅沥沥的雨，风吹打着玻璃窗户，传来当当当的声音。谁家的小猫“喵喵喵”地叫着，它是不是也想娘了？

李　玫

我的爸爸

父亲节前夜，我打下这个学生时期最常见的作文题目，想从我小时候起，一点点回忆关于父亲的点点滴滴。

在我很小很小的记忆里，我的爸爸个子很高，喜欢吃肉喝酒，喜欢呼朋唤友，喜欢吹牛，喜欢抢着买单。我的妈妈瘦瘦小小，宽不及爸爸的一半，高也将将只到他的胸口，可我家妈妈说了算。妈妈做家务，带孩子，招待爸爸带来的一批又一批朋友，但只要妈妈沉下脸，家里的气压立刻就会低了下来，爸爸也会弯下高大的身躯，想尽办法换妈妈展颜。

那时候只觉得爸爸是这世上最舒服的职业，拿着一样的工资却有妈妈尽心的照顾，偶尔赔上些甜言蜜语，真是这世间最合算的生意。

那时尚不知什么是父爱，我也一直以为爱热闹大咧咧的爸爸并不很爱我和弟弟，他最意气风发的时候是在酒桌上，我家小小的客厅里总是有熟悉的或不熟悉的客人，爸爸春风满面划拳敬酒，妈妈任劳任怨在厨房里忙忙碌碌。而我和弟弟自由成长，衣食无缺，没心没肺。

转眼我到了青春期，因多读了几本小说人就敏感了些，我开始讨厌家里的人来人往，烟酒的气味叫我难受，也不愿意把大鱼大肉白白便宜了不相干的人。但我从没期望过我的爸爸会很细腻地爱我，这世间大多是歌颂母爱的，可见父爱是极稀缺的，我没能遇到也属正常。

然而，我还是遇到了。那一日，大概是某个节日，我的爸爸又在舅舅家喝酒吃肉，好在农村的院子空房子多，青春逆反的我受不了呛人的烟酒味，找了间空屋子躺在炕上看书打发时间。许是他们喝得太过尽兴，觉得原来的屋子不够宽阔，踉踉跄跄穿过院子往我躲清闲的屋子走来。我的爸爸个高腿长，走在最前面。隐约看见炕上躺着个人，便大声对我舅吆喝起来："他大舅，家里来客人舅母怎么先睡下了，去，叫起来给我们再炒几个菜去。"我的爸爸和我大舅关系最好，他俩"酒精考验"的友谊远远超过了姻亲的关系，自然习惯了彼此这般调笑。他们说笑着，爸爸走得更快了些，走近了，隔着窗看见是我躺着，他立马压低了声音，对后面的人说："走走走，别吵了，我姑娘睡觉呢，你们小声些。"

我背对着窗户，看不清爸爸的表情，但我听到那突然温柔到骨子里的语调，不由得，鼻头就酸了起来。我的爸爸，你多可笑，你如此双标是不是因为喝多了酒，全不知什么是害羞？我本是个多思多虑的人，最在意一些莫须有的心意，从此，我对于父爱变得很笃定，稀缺的父爱我不缺，被爸爸明目张胆地偏爱让我变得越发自信。

然而，我始终和爸爸不怎么亲近。尽管从没人教过我这些，但我小小年纪便十分在意男女性别。我向来不喜欢与人亲昵，即便是我的亲生父亲，也会不由自主地与他保持着一定的距离。爸爸喜欢躺在沙发上看电视，那时家里只有一组沙发，爸爸个高，整个沙发被他占得满满当当，我便搬个小板凳，坐在离他一米多远的地方。弟弟顽皮，非挤在爸爸身边，我看着他在爸爸身上爬上爬下，最后挤出条缝隙舒服地躺在爸爸怀里，心里也是羡慕的，但那点孺慕抵不过我的羞怯，毕竟我是个“知书达理”的小姑娘，我和爸爸最舒服的距离大概就是这一米左右。我总觉得爸爸更爱弟弟，因为弟弟会撒娇，会耍赖，会和他亲亲热热，但我从没觉得这种喜爱是因为重男轻女。在我家里向来是看重我多些，我总被爸爸在人前夸奖甚至夸耀，说我博览群书，说我懂得多，说我作文写得好，说我端庄得体……我其实并没有那么好，只是被爸爸夸得多了我渐渐也向着他说的方向改变，只是，我得更加“端庄得体”，以至于我这几十年的人生里从没有过和爸爸亲亲热热的场景。

一转眼我的女儿已到了我当年多愁善感的年龄，我高大的爸爸也一天天老去，不知是不愿意承认还是以为父母会永远年轻，我从不去想他们老了该怎么办。外出旅游时爸爸依旧习惯去拎最大的那个皮箱，我依旧以为他还像当年那样身强力壮，直到那年夏天，带着父母孩子从北戴河疗养结束路过北京，我在网上订了东来顺的涮羊肉，却因为路痴找不到饭店。

我在手机上搜索着，一环又一环的北京地图叫我头晕眼花，我渐渐丧失了耐心，几乎想放弃地图上只有五十多米却死活找不到“本尊”的饭馆。我说，不吃了，随便吃点啥吧，太难找了！爸爸连忙说，好好好，不吃了，吃啥都一样，涮羊肉家里也能吃。夕阳里，我第一次看见了爸爸的忐忑和茫然，我那呼朋唤友热爱吹牛无所不能的爸爸怎么突然就这么不自信这么小心翼翼了呢？我什么时候成了他们的主心骨，一饮一食都需要我去安排了呢？爸爸的头发依旧漆黑，爸爸的脊背依旧挺拔，可那一刻，我第一次觉得他老了。他不再无所不能，他期待我的庇护，我也该长大了，不能永远当那个被双标被偏爱的“中二少女”了。

一瞬间，我不想放弃东来顺了，我挥手招来的士，报上店名，几分钟后我们一家便被送到了饭店门口。那一天我点了店里几乎所有品种的肉类，那一天爸爸吃得很开心。虽然涮羊肉哪里都有，但只有北京的东来顺才值得爸爸去吹嘘。

我的爸爸因为身体的原因渐渐已不能抽烟喝酒，所有的爱好里只有吹牛最有益身体，所以我真心希望他可以一直满面红光意气风发地给大舅给老友给认识的每个人吹吹牛，而他们最喜欢吹嘘的始终是儿女，所以我一定要更努力些，好让他吹得更欢畅些！

蔡　敏

母亲的力量

妈妈一开始也是个小女孩吧？只是在养育了儿女之后，在责任与义务的驱使之下，才变成了又温柔良善又金刚芭比的模样的吧？

我妈看起来挺美挺温柔，而且总是比同龄人显得年轻一大截。要问她为什么显年轻，主要是她心态好，特别特别地好，没道理可以讲的那种好，举重若轻、淡然自若的那种。

每当我受了什么挫折委屈，只要一看到她充满关切的脸庞，感受到了她深切的同情，我就得到了安心。哪怕我到了两三百里远的他乡，只要我的母亲大人在家乡说她一切都好，我都莫名地有种安静下来的力量。

2006 年 5 月，我初识我的婆婆。虽然婆婆大人与我母亲同年略小月份，但看起来是截然不同的两个人，全然不同的两种做派。当一个一生无悔要强的母亲，和一位淡定自如无欲无求的母亲站在一起，两种不同生活方式中成长起来的淡定的力量交织在了一起，我分明地感受到了一种无比安宁和笃定的力量。

或许，冥冥之中，能够选择去相信自己能做一名合格军人或军嫂的人，他（她）们的母亲也选择了相信自己的儿女总是最棒的。

今年5月，回娘家小住了几天。趁天气好，与母亲散步在家乡的山水田园之间。母亲欢乐地给我介绍一些三三两两散布在村陌之间的房子，说这是谁谁谁、那又是某某某家的房子。循着母亲的述说，记忆之线牵着的，都是小时候的那些叔叔阿姨们，他们全都笑容可掬、永远年轻、永远可亲的模样。

我和母亲在水库边、沟渠旁、田埂上慢慢地走，慢慢地聊。一路散步，一路听母亲不紧不慢、细细缓缓地叙说着他们的青春时代。眼前就浮现出成百上千朝气蓬勃的青年男女，热火朝天地在这山林田地之间，完全依靠人力，垦山造林、修桥架路、大修水利、拓荒田地、大干快上的劳动场景，仿佛在看母亲年轻时不惧艰难险阻、战天斗地的青春修炼手册。

母亲包容着我贪多嚼不烂的喜好，也包容着我快慢随机的步调，更是有商有量地引着我寻找不同的路线去探险。与母亲的散步，其乐无穷！

正是在这缓缓的漫步之中，我回忆起了小时候的许多事，更加深了对母亲的印象与情感的联结。

清明前后，栽瓜种豆。与母亲一起，采摘清明谷雨茶，种西瓜豆子，同样充满了数也数不尽的乐趣。那时候，母亲总是会带上好吃好喝的，然后带我们去田间地头玩耍。

母亲在一边踏踏实实、勤勤恳恳、头也不抬地做事，我和姐姐则在完成规定任务之前或之后，自由自在地玩耍。

我总是要求先玩那么一小会儿，也或者提前完成任务，抑或紧赶慢赶先做一部分，然后就去寻找宝藏森林田园的各种乐子。

一般来说，藏在田间地头的乐趣，总是无穷无尽的——小到看蚂蚁上树、听鸟儿歌唱，大到寻一树又一树的刺莓、一嘟噜一嘟噜的栀子花与杜鹃花。这些花儿，可都是可以看、可以玩，更可以拿来吃的喔。

母亲从不干涉我的自由，只是嘱咐我要小心脚下，怕藤蔓勾脚、怕树蔸绊倒、怕野草丛、怕刺蓬蓬、怕有蜈蚣、怕石头崴脚、怕掉坑、怕有蛇……

我是不会怕那些乱七八糟、不明来路的东西的，有母亲在，我什么都不用害怕的。

母亲带我们去山上砍柴，每次都是眼瞅着她比我们更快更早地收拾好，再耐心地提醒我们、等候着丢三落四的我们及早地出发。但是，神奇的是，她总能在最关键的时刻，变出我们口渴要喝的水、肚饿要吃的饭，还有各种各样她能想得到、能准备得到的小零食。这些事，我到现在仍然是想不出，云淡风轻、举重若轻的母亲，到底是怎么毫不费力地做到的？

母亲带我们去抓河虾。马虎眼的姐姐总在犯懵，而我总在琢磨为什么看起来好像啥也没有的地方，母亲总能捞出来许多活蹦乱跳的小米虾儿。

我和姐姐蹲在提桶边，看近乎透明的大大小小的小米虾子们，举着长长的螯、支棱着刀与剑，在方寸之间踱步与拼杀。母亲在一旁边捞虾边和我们说，这虾儿走来走去的模样，就好像你和姐姐之间的日常，一会儿相安无事、互不打搅；一会儿狭路相逢、剑拔弩张……

我听母亲这样形容，再看看那些虾子，果真如此哇！

我淡定的老母亲，那个曾经也青葱活泼的小女孩儿，该是多少次火冒三丈、气冲脑门、血压上升又怒气沉丹田，才换来了如今的风雨不动、安静如山啊。

母亲有意无意间，总在教给我人际关系的大智慧。母亲教给我的道理还有很多很多，需要我用一生去解读，去领悟。

母亲陪我慢慢长大，我要陪着她慢慢变老。我的母亲，请您不要担心老之“已至”，也不要担心您老态龙钟以后眼不能看、手不能提、肩不能扛、脚不能动，您老一岁，我也老了一岁，这个世界也老了一岁。

您别害怕那未知和无尽渺茫未来的一切，有我陪着，这应该也是您最喜欢的浪漫人生。

一场场接力的陪伴，让母亲的力量得以延续，也会让老母亲的爱继续。

赵国勋

父亲的味道

我大学毕业就进入部队，对家中的照顾、给父母的尽孝少之又少。前段时间休假回家，当我的脚步刚刚踏进家门的那一刻，父亲显得很激动，是那种看见远游之子安全归来时的安然与放心。我看见父亲老了许多，头上的白发比以前更多，脸上的皱纹比以前更深，肤色比以前更黑，行动也比以前更加迟缓，完完全全变成了一个农村老人。父亲现在虽然不缺吃少穿，但因为母亲患有严重的糖尿病和尿毒症，视力又不是很好，不能从事体力劳动，家中所有的活计都是由父亲一个人承担，肩上的压力并不小。

第二天，我对父亲说，想去上坟。我的爷爷奶奶都葬在那个地方，他们是我的先辈，也是小时候带我长大的人，每次回家我都要去看看他们，在他们坟前坐一坐，给他们烧烧纸。因为坟地离家比较远，便打算一个人走路过去。当母亲将需要的东西备齐后，父亲掐灭了纸烟，说：不着急，我用摩托车送你去。

是不是让父亲送我呢？因为，论年龄，父亲已经到了六十岁，我已经是三十好几的人了，再让父亲送我，明显不合适；论路况，都是山路，父亲的手上还有没有足够的力量，驾驭有两个人在上面的摩托车呢？我真的有点担心。转而又一想，自从上中学后，我就再也没有感受过父亲的后背了，是不是还像原来那样厚实，还有没有原来那一种让我深感幸福的味道呢？

我们每一个人都曾经在父亲的后背上爬过，每一个人的幼儿时期都印在了父亲厚厚的脊背上，不像现在的小孩始终是在学步车中长大的。小时候，能够趴在父亲的后背上是一件非常渴望的事情，父亲身上那混合着烟味、汗味的特有气味，对我们来说是非常好闻的一种味道。

我还是坐在了父亲的摩托车后座上。山路的颠簸可想而知。因为是上坡路，我只能尽量地将身体往前靠，紧紧地贴着父亲的后背，只有这样才能保证摩托车重量的前后均衡。靠在父亲的后背上，我的眼睛是湿润的，有二十多年没有这样亲近了吧。父亲虽然老了，但他的后背还是那样的有力，他身上的味道还是那样的熟悉。就是这个像风一样单薄却又像山一样坚强的后背，托起了我的人生，我现在的每一点进步都应该有他一份。

在行驶到一个拐弯处的时候，因为父亲手抓车把的时间过长，可能是有些疲劳，差点儿没有转过弯来，幸好我及时用腿支撑住了即将倒下的摩托车。再次上路，由我来载着父亲。一路上，两边的山坡缓缓向后退去，父亲在不断地介绍着这是谁家的地，那是谁家的地，我家的地给谁种了，谁家的收成今年怎么样，谁家的孩子干了什么，谁家在某个事情上不应该怎么样，等等，在某些问题上还征求起了我的意见。那一刻，我感觉到这是男人之间的对话，小时候是我征求他的意见，长大了是他征求我的意见。

到了墓地，在爷爷奶奶的碑前烧纸，父亲指着近前一块空地，以一种非常平淡的口气对我说："那里就是我的地方，将来你就把我的骨灰埋葬在那里。"听父亲说话的口气和平时没有什么两样，我不禁惊讶于父亲对待生死的平淡和冷静。由此想到了自己，虽然读过多年书，可对于有些事情为什么就是看不开呢？

回到部队，一个人独处的时候我常想，如今父母亲还健在，我们有什么苦恼可以向他们说一说，拿起电话拨到家中听听他们的声音。可是如果有一天他们离我们而去了呢？到那时候我们才是真正地独自面对这个世界了。从这个意义上说，只要父母亲还在，我们年龄再大也都不算真正地长大，因为我们还有他们可以依靠，他们那里永远是我们身心疲惫时的栖息港湾，世界上只有那里才是最最安全的。愿老父老母生命之树常青，那一种父亲的味道世上常在。

高 俭

给父亲过 66 岁生日

我的家乡在沈阳近郊农村，这里有子女给父母过 66、73、84 三个生日的习俗。一年腊月里，爸爸在邻家伯伯的 73 寿宴上喝得酩酊大醉，被人送回来后躺在炕上还在说酒话：“我这辈子只有给别人过生日的份儿，永远也不会有人给我过生日的。不怪别人，只怪我生得不是时候，大家都忙着春耕播种，家里没个女人操持，谁能顾上我的生日。”

我 14 岁那年，妈妈因病去世。妈妈走了，也带走了我的幸福和快乐。老爸既当爹又当娘地拉扯着我过日子，他虽然很艰辛，很努力，但生活依然很凄苦。腊月里，眼见邻居家杀年猪、吃大肉，我家却是顿顿酸菜、咸菜。有天吃晚饭时，我无意中说出想吃猪头肉和烤鸡架，因为这两样相对其他荤菜来说价格便宜一些。我刚说完，爸爸就放下筷子去邻居家借钱了。但邻居家担心有借无还，直接说有钱也不敢借。后来，爸爸终于借到了钱，给我买了烤鸡架。但是，我一口也没动，我告诉爸爸从此再也不馋嘴了。那一晚，爸爸哭着说让我一定要争口气，将来自己挣钱买肉吃。

那一刻，我就在心里暗暗发誓，等我有钱又有时间的时候，一定要给爸爸过回生日。可连吃口肉都困难的父子俩，哪能奢望生日宴？

我高中毕业走进军营。2019 年秋，我已是军校里的优秀士官提干生。2020 年寒假回家探亲，因为疫情久久未返校。好巧不巧，我终于在家赶上了父亲的生日，而且是他的 66 大寿，农历四月十二，那天恰逢五四青年节。与爸爸一起在田里劳作到下午四点，我谎称军校有“五四”特别网课，要早点回家。

我离开农田后，就骑上自行车到附近市场买了几样家常菜，又跑到镇上的点心铺买了个 66 元的蛋糕。最最少不了的是，家乡有习俗“父母六十六，女儿孝顺一刀肉”，虽然爸爸就我一个儿子，但我得像别人家闺女一样割上这刀肉，亲手给老爸包上 66 个饺子。

到家后我急三火四地忙碌开来，一个多小时的工夫，就用在部队帮厨时练就的厨艺，把饺子包好，又拼凑了冷热八个菜。我一边煎炒焖煮，一边憧憬着老爸到家后的那份惊喜和欣慰，心里充盈的是满满的幸福与陶醉。

估计快到老爸回家的常规饭点，我把家里的白炽灯熄灭，插好蜡烛，把饺子和菜品摆好，待听到院门打开的那一刻，我躲在房门后使劲屏住呼吸。爸爸进门后，并没急着开灯，而是自言自语地说：这满屋菜香，咋不见人影呢？这小子不是说回来上课吗，人呢？

这时，我点燃蜡烛，用几近颤抖的音调唱响：“祝您生日快乐……”爸爸先是往门外倒退趔趄了一步，继而开始破口大骂：“你个败家子，整这些花里胡哨的阵仗，有啥用啊？到大城市读几天书，就不知道自己姓啥啦，快拿一边去！”我满腔热情瞬间被骂声浇了个透心凉。我遂用哀求的口气说：“老爸您许个愿吹蜡烛吧，据城里人说，父母在生日为子女许愿最灵了。”老爸一听为子女许愿，就很虔诚地对着蛋糕静了一会儿，然后吹灭了蜡烛。

我随即打开灯，爸爸一看满桌子的大鱼大肉，没等心里的旧火熄灭，一股新火就又蹿上来了：“你这是打算吃了这一顿就不过了吗？我一个生日你糟蹋这么多粮食、肉菜，你这哪是给我祝寿，这明明就是折我的寿。”说着，老爸一头躺在炕上，面朝墙壁赌气拒吃，“我没那个富贵命，消受不了这样的福气，你自己吃吧。”任我好说歹说也不起来。

我被爸爸的倔强怼得心生疼，疼得我急中生智：“老爸，您咋说也是中国军人的父亲，如果国外的那些键盘侠，知道中国军人的父亲连一个生日都过不起，会大肆做文章抹黑中国军人的。我现在是月工资过万的中国军人，给您过个生日的花费不算啥。”说着，我又拿出自己大阅兵时的“瞪眼哥”照，继续忽悠老爸：“您不是一直以我这张阅兵照为荣吗？国家动大阵仗、花大价钱搞阅兵是为彰显国防实力，我难得在家给您庆贺个生日，也是为了突出咱们军人家庭的富足啊……”

老爸虽然不知道啥是键盘侠，但一听说自己的行为是在破坏中国军人的形象，一骨碌就爬了起来，边吃边喝，边喝边说：“我可不能给中国军人丢脸，我这军人的爹可不穷。我的日子好着哪，我银行存折上都有 5 万多了。”

几杯酒下肚，老爸话越来越多，他说不是故意与我别劲，而是他的节省另有打算。他刚才吹蜡烛时，就祈愿春天播下的种子，秋天有个好收成，能够多卖钱多攒钱，好给我在城里买房子成家，这样也算是对我娘有交代了。

这些年，老爸一个人拉扯我过日子实属不易，穷日子必须节俭着。我读中学时，听不得外人说我爹坏话，只要听到谁说我爸是“老抠”“老土”，就会以拳脚相击。我明知打架会遭老爸毒打，照样屡教不改。这让老爸很是头疼，他觉得凭他一己之力实在难把我调教好了，便在我中专毕业那年执意把我送到了军营这座大熔炉。谁知，我一当兵就去了西藏，离家大老远的，独把思念留给了老爸。好心邻居劝老爸续弦，老爸一想到要攒钱给我买房娶妻，便不打算在自己再婚这件事儿上再投资了。于是，便紧紧巴巴地在家过苦日子。过年也不买鱼虾和鸡鸭，只是象征性地买点肉回家包顿饺子，就是最高的伙食标准了。

春夏秋三季，老爸在自家菜园里，随手摘一把菜回家开水烫煮一下，蘸酱配饭就够凑合一顿了，冬天则靠家里的一缸酸菜、一缸咸菜下饭。我当兵几年来，老爸就是这么节俭过的。只有每年我休假时，老爸才把那些日子都当年节过，任由我每日早餐按照部队的标配，每人一个鸡蛋，每顿炒个荤菜。我想让自己在家的每个日子，都让老爸倍感快乐富足。

没想到，一场疫情生生地把一个寒假延续到了初夏，老爸看着每天的伙食，着实心疼那些吃到肚子里的钞票。于是，他便想在自己生日里行使父亲威严，管束一下儿子的“奢侈”。谁知，倔强了一辈子的老爸，又一次“败”在“瞪眼哥”的威武里。

那天晚上，我们父子俩喝酒，聊天，聊过往，聊未来，聊家国，聊中国军人……聊着聊着就哭了，哭着哭着又笑了，泪水和着酒水。最后，我们父子共同干杯：祝每位军人和军人父母快乐，祝全中国每个家庭越来越幸福！

罗　毅

母亲的菜园

女友第一次上我老家的时候，忐忑不安。临行前，女友妈妈说，你们那山沟沟，吃的睡的洗澡的，还有上厕所，方便不？我皱皱眉，用无声的笑，回答了后来的丈母娘。

不得不承认，我的出生地，那长江边旧县城，一座起源于晋代的千年古镇，经风雨剥蚀，古城的颜色消解殆尽，早已沦落为毫不起眼的乡村小镇。与大都市比较，我的故乡就是乡下，我的母亲打 12 岁起就成了生产队的全劳力，上山砍柴，下田插秧，甚至男人干的农活，如犁田耙地、打谷脱粒，也难不倒勤快如一枚旋转陀螺的母亲。我愉快地告诉女友：我们家一定不会亏待你，去看看我们家的菜园子，你就知道我的老娘有多能干。

女友回到故乡，果真被三间瓦屋门前的菜园吸引，从小生活在城市筒子楼里的人儿真是开了眼界：菜园不大，二三分地，被母亲精耕细作，就有了白萝卜、红萝卜、菠菜、芫荽、芹菜、小葱、大蒜、胡萝卜。普通人家餐桌上的菜蔬，几乎都能在菜园中找到。菜园南端头，还种了一棵四季常青的花椒树。

女友进门当天，大雪纷飞。风雪一夜，把菜园覆盖，母亲从雪地里挖出来菠菜、包包白，在小火炉上炖着吃、在柴火灶上炒着吃，顷刻间，城里人的矜持，被美味攻击得土崩瓦解。

八年后的正月十二，女友早已成为孩子他妈，我们又一次回到老家。那是让人悲痛欲绝的日子。家父突发心梗，撒手远行。我们披麻戴孝，哭天号地，跪守在黑漆棺木面前。门前母亲的菜园，被和尚、道士辟为简易道场。一地葱绿，在三天两夜锣鼓响器和众人纷乱的脚步里，化为齑粉。母亲失去了伴侣，我们永别了父亲。

三天后，母亲随我们离开家乡，凄惶惶抵达她眼中一片慌乱的城市。从此，那一方郁郁葱葱的菜园，再也无人侍候，与衰朽的平房老屋一起，渐成荒芜，空留在我们的记忆深处。

母亲来到城里，住进了楼房，慢慢熟悉了高楼林立、车水马龙、市声喧嚣的生活。一月、二月、半年、一年，时间如流水东逝，带走了父亲远行的悲伤。但是，母亲忙碌惯了，始终闲停不下来，手脚又利索，眼睛还明亮，家务事做完，她用什么来打发时间呢？

底楼的门房老张告诉我，你们两口子上班后，你的老妈独自从河道边、公园里，用一只破脸盆，端来了泥土，平铺在那公共阳台的角角里。燕子衔泥，聚少成多，渐渐铺成了四五平方米的一块菜地，准备栽菜菜呢。

又要种菜！母亲没有忘记种菜，无法放弃她种菜的“手艺”。果然，母亲买来了种子，撒下去，一阵风吹过，一阵雨淋过，一两桶发酸的淘米水泼下去，菜地就渐渐染了绿，葱子、蒜苗、韭菜、豆角、小白菜……还有红红绿绿的朝天椒，迎风生长，引来上班下班路过的邻居，竞相围观。

母亲在阳台上的种菜生活延续了三五年，尽管没有像模像样地收获到劳动果实，但有了精神寄托。

2019 年初，我接到新的任命，到离家三百公里远的小城工作。母亲放心不下我一个人到外地，固执地要随我一起到小城。妻子说，也好，今后我和儿子跑长途来看望你们。我苦苦一笑，鼻子酸酸的。

来到小城后，住进了单位的周转房。周转房不知修建于何年何月，已然陈旧不堪。但那向阳的逼仄阳台，一下子吸引了母亲的目光。

她找来三五个快递师傅用过的泡沫盒子，不知从哪里搬来两蛇皮口袋泥土，甚至去近旁的农贸市场转悠，买来炼油厂榨油后的油渣充当肥料，然后，在阳台上重操旧业。种子下土，阳光、肥料、水滴交融，泥土中就钻出了嫩绿的芽苗。

老家的弟弟、弟媳来小城看望母亲，捎来了一捆芹菜。老家的芹菜，品种优良，鲜嫩爽口，脆生生的甜甜味道，闻名遐迩。母亲见有一蔸芹菜的根须还齐全，便将其拿到阳台，栽入泡沫盒中土壤。时间一久，我已然忘却了那一簇远道而来的老家芹菜。有一天，母亲却捧出了一包褐色如芝麻颗粒的种子，说这是那蔸芹菜结下的籽呢。

当辛丑年的春风吹走庚子余寒的时候，阳台上蔫头耷脑的葱蒜秧子突然鲜亮起来，仿佛注射了强心针，叶片上竟然有了熠熠光亮。母亲种在泡沫盒子里的芹菜秧秧，三四天时间，就膨大起来，把泡沫盒子挤得满满。

妻子来到小城休假，惊讶于阳台上的郁郁葱葱。品尝了母亲的芹菜炒肉丝，她愉快地说，好香好香，跟我们在老家吃的味道一模一样。将来，我一定要种菜。

望着即将退休的妻，我笑，将来已来，说干就干，现在就向母亲学习，去阳台种菜吧……

第四章 ———— *Chapter 4*

愉色而养，心有阳光世界明亮

宋 捷

愉色而养

朋友姜彪发来一条微信，转给我最近网上流行的《人际关系的 17 个定律》。其中有一条是亦舒的“错误定律”：人们日常所犯的最大错误，是对陌生人太客气，而对亲密的人太苛刻。

细细一想，这条“错误定律”的确经常发生在我身上。

我是一个待人比较客气的人，有时近乎迂腐。报社的前辈老沈多年前曾给我编过一个段子，说我和另一位也有点迂的同事同去参加一个会议，在乘坐电梯时彼此客气，互相谦让，结果会议散了，我们却还没进电梯。

段子虽然是编的，影子却还是有的。然而，尽管我待人客气，却没有走出“厚外人薄家人”的怪圈。比如我深爱自己的母亲，但有时候却对她老人家说话生硬，甚至给她脸色看。

父母年岁渐大，有些爬不动楼梯了。去年搬了一次家，楼层由三楼搬到了一楼。因为换了一个小区，母亲总想把自己的新家告知她的亲朋好友。她和父亲商量要请一次客，把大家请到新家来热闹热闹。仔细排了一个名单，一再压缩，还是有 3 桌人。我看了一下名单，几乎全是清一色的老人，年龄从“70”到“90”。我说这么多老人，有的身体还不大好，有的要骑电动车从唐闸赶过来，路上的交通安全太让人担心了，便否定了这个方案。

后来母亲又提过几次请客的事，我几乎不假思索就打断了她的话。

然而，慈爱的母亲这次没听儿子的话。今年全国两会期间，我去北京出差。回来以后，母亲向我通报，说客已经请了，安全无虞。当我听说年已八旬的舅舅，从唐闸骑电瓶车驮着舅母赶来赴宴时，惊出一身冷汗。

母亲嘴里说“总算了却一桩心事”，却怯怯地看着我，等待我的责怪。

我没有责怪母亲，内心却反而满是自责：当初母亲心心念念要把至爱亲朋请过来，我为何不能耐心倾听她的想法，完善她的方案，顺着她的心愿呢？如果担心老人们路上不安全，我为何不能积极主动为她解决后顾之忧，动员表兄妹们挨家挨户接送那些长辈们呢？

我把这个故事讲给一位好友听，他说“千孝不如一顺”。孝顺，孝顺，不就是以“顺”为孝吗？如果自己不顺着母亲，让她老人家窝心，那么，孝道还从何谈起呢？朋友告诉我，在一些无关紧要的分歧上，最好不要与父母争辩，哪怕真理完全在你这边。因为一旦为此而争辩下去，结果往往是：你赢了真理，却输了真情。

孔夫子有个理论：孝道的修行中最难的是“愉色而养”。按照他2500多年前的孝道观，物质上给父母的享用，是低层面的“孝”；高层面的“孝”，应该表现为对父母精神上的敬重和感情上的安慰等。“事父母几谏，见志不从，又敬不违，劳而不怨。”意思是侍奉父母，发现他们不对的地方，要婉转规劝，他们若不听从，仍当恭敬，不可冒犯；即使内心忧虑，也不能怨恨。

还是孔子说得对：有深爱者必有和气，有和气者必有愉色，有愉色者必有婉容。

愉色而养，为了每日“三省吾身”，我请书画家丁鸿章先生写了一个条幅，每天默念几遍，铭记在心。

李小三

保姆父亲

父亲年近八十。

他的脸日益苍老，他的背日益佝偻，他的鬓发日益霜白，他的脚步也日益蹒跚笨拙。父亲现在在医院里面，万幸的是，他不是生病，而是在医院里照顾一位生病的大叔。

父亲又一次瞒着我们来到了小县城。近八十岁的他还是没有刹住勤劳的惯性，依然在为自己赚取生活的希望。用他的话说，是在尽量减轻我们的负担。

我很纳闷，更多的是生气。纳闷的是让他坐在家里享享清福，没想到他又东打听西寻找，又找了一份苦差事，每天日夜不分地照顾一个生病的大叔，照顾他的生活起居；生气的是，他又不告诉我们，自己偷偷地从乡下跑到城里谋生。

很难想象日渐消瘦的父亲咋样抱起那个大叔？睡眠不好的他晚上怎样在医院病房的走廊上熬过？嗜酒如命的他又是如何克服深入骨髓的酒瘾……

如果不是母亲打电话告诉我，我还蒙在鼓里。我知道父亲的倔脾气，一旦是他决定好的事，就算是九头牛也拉不回。

电话那头，我嘴里虽怪他，但听到他熟悉的声音，心里还是莫名地愧疚，满心欣喜。我说中午我送饭过来吧，刚好离我单位不远。父亲说：上班忙就不用麻烦了，出来做事哪里来的讲究，一日三餐温饱就行。何况你当班主任要操心的事太多，有点时间自己好好休息吧！我反问父亲：你不是很喜欢看报纸吗？刚好单位来了好多新报纸。父亲总算是勉强答应我给他送饭。

中午时分，一番忙碌之后，我把饭菜准备好，行色匆匆地奔向医院，气喘吁吁地跑到六楼的病房。

许久没见父亲，心里更多的是挂念。

我的到来，让父亲高兴得像个孩子。他乐呵呵地冲我笑，有点慌乱，手不知往哪放才好。父亲放好我带过来的饭菜，转身洗好了手，在我抬头的那一刻，将手落在我的肩膀上，我觉得好“重”。

迟疑了一会儿，没想到，父亲帮我整理好一路上被风吹乱的衣衫，又嘘寒问暖……

父亲在找话。

那一刻，年少时严父的感觉荡然无存，觉得父亲真的是老了，脾气变得温顺许多。他脸上多了微笑，眼里多了对儿女的依恋。

不，父亲一直没有变老！他的背越来越驼，听力日渐衰退，满头的银发越来越稀少，饱经风霜的脸消瘦得让人心疼，却依然精神矍铄。

年少时，他叫我往东我绝不敢往西。可是现在，我们希望他往东他偏往西。我知道，他不想在我们面前老去，他还要体面地自食其力。只是我们如鲠在喉，心疼。不经意发现，其实父亲还是渴望我们一直在他身边，哪怕是不说话，他也很知足。

我催促他快点吃饭，要不凉了。父亲示意我坐在椅子上。我说您坐吧，吃饭就该坐着吃啊。父亲最终还是在几番推让之下，让我坐在椅子上。他说站着吃更快，怕耽误我上班时间。父亲转过身的那一刻，我情不自禁用手机定格住他已日渐弯曲的吃饭背影。

爱与被爱的潮水汹涌澎湃，任泪眼模糊。

我安慰他说不急，有的是时间。没想到他把饭吃完了菜却剩一半。“是菜不合胃口吗？”我给他倒了一杯开水。父亲说剩下的菜留到晚上，到时在食堂打点饭将就应付，省得跑来跑去送饭麻烦。

我站起身准备接过他放下的碗筷，没想到父亲径直端起碗筷说：你歇着吧，老三。接着传来哗啦哗啦的洗碗声。我鼻子一酸，却使劲抑制自己的泪水，不想让父亲看到。

我问父亲平时照顾那个大叔时，是咋样把他抱起来的。父亲说这点小事难不倒他。“我们种田人这点力气活算啥？你忘了前些年农忙你回来时，我们还一起踩过打禾机呢？”他轻飘飘的语气里，我却依然能隐隐约约地感受到他生活里的沉重。

我把报纸拿出来给他放好，父亲催我快点去上班，不要迟到，留下不好影响。我告诉父亲：坚持不了就回家吧，我们现在再穷，也不缺您这口饭。父亲说，有事干，这日子过得充实呢。

我还想继续陪父亲聊会，担心他这么长久的重体力活吃不消。父亲说：快回去吧，现在那个大叔恢复得也差不多了，过一周就要出院。他现在基本能够自理，事少多了，他睡觉时我还可以看这些报纸，享受时光呢。答应好别人的事，我就会做好。放心，我会照顾好自己，你快去忙你的吧。

走出医院的大门，我不禁转头回望。父亲的背影永远地定格在了我的脑海里。父亲那皱纹满面的古铜色的脸上，眼睛似乎早已失去光泽，在我的心底却幽远而深邃。父亲粗糙得像松树皮一样的手，指甲里还留着一道道黄泥巴的印迹，还带着淡淡的稻香。

这就是父亲，受了别人不曾受的难，吃了别人不曾吃的苦，但他依然以坚毅笑对惨淡的人生。

柴米油盐里细品人间烟火，细碎的光阴中安放疲惫的灵魂。前半生的经历都是后半生的铺垫。或许在父亲的背影中，我才能更清醒地看清前方的路。

岁月静好是一件多么可遇不可求的美事，安享晚年是一个多么华丽而又脆弱的字眼。也许享受与年龄无关，但我这一生的最终安宁却与心底深处父亲的背影有关。

我踏着轻盈的步伐向学校冲去……

廖良开

父亲的乳名叫“新春”

父亲今年已经 87 岁高龄，有时他还能下地干农活，这可是我们兄弟姐妹的福气。

父亲的最爱就莫过于每餐能有二两小酒。昨天打电话回家，母亲在电话里说：“你爸爸近段时间，每次喝酒之后就总是自言自语地讲他过去的生活，或者讲他认识的某一个熟人。反正你爸爸念着我就听着，也不回答他，回答他也听不见！”

父亲现在的听力确实越来越不如以前，偶尔顺风的时候能听清一两句，所以打电话回家都是母亲接听，叫母亲把电话递给父亲说几句，也是他讲，我只听着。

今年父亲生日当天，我赶回老家和哥哥姐姐一起为父亲过生日。看到儿孙满堂围坐在一起点上生日蜡烛为他老人家庆生，父亲当然很是高兴，晚餐还没开始，父亲就拿着他的不锈钢小盅，自己先倒了半盅酒端在手上，我看盅里约有一两半。

父亲坐上桌子后还没来得及夹第一筷子菜就小抿了一口，然后才问我和哥哥：“你们喝不喝酒，喝就去倒哟！”原本我就不会喝酒，可父亲还是像招待客人一样客客气气说上一句。

用餐中，大家你一言我一语边吃饭边聊天，只有父亲一语不发，专心吃着菜，喝着酒。我坐在父亲边上，不时为他夹些他喜欢的菜。

父亲由于牙已掉光，吃饭的速度比较慢，当他喝完第一个小半盅酒时，脸上有点红了。这时，他看看母亲笑笑说："今天菜这么好，我想再喝点点哟！"

母亲假装没听见似的。见状，我伸手去拿父亲的酒盅，为他倒第二次。这时母亲发话了，对我说："你还给他倒嘛，一会儿他就开始话多了。"我想，父亲今天高兴就让他多喝点嘛！

果然，第二盅还没喝几口，父亲便有一句没一句地和我们搭话，问："你们在摆什么呀！"我把嘴凑到父亲耳边告诉他："我们在摆以前的生活。"

我的话父亲一定是听清楚了，他开始回忆过去，讲他是兄弟姐妹中最听话的一个，从来不会惹爷爷奶奶生气，从小就干很多苦活累活，所以他干的活吃的苦最多。

他八岁时，我的曾祖父在家中去世了，曾祖母喊："新春，你到街上去找你爸爸回来。"于是，父亲一个人走了近三个小时的山路到街上去找我的爷爷。后来爷爷买了八根麻花让我的父亲提回家，爷俩找来几块木板为我的曾祖父做好棺木，并一起将老人家送上山。

父亲又回忆起爷爷临终时他正在煤窑里挖煤，爷爷在家喊

"要见新春"，于是姑妈跑去叫回父亲，但由于路途遥远，最终父亲还是没能赶回来见到爷爷最后一面……

说到这里，我看到了父亲眼眶里的泪花。我也弄不清，为什么父亲两次提到自己乳名时，都与他的两位至亲之人的离世相关。父亲今年 87 岁了，在他记忆深处，依然留存着我祖父和爷爷的影子。我想，对父亲来说，他对父爱的理解或许都源于对他乳名的轻唤吧。

这也是我第一次听父亲说起他的乳名。因为不想父亲在自己生日时继续讲这些有关他乳名的伤心往事，我岔开话题，将嘴凑到父亲耳边问："您的乳名为什么叫新春呢？"

他回答："我是新年过后不久出生的，又正是春天开始的时节，所以他们就叫我新春。"

母亲说她和父亲一起生活几十年了，从来没听他说起过。

如果没有这次为父亲庆生的团聚，我们可能永远也不会知道父亲的乳名。

都说父爱如山，我的父亲虽然没有文化，可对我们的管教特别严。小时候最怕的就是父亲的耳光，一不小心做错事就会挨父亲的耳光，被他打耳光之后脸上一定会很明显留下几根手指印。

记得上小学时，有个仲夏的中午，太阳火辣辣的，热得心慌，我和几个同学相约在学校旁的水塘里洗澡，没想我刚下水没多久，父亲不知去哪里办事回家从水塘边上路过，发现了我，当即气冲冲地冲到水塘边，把我从水里拎出来，朝我光溜溜的屁股上就是一巴掌，再朝脸上又是一耳光扇过来，并吼道："你是不怕死吗！"当时我就眼冒金星，那是火辣辣钻心的痛，脸上和屁股上的手指印好几天都没消散，从那以后再也不敢野游。

而现在，要想挨父亲一次打，那就是奢望。

想起父亲的乳名，想起父亲为抚养我们吃过多少苦受过多少累，想起父亲对我们严格的家教，再想想现在的父亲老得电话里听不见我的问候……我的内心充满愧疚，每回家一次，都觉得和父母见面的机会少了一次，转头却又安慰自己：父母健在就是我们最大的幸福。

如今，我随时告诫自己一定要多抽时间回家陪陪他们，陪他们散散步、说说话，因为父母心里肯定还有更多我们不知道的事儿——那些事儿，之前他们没有机会说，之后我们也许会没有机会听……

杨恒战

给母亲送件礼物

我的母亲出生于一个普通的小山村，有一个好听的名字“金凤”，然而母亲却并非山里飞出的金凤凰，她从小失去父母，没有上过一天学，靠吃百家饭长大——可怜的母亲没有童年。

母亲十几岁时便外出谋生，在亲人的资助下，当了名城市铁路工人，遇到父亲后拥有了一生的情感归宿。两人是同事，本期待着美好的人生从此开始，无奈父亲的决定却改变了她的命运：只因年迈的爷爷和年幼的叔叔常饿肚子，父亲毅然回到乡下挑起家庭的重担。

这些陈年旧事多是听长辈讲的。长辈们对母亲的评价是贤惠、勤勉，任劳任怨。还听说在人民公社时代，母亲为了多挣些工分，白天下田参加集体劳动，晚上还要守着磨坊磨面到深夜。父亲正因有了母亲这样的贤内助，才使得家庭渡过了难关。当小叔成家后，父母又拖儿带女从老宅中搬出去，在新宅基另安了家，就是我出生的那个宅院。

从我记事起，母亲的生活就是面朝黄土背朝天，日出而作，日落而息，日复一日，年复一年。

母亲是勤劳的，每天早上，母亲总是第一个起床。夏秋季节，田里有忙不完的农活，母亲要先到田里干会儿农活再回家张罗早饭。

深秋寒冷的早上，当我揉着惺忪的眼睛从暖暖的被窝里醒来时，母亲已早早起床去地里刨了一篮红薯回来，脚上沾满了新鲜的泥土，一进宅院就开始忙碌一家人的早饭，这成了我童年记忆中一个难忘的画面。物质贫乏的年月，红薯是农村人用来充饥的主要食物。红薯秧也不浪费，被母亲从田里一同带来，扔到猪圈里成为它们的美食。

我们兄妹众多，贫穷落后的年月，基本的温饱就成了父母最主要的奋斗目标。众多的家庭成员中，母亲无疑是最操劳的。那时的农活没有机械化，全靠体力，十分繁重，母亲却一样不落地参与。除此外，还有一年四季忙不完的家务活，洗衣做饭、饲养家畜、缝缝补补。

儿时的记忆中，母亲的身影总是不停地忙碌，从我早晨惺忪地睁开第一眼，直到漆黑的夜晚中沉沉入睡，从未见母亲歇息过。甚至无法干农活的雨天和没有农活的冬天，母亲也是待在室内纺线织布、做衣做鞋。

母亲不但勤劳，还爱学习。那个年代乡下居家吃的、喝的、用的几乎全靠勤劳的双手自给自足。从小居无定所的她没有机会学农活，更不会做家务。尤其是家务活种类繁多，所有农村妇女需要掌握的技艺对于母亲来说都要从零学起。一字不识的母亲凭借着虚心好学，硬是跟着奶奶全部学会了，纺花、织布、做衣、做鞋、蒸馍、淋醋，等等。

母亲这一生，是父亲的贤内助，和父亲一起撑起了这个家，含辛茹苦，无怨无悔；她还是爷爷、奶奶的好儿媳，孝敬老人，耐心细致，记忆中，总是把最好吃的留给长辈，无声地给我们晚辈树立了榜样；她更是我们儿女心中的慈母，从不打骂我们，尤其是对我这个最小的儿子，更是疼爱有加，回首往日，记忆中的童年载满了母亲暖暖的爱。

母亲过惯了穷日子，生活之不易对她来说刻骨铭心，即便现在条件好了，她依然放弃不了节俭的习惯。待我成家立业后，母亲已步入晚年，我将她和父亲一块儿接到了城里居住。

时光荏苒，十年光景一晃而过，虽然母亲早已融入了这个城市，但她的节俭之风却不是城里人所能比的。剩饭、剩菜她从来舍不得扔掉；去超市购物，总喜欢挑选最便宜的；孩子喝完的饮料瓶也要收集起来卖掉；甚至有空还要去大街上捡废品换钱，虽然她并不缺零花钱。

母亲节到了，满大街飘荡着关于母亲的歌曲，让我突然涌出给母亲送份礼物的念头。是啊，母亲快八十了，我还从未给母亲送过一件礼物呢。

有一天，爱人突然发现母亲戴了个戒指，忙问哪来的。追问好久，母亲才支支吾吾道出实情，竟是从两元店买的。那一刻，我的泪水涌了出来。

从此，我就有了买戒指、手镯之类的礼物送她的愿望，不管金的、银的还是玉的，但一定要真的。结果每次都被她拒绝了，“年老了，还花那个钱干啥？”母亲总是淡淡地说。

今天是母亲节，我再次决定买礼物送她，当然没再征求她的意见。早饭后，我一人悄无声息地去了大街，很快将一个手镯和一个戒指带了回来，银质的，挑选了最重的。

当我拿给母亲后，她先是问多少钱，接着劝我退掉。直到我反复强调售出的商品不会退时，她这才慢慢戴上。

看着母亲在窗前借着光线端详好久，我的泪水再次涌了出来……

郭常松

岳父的快乐生活

岳父出生于20世纪60年代初，性格和长相基本属于“50后”的人啦，在那个年代，生活相对比较贫困，但也比较简单。

岳父兄弟姐妹共6人，岳父排行老三，性格温和，爱好学习，闲来之时，喜欢练习书画，琢磨一些小事情，捣鼓一些核桃之类的小玩意儿，属于在哪都能找到快乐的人。他经常说，这不也是一种快乐生活的方法嘛。

岳父今年61岁，长得较瘦小，有点像南方人。在家中，习惯保护我、爱护我，正如爱人所说，岳父比较喜欢男孩。有时候家里看电视，岳母与爱人总是喜欢看韩剧和古装剧，而我与岳父又爱看书画、新闻类，当遇到这种情况时，怎么办呢？我们会进行投票表决，实行民主制，这样会形成平局。如今，有了小朋友以后，我们的投票率也在倾斜。

岳父有“五大爱好”。第一，爱喝酒；第二，爱抽烟；第三，爱书画；第四，爱玩核桃；第五，爱收藏。这五大爱好里，核桃可以说是属于至爱。无论在何地，在他身上，总能找到一对把玩得发亮的小核桃。他总是说，吃的可以少点，用的可以少点，但是这个必须有。

岳父酷爱收藏，经常听他讲，在刚入门那会儿，都是在摸索中学习，即使买到假的，也是总结经验，多看书。同时，可以将藏品作为一种观赏品，也可以将它作为一种艺术品去品鉴，何乐而不为呢？

岳父爱逛旧货市场，这也给他带来了很多的欢乐。清晰地记得 2010 年冬，跟着岳父去北京潘家园古玩市场，这是我第二次随他去逛。第一次去的时候还感觉到挺新鲜，挺好玩，各种藏品、家具、艺术品、钟表类，琳琅满目，我也是走马观花；第二次去感觉就是在学习中领悟。岳父每看一件都是特别地专注，从细节、年代、工艺到价值、意义，都一一斟酌，遇到喜欢的，也总是迈不开脚。

岳母经常为了岳父的爱好与岳父发生争吵，而岳父也不理会，只是干自己喜欢的事情，不去争辩。如果太吵了，就躲到自己小书房，把玩自己心爱的小核桃，岳母也没有办法。

人的一生中不就有那么点儿爱好吗？如果这些都没有，总感觉到人生没有快乐，没有乐趣。生活中就是由一点点的小乐趣构成的，岳父说。

祖志宏

一张没被收到的明信片

我上初二那年，有一天我们的班主任在课堂上问我们：你们谁知道五月的第二个星期日是什么节日？我们班的同学都懵懂地看着老师，摇了摇头，齐声说不知道。老师皱了皱眉头说：你们应该知道这个节日，因为这一天是母亲节。

很快就有人问老师：什么是母亲节啊？还有母亲节？都没有听说过，我们只听过三八妇女节。

什么是母亲节？母亲节，顾名思义就是给天下母亲过的节日。这个节日最早出现在古希腊。母亲们在这一天通常会收到礼物，康乃馨被视为献给母亲的花，而中国的母亲花是萱草花，又叫忘忧草。2006 年 12 月，中国民协节徽文化委员会等组织将农历的四月初二，也就是孟母生孟子这一天定为中华母亲节。

一阵哄堂大笑之后，老师的眉毛皱得更紧了，长叹一口气，说："也不怪你们不知道，这原本是西方的节日，我们没有这个洋节，但感谢母亲的付出，却是我们一定要做的。今年，学校号召我们师生在这一天搞个小活动，致敬母亲。这里有一些明信片，一元钱一张，谁要告诉我一声。拿到明信片的同学，请把想告诉妈妈的话写在明信片上。”说完老师就转身离开了教室。

老师走后，我们展开了激烈的讨论，很多同学都表示：这是一种表达感谢的行为，理应被提倡。于是我和很多同学都买了明信片。

明信片的正面大多画着康乃馨的花，上面有简短的祝福语，反面是留给我们写祝福的地方，像信纸一样画着横格。我选了一张画着蓝色康乃馨的明信片，郑重地写上：“祝福我的妈妈永远年轻。”

我们将地址填好，明信片就带着我们对母亲的爱被邮寄出去了。我们那时都很期待，想知道我们的妈妈收到明信片时会是怎样的反应。自我们寄出明信片后，就一直讨论什么时间可以收到，老师说：“你们的家离得都不远，一天两天的都能收到了。”

后来，同学们相继在班上说他们的妈妈收到明信片后的反应。

有的妈妈收到明信片后说他，花这个钱干啥，你们学校就会糊弄你们花钱！可他又说，他的妈妈脸上明明带着笑，还说这个话。

还有的妈妈收到明信片后脸上表情很丰富，先是笑后又怒，笑是开心，怒是责备孩子乱花钱。在她们看来，一元钱买它还不如买两根冰棍。村子里的妈妈生活都很节俭，她们一辈子舍不得吃舍不得穿，把全部的钱都花在了孩子身上。

我见到他们的妈妈都收到明信片了，就我的妈妈没有收到，很难过。我问老师，我的明信片邮寄到哪里了？老师查询之后说：前天就到你们村委会了。

那天我一心扑在明信片上，放学后就跑了，都没跟同学一起回家。一进门，我见到妈妈就问："妈妈，妈妈，你收到我送你的明信片了吗？"妈妈说没有。我又把我在学校买明信片送她，以及明信片被邮寄到村委会的事情向她叙述了一遍。

她听后疑惑地问我："什么是明信片？"我又跟她解释明信片的作用，跟她说是送问候送祝福的卡片。妈妈听了笑着说，心意收到了，收不收得到明信片不重要。

我急急地说："不行，这是我的心意，上面还有我写给你的字呢。"妈妈问我写了啥。我说：我写的是妈妈永远年轻。妈妈听了笑着说我是傻孩子，哪有人不老呢。我在心里嘀咕："我就不想妈妈变老。"

我不甘心，自己跑到村委会寻找我的明信片。村委会看门大爷说他好像看到一张卡片，他在大喇叭广播后，没有人来取，就放一边了，后来也不知道被谁拿走了，找不到了——村委会经常有人来，老人和孩子也常来玩。

我失望地回到家，跟妈妈说我送给她的第一份礼物丢了。妈妈安慰我说东西丢了就丢了，又不是妈妈丢了，没啥可惜的。我抱着妈妈说："妈妈，你可不能丢，你丢了，我就没有妈妈了。”妈妈打趣说：“那你可得把我看好了，看住了，不然就会丢。”她说完话后，我抱她抱得更紧了。

我那天跟妈妈说卡片上面有一朵蓝色的花，名字叫康乃馨，是母亲节那天所有妈妈会收到的花。妈妈说她不知道那个花，她觉得家里的野玫瑰花就很好看。妈妈又说，再好看的花也没有她的闺女好。我听了之后，心里美滋滋的，忙说妈妈也比花好。妈妈听了就笑，笑得比花开的时候还好看。

以后每年的母亲节，我都会跟母亲聊聊天。如果时间方便，我会回家陪她过节；赶上加班的时候，我就会给她打个电话。

其实，我知道我的妈妈根本不在意这个节日，在她心里，儿女安好就是过节。而在我心里，与她在一起的每一天都像过节一样的开心。

王森琼

执着的父亲

我父亲今年 67 岁了，照常理这个年龄应该退休在家安享晚年，可他还在自己的工作岗位上任劳任怨，孜孜不倦，还说要干到 70 岁……其实我内心深知父亲到这个年纪还不肯休息，是舍不得他的客户和他骨子里的韧劲，什么都是靠奋斗出来的，因为在他们那个年代日子太苦了，也穷怕了。

1975 年，父亲经媒人介绍和母亲结了婚，当时家里一贫如洗，没有一样像样的家具，母亲回了一趟娘家，回来后发现家里的被子、床单都不在了，哭着问父亲是怎么回事。父亲一五一十地告诉母亲："没钱置办结婚用品，那些都是为了结婚向邻居借的，现在婚也结了，就还回去了。"把我母亲气得，直问你们家怎么这么穷！父亲一言不发。看着父亲老实的样子，想着父亲毕竟还有初中学历，小学都没毕业的母亲也不再说什么：婚都结了，这日子还得过啊！

外公是一名小学的校长，有固定收入，母亲娘家的生活比较宽裕，外婆知道我们的家境后便对母亲说："逢场就回来改善改善生活吧！”还时不时地接济我们家。婚后一年，母亲生了一个儿子，可生下来第三天就夭折了。这对父亲和母亲打击很大。听母亲说是因为孩子生病，出生后整整哭了三天，他们没钱去看医生，也以为小孩哭很正常，就没太在意，导致了悲剧的发生。我婆婆（方言，指作者的奶奶）还怪我妈不给孩子吃奶。

两年后，母亲生下了我。我小时候体弱多病，经常闹肚子，跑医院看医生是家常便饭，爷爷非常担心我养不活。加上有哥哥生病去世的教训，父亲更是把我捧在手心里，有什么好吃的都给我。可家里的收入毕竟是有限的，看着家里的条件，看着身体虚弱且生着病的爱女，父亲静坐苦思，整夜整夜睡不着觉。

父亲自尊心很强，发誓一定要摆脱这种穷日子。他每天起早贪黑干农活，希望收成好点，多打粮食多卖钱。土地承包到户那年夏天，因为大队第二天要统一放水栽秧，父亲为了把地里的麦子收完，让母亲休息，自己整整干了一个通宵，手被镰刀磨起了泡。母亲心疼不已，可有什么办法呢？乡亲们都在忙自家的活，帮不上我们。

父亲是个文化人，不仅能打一手好算盘，还会拉二胡、吹口琴，多才多艺。1985 年春天，村上林场缺一名会计，林场的领导就通知让父亲去上班。父亲除了正常上班外，利用半个月的休息时间，把林场的账本整理得清清楚楚，领导和同事们都非常赞赏父亲的敬业精神。父亲靠着自己的勤奋，一步步地成长为单位的业务骨干。家里因为父亲上班，条件也改善了很多。

有次去外地交收的两蛇皮袋头发，母亲上错车了，把父亲急得，货都扔了，跑了几节车厢才找到母亲，自然，外地没去成，钱更没挣到，还倒贴了车费。到现在父亲还笑我妈是校长的女儿却认不了好多字，那年差点走丢。

还有一次父亲去石板河收头发，不料在车上被小偷把身上的几十元钱偷了，父亲差点想不开，想去跳石板河，还好我们有个亲戚在那里，给我父亲拿了点路费，还装了一担米，才回到家里。

在我 3 岁那年，父亲靠做小本生意赚了一些钱，就搬到公路旁边重新单独修建房子，把当初分家的两间房，变成了一个独立的小四合院，家里也打了水泥地坪，出门就是公路，赶车什么的极为方便，日子也一天天好过了起来。

1994 年父亲因计算能力非常出色，镇信用社招录了他，成了一名信贷员，负责收放小额农户贷款，是一个没有编制的临时工岗位。父亲非常满意这份工作，逢场天就坐在营业室收贷款，冷场天就下队去催收贷款，下了班就回家帮我母亲干农活，一干就是八九年。在他 50 岁那年，信用社改制，父亲因为是临时工，被单位解聘了。就这样，父亲迈入了比较难做的保险行业。

而进入保险行业的门槛是必须要通过保险从业人员资格考试，这对只有初中文化的父亲来说无疑是给他出了一道难题。为了记住保险业务的术语，能够有资格做保险业务，父亲自费买了相关书籍，参加新人培训，认真聆听，每天晚上戴着眼镜学到凌晨1点多钟，学习笔记记了六大本，硬是凭着满腔热情，用了近三个月时间，死记硬背地记下了保险业务的知识，自己也从保险业务的“门外汉”变成了“行家里手”，人寿险、重疾险、交通险……父亲完全掌握了各险种的标准和条款，成了保险业务的“问不倒”。

逢场天，父亲就在镇上接收一些需要理赔的资料，跑医院、跑保险公司；冷场天父亲就骑着自行车下乡推销保险，宣传保险知识，早上6点钟就从家里出发了，走村串户，一天下来能跑两个村，行程有30多公里路。父亲行装换得最勤的就是鞋，差不多两个星期就要换一双解放胶鞋，自行车也骑坏了两辆，装资料的公文包背烂了一个又一个。有一次，签订完一份保险合同，已经是夜里9点半钟了，漆黑的夜幕下，父亲骑着自行车往家赶，不小心摔倒在了老乡新打的水泥地面，衣服鞋子都沾满了水泥浆，手也摔破了皮，渗出了血，父亲顾不得手上的伤，立即脱掉鞋，到水田里洗净了水泥浆，光着脚蹬起自行车回家，回家后脚底打起了四五个血泡，有一个血泡都破了，流着血。母亲和我看了都心疼，责怪父亲不小心。但父亲看着新签订的保险合同满脸洋溢着喜悦，完全忘记了手上和脚上的疼痛。

对推销保险，很多老乡不理解，给父亲脸色看，语言都很难听。父亲从不计较，都会苦口婆心地反复讲解保险的好处，一次不行，有时会跑第二次，第三次……直到老乡认可了、购买了，他才罢休。玉珠村的田叔是一个木匠，2017 年在修房子的时候，不小心把眼睛伤了，家贫无钱医治，幸好他购买了父亲推荐的意外险，父亲跑镇上跑保险公司跑医院给他报销了 8 万多的医疗费用，而他自己只出了 100 元钱购买意外险。田叔逢人便说父亲是个“热心肠”，帮父亲宣传“买保险划得来”。村里的贾二叔、刘哥、李三娘等，都购买了小额 100 元的意外险。

经过父亲办理理赔的金额共计超过百万，父亲做保险的口碑越来越好，信任他的人也越来越多，凭着父亲的执着，他销售的人身意外险、全家福，虽然都是一百、两百的小单，但父亲却连续 12 年被绵阳游仙人寿保险公司评为“短险销售冠军”，荣誉证书堆了一大摞，还上了海报张贴在南河路广告宣传栏里，进城的老百姓看见了，都说他西装革履精神得很。而父亲却低调地说：“没什么啊，公司评选的，宣传宣传而已。你们需要买保险就找我哈，我一定给你设计一份最适合的险种。”

父亲非常自信地说：“推销保险不是人做的，是人才做的。”他现在还是一如既往地走村串户推销保险，非常卖力气。不过现在的标配是一辆电动车，外加一个将近 15 斤的公文包。父亲做保险赚了钱，给母亲和自己买了一份养老保险。

现在，父母亲每个月都有养老金，这些都是朴实的父亲靠自己勤劳的双手攒出来的。

潘传锋

晚年的妈妈，希望您能重拾少女时的梦

“打我有记忆起，妈妈就是个中年妇女的样子；所以，我总忘记，妈妈曾经也是个花季少女。”2021 年春节假日期间，电影《你好，李焕英》热映，片尾字幕这句话，击中了许多人的内心世界。

我的老家坐落在鲁西南单县一个偏僻的村庄，我跟影片中的主人公贾晓玲一样，对妈妈曾经也是个花季少女的事情知之甚少，甚至没能从我曹县的姥爷、姥姥以及亲戚口中获知半点信息。从我小时候有记忆起，妈妈就是个农村妇女的样子。印象中，妈妈曾经在生活中断断续续地向我透露过她小时候几件记忆深刻的事情。从妈妈反复絮叨的过程中，我从似懂非懂到越来越能体会妈妈少女时的不容易。

20 世纪 60 年代初期，我国农村实行人民公社体制，由农业生产合作社联合而成，社员参加集体劳动，按照各人所得劳动工分取得劳动报酬，即分钱分粮。一年到头，劳动力多的人家，出工多、工分多，分得钱多粮也多，足够养活一大家子人。那时姥爷姥姥家里日子过得极度艰辛，因为膝下 2 个女孩和 4 个男孩都是未成年人，六个孩子虽然谈不上嗷嗷待哺，但要吃管穿的，劳动更是一点也帮衬不上，家里经常是吃了上顿没下顿。

我姥爷的姐姐看在眼里，急在心里。那时姑姥姥跟姑姥爷结婚多年没有孩子，姑姥姥的公公 1940 年闯关东失踪，二十多年音信全无，姑姥姥的婆婆身体健壮，他们一家三个劳力，每年钱粮尚有结余。姑姥姥就跟我姥爷商量过继一个孩子，于是，1952 年出生的妈妈作为最年长的子女，13 岁时过继到我的姑姥姥家里。虽然姑姥姥是妈妈的亲姑姑，但那时候的妈妈心里是很不情愿的。作为一个尚不懂事的孩子谁愿意离开自己的亲爹娘呢？但是妈妈又不能改变姥爷姥姥的决定。在姑姥姥家里，仨大人宁愿自己吃红薯干窝头，也单独给妈妈吃白面馒头，姑姥姥对妈妈也总是有求必应，在那个缺衣少食的年代，妈妈是没有受过苦的。

有一天，一个邻居突然慌慌张张地跑进姑姥姥院子里，大口喘着粗气指着院子外面说，姑姥姥的公公穿着很讲究，背着个大包裹回来了。这么多年毫无音信，突然一个大活人出现在院子里，一家人一下子愣住了，接着抱头痛哭。后来从老人口中知道，他当年被国民党部队抓壮丁，后来去了台湾，两年后偷偷逃出部队，因为没有办法回大陆，只得在当地隐姓埋名生活下来。由于他头脑灵活，攒钱开了店，成为当地小有名气的富商。多年后，他忍不住对大陆亲人的思念之情，变卖了店铺，终于寻找机会回到了阔别已久的家乡。有人信了老人的话，也有人怀疑老人是闯关东发的财。

不管这个故事的真伪如何，反正那时候家里一下子变得富裕起来，老人带回来一些钱和金银首饰，还有一大堆洋玩意，街坊邻居都跑到家里去看热闹。

这期间，随着年龄的增长，妈妈学会了做针线活，我的几个舅舅也慢慢地长大了。妈妈晚上常常在煤油灯微弱的灯光下，纺棉花、织棉布，给他们做鞋和衣服，有时候还把自己攒的钱偷偷地拿给弟弟妹妹们。妈妈喜欢唱戏，是大队文艺演出队的主力，唱编样板戏最拿手，妈妈告诉我那个时候她特别想学唱戏，可是姑姥姥思想上有些保守，认为大姑娘家家的抛头露面唱戏不好，姑姥姥不同意妈妈学戏，尤其担心学出点名堂，家里留不住妈妈。妈妈想去上学家里也不同意，尽管老师多次上门家访，姑姥姥就是不同意出每月 5 毛钱的学费，为此妈妈伤心地哭了好几天。

小时候，每当妈妈说到这件事情时，总是神情严肃地对我们兄妹三人讲：我跟你们姑姥姥不一样，只要你们想上学，妈妈砸锅卖铁也供你们。妈妈作为妇女队长，还是一个劳动好手，无论是春天用铁锹翻地，还是秋天用镰刀割麦子，跟男劳力比也不落下风。

妈妈甚至连步枪射击也没落下过，有一年夏天，大队组织民兵训练，妈妈也踊跃参加，妈妈告诉我当时公社的武装部长指名道姓让她用五六式步枪射击百米开外的靶子，在场的乡亲们都替她捏了一把汗，可是妈妈毫不含糊地卧倒、据枪、瞄准、射击，只听见砰、砰、砰三声枪响，前方人员报靶三发三中，惊呆了众人。

干部们纷纷夸奖说，这姑娘真厉害啊，还亲手倒了一碗水奖励妈妈。那时妈妈村里的支书正是我的姑姑潘秀兰，肥水哪能流外人田呐，秀兰姑姑三天两头往我姑姥姥家里跑，最终妈妈嫁给了在重庆当汽车兵的爸爸。

1972 年妈妈和爸爸订婚，当时爸爸在部队服役，妈妈在姑姥姥家里。也就是那一年的冬天，姑姥姥的公公婆婆和姑姥爷三人在十天内因病相继去世。起初姑姥姥陪护在天宫庙医院住院的公公，妈妈一个人在家里给停放姑姥姥婆婆和姑姥爷遗体的两口棺材守灵，眼泪几乎哭干了。屋漏偏遇连阴雨，一天夜里，有人捎信说在天宫庙医院的老爷子也不行了。顶着凛冽的寒风，妈妈一个人拉着地排车，走了十多里的路到镇上的医院拉回病逝的姑姥姥的公公。每次说到这些，妈妈总是泣不成声，这些经历养成了妈妈坚毅不服输的性格。

因为这些事情对妈妈的影响，妈妈结婚成家后很多年，对姥爷姥姥当初把她过继给姑姥姥仍旧耿耿于怀。打我记事起，每次春节到姥爷姥姥家里走亲戚，我都能明显地感觉到妈妈说话总是带着少许情绪，不管大事小事姥爷家里的人谁也不敢给我妈妈脸色看。

有时话赶话聊到这件事上去了，姥姥总是赔着笑脸说：大妮你别怨恨我，当初也是没办法啊。那你咋不把我弟弟妹妹给出去？妈妈每每都瞪圆了眼回怼。我小姨和舅舅们也捂着嘴在旁边赔笑。从我几十年的观察中，直到姥爷姥姥去世，妈妈的心结似乎也没有打开。

小时候，我记得老屋东厢房的墙上挂着一面用红油漆书写着“结婚留念”的镜子，上面有妈妈和爸爸的名字，落款时间是一九七五年 × 月 × 日，具体日子现在记不清了。1978 年，爸爸从部队回到地方后，一直在单县县城开车赚钱养家，直到 1998 年在我们的劝说下才脱离了驾驶员的岗位，回村帮助妈妈种地。粗略计算，妈妈在嫁给爸爸的 46 年里，至少有三分之一的时间是在艰难困苦中度过，这段时间正是我国农村实行家庭联产承包责任制后，也正是我们兄妹三人相继出生、成长和求学的阶段。妈妈独自一人既带孩子，又负责种植五亩庄稼，其间的艰辛难以用语言形容。

在妈妈逐渐老去的容颜背后，我们兄妹三人长大成家立业了。2011 年冬天，妈妈和爸爸双双来北京照看先后出生的两个孙子，在付出辛苦之际，也开始享受天伦之乐。等俩孙子上小学了，妈妈的闲暇时间越来越多，她开始关注河南《梨园春》节目，周五晚上雷打不动听戏，还关注了几个戏曲公众号。我帮妈妈在手机上开通了全民 K 歌，告诉她可以唱戏录戏。妈妈有时对着镜子唱，有时对着墙壁唱，有时对着沙发唱，这个时候爸爸就在旁边帮她录像。妈妈还经常把唱戏录像发到家族微信群里，晚辈们都纷纷点赞，夸赞妈妈唱得好。

我常常想，今天的我们都倡导要做自己，但妈妈自从成为妈妈，她再没有一天做过自己。晚年的妈妈，儿女们全力支持您，祝愿您能重拾少女时的梦，做自己最想做的事情，真正做主做一回自己。

第五章 ———— *Chapter 5*

至善无痕，春风化雨计之深远

万　立

父亲教我学游泳

我的父亲叫万振亚，他于 1945 年 7 月放弃了即将结束的大学学业，参加了新四军。父亲曾参加过孟良崮、淮海、渡江、解放上海、抗美援朝（包括惨烈的长津湖血战）、边境自卫反击战等战役战斗，1982 年 3 月在师职岗位离休，2021 年 7 月 5 日病逝。我们遵照父亲的遗嘱进行了遗体捐献，实现了他再为祖国医学事业做一次贡献的遗愿。

父亲一向从严律己、注重家风建设，对子女的管教可谓严苛。我们长期生活在部队医院家属区，很小就被要求听起床号起床，整理好自己的床铺，跟着他出操（跑步或做广播操），然后参加打扫公共环境卫生，多年不变。

自住进合肥干休所以来，父亲很少要车，遇事外出，路途近的就步行，路途远的就乘坐公共汽车。如果到车站接人需干休所派车，他从不让子女单独坐车去，并说我们没有资格坐干休所的车。

我的游泳技能就是在父亲严格且细致的训练下掌握的。一开始，他用脸盆盛满清水，并通过示范教会我们闷水和换气，然后再让我们套着救生圈直接到苏北运河航道里去学划水和蹬腿。大约过了两周后，他又让我们套上用吹气的塑料玩具和旧布料自制的救生衣，继续练习游泳。

1964 年初冬的一个早晨，寒风阵阵，气温已至零下，父亲又照常带着我和我表哥到运河里去学游泳。那时候，我姐姐因为已经学会了游泳，自己在另外一片深水区域练习，她参军后，还参加原南京军区的游泳锦标赛。我哥俩看着冰凉的河水，做完预热活动后仍然不大愿意下水。这时，父亲厉声喝道：“解放军战士连死都不怕，你们竟然害怕冷水？赶快下水！”然后用力各拍了我俩一下，我俩立扑通扑通地跳入了水中。

一次，我表哥身着土制的救生衣，在运河边学习游泳时，不小心将缝在救生衣里面的吹气玩具的气门弄开了，这下可好，我表哥立刻在水里打起了滚，且向河中心滑去……父亲来不及脱去军装，立即跃入河中，将我表哥拉了回来。拖拽中父亲不慎将他的手表滑落至水下，后来也没能找回来。

还有一次，当我和表哥初步学会游泳后，父亲便鼓励我俩向河中游，以便游得更远一些，还在我俩的腰间各用一根短绳栓了一个游泳圈，还另接上了一根长绳，以防万一。

我俩可高兴啦！我们立刻向河中奋力游去，很快就游到了河中央，河对岸的农舍、闲田及草木都能看得清清楚楚了。可就在这时，远处传来了汽笛声，一艘拖轮不期而至。

这可咋办？若游到对岸，连接我们的长绳长度不够，且极易被拖轮冲断，游回去，时间又来不及。父亲镇定自若，立即招呼身边人，大家一起用力，及时用绳将我俩拖拽了回来。这一幕，真的把一直站在河边观看的我奶奶和母亲吓得不轻。

直到擦干身子，穿好衣服回到家中，喝上早就备好的红糖姜水时，我奶奶还在用她那浓重的上海腔说着：阿弥陀佛，阿弥陀佛！

父亲教会了我游泳，锻炼了我的体格，更教会了我如何做人，培养了我不怕困难、战胜困难的坚强意志，以及科学处理问题的方式方法。

父亲教我游泳的情景，至今历历在目，让我终生难忘。

马誉炜

母亲的手和教我的那些理儿

人的一生中，要见识许多事物，看到许多景色。有些如过眼烟云，看过就遗忘了；有些却被深深印入脑海，像电影镜头定格一样，留在记忆中。母亲的手，就是我终生难忘的一个特写画面。

记得小时候，我感冒发烧，或是生疹子，浑身难受，就冲着母亲撒娇，躺在床上呻吟。每到这时，母亲都要端来一碗滚烫滚烫的红糖水，里面放上姜丝，等我一口一口地喝下去，便给我盖好被子发汗。然后她就坐在炕沿上，用她的手在我的脑门上搓来搓去。她的手如同一把木锉，搓得肉皮生疼，一直把我揉搓得睡熟，母亲才去做家务。母亲的手像一剂神奇的药，每每被她搓过之后，都觉得轻松了许多。

母亲那双手，一到冬天，裂得都是伤口。一个女人，带着五六个未成年的孩子，还要服侍年迈的婆婆。不下地劳动，就分不到粮食；不烧火做饭，全家人就饿肚子。冬天特别冷，缸里的水结满了冰碴儿，洗衣、做饭、喂猪，母亲的手终日要在冰冷的水里泡着。这样辛苦地劳作，并没有什么好的劳动保护用品，那时乡供销社卖一种叫蛤蜊油的护肤膏，是用海里的蛤蜊外壳包装的，很便宜。每年冬天能用一两盒这样的蛤蜊油，就算是奢侈了。有时干脆就用猪油抹一抹。

母亲的手长年染着颜色，有时是蓝色的，有时是紫色的，也有时是红蓝相间的。一年四季的晚上，母亲都在纺线，线纺好了就从供销社买来染料，把那些线染成红的、蓝的、紫的、绿的，然后再织成花布。有方格的，用来做被面、床单什么的；有花条的，用来给我们哥儿几个做衣服。母亲织的布质地好，花样新，在村子里是有名的。我从幼年一直到上高中，都是穿着这样的粗布衣服。除了自己用的，母亲还织一些卖给供销社，换点零花钱。母亲的手上本来就裂着口子，一道一道的，染线、织布时，被那五颜六色的染料一浸泡，就有了洗不掉的颜色。

在我的印象里，母亲的手就是这样：粗糙，满是裂纹，涂满了蓝的、紫的、红蓝相间的颜色。就是这双普通而又奇特的手，把我们兄弟几个送到工厂、军营和大学的广阔天地。

怀念在母亲身边生活的岁月，母亲那双历经沧桑的手时时在扶持着我，感染着我，激励着我。母亲离开后，母亲那双手仍时常在眼前浮现，心头不由滚过一阵阵热浪。

父母是人生的第一任老师。打我记事起，父亲就在县上工作，母亲带着我们居住在农村，记忆中最多的便是母亲教我们兄妹几个如何成人成才、为人处世的大实话。在过去很长时间里，许多的事儿和理儿已化为自然自觉的行为方式，并没有引起我过多的注意与反思。只是现在随着母亲离去时间的延长，越来越觉得这些事儿和理儿对我的一生影响巨大。慢慢回忆并记录下来，也是对母亲的一种怀念吧。倘若评选家庭“文化遗产”，这些事儿和理儿定在入选之列。

三岁看大，七岁看老。从小要学好，老了没病找。

洗脸，不能光洗前面的脸蛋子，还要洗脖子，尤其是后脑勺下面的脖子。前边再干净，人家往往看你后边怎么样。

吃饭，要等人到全了才能动筷子，再饿也不能只顾自己，尤其是长辈要先落座。

吃饭要吃得干净，不要剩饭粒儿，粮食都是用血汗换来的。浪费会遭报应的。

给长辈端饭送水，一定要用两只手。

喝粥或喝水，不能趴在桌子上只用嘴喝，而要用手端起碗送到嘴边喝。

见了邻居长辈，要主动打招呼，按辈分称呼，不管对方年龄大小。尤其是要尊重村子里那些被人唤作“傻子”“聋子”“瘸子”的长辈，称呼他们也要按辈分、用尊称，不准取笑他们。

大人们在一起说话时，小孩儿不要乱插嘴。

不要在外边惹事儿，不要指望娘给你们在这方面撑腰，打人烂手，骂人肿嘴。学得文明和仁义，才是好小子。

不要随便要别人的东西，吃自己挣的饭踏实。

不要和家风不好的人交往。

不要看人吃相，尤其不要守着卖小吃的摊子不走。

只要学习好，学费不用你们发愁，娘会想办法。

走路要抬起脚来，不能总是拖着地；干事要利落，不要当粘包。

不要与别人比吃穿，饿不着、露不着就好，要比学习，比谁有出息。

借东西要想着早点还人家。好借好还，再借不难。

吃不穷、穿不穷，算计不到才受穷。

年轻人多干点儿活累不着，懒汉受穷不冤。

结了婚就离不开热被窝的人，不会有大出息。

没大国就没小家，共产党是穷人的大救星，千万不能忘本。你们都是党的人，党叫干啥就干啥。

你爸爸工作一辈子，从不占公家一点儿便宜。记住老话：不做亏心事，不怕鬼叫门。

人要讲诚信、讲良心。千万不要干缺德、丧良心的事儿，让人指咱脊梁骨。

宋　捷

母亲的朋友圈

家，过去一直是母亲唯一置顶的朋友圈。母亲用整整一个甲子的岁月，守护了她终身相依的男神。如今，海默的父亲离去近两年了，家这个群就再也没有更新，父亲这位永远的群主深邃的眼神依然透着一派不可撼动的高冷。

我们兄妹不敢带母亲回老屋，不敢提往事，不敢见故人，甚至不敢在家人群发声。长此以往，难以想象。令我稍感宽慰的是，在我们的鼓励下，已是耄耋之年的母亲，近来迷上了微信，还发展了几个不同层面的朋友圈。

母亲的第一个朋友圈是亲戚。这是一个因血统或姻亲而形成的朋友圈。如今，她最喜欢做的事就是让我带她去亲戚家做客。不管哪家有什么婚丧大事，都要叮嘱我带她去随个礼，哪怕是一位晚辈骨折住院了，也要再三催我送她去探望。我也是个忙人，有时候工作忙实在抽不开身，加上妹妹也为我打抱不平，让老母亲“不要总是打扰老哥”，母亲就有点闷闷不乐，常常会怏怏地拿起电话，和亲戚们解释半天。

老同事是母亲第二个有“技术含量”的朋友圈。她当过三十多年的教师，又在机关工作多年，一直和同事保持良好的关系。这个朋友圈信息交流频繁，孙女特地给奶奶买了一部为老年人定制的“卡布奇诺”手机，85岁的老太太竟然学会了讯飞输入法，用语音转化为文字，引得她那些老同事纷纷点赞。她和老同事们经常在朋友圈里讨论国家大事，每天都写读书笔记，觉得不过瘾时，就让我请大家相聚面聊。每个月，她都会催促我送她去老干部活动中心参加支部活动，有时候见我漫不经心，迟到了几分钟，她都会教育我半天。她看到我每天早上起床第一件事，是打开“学习强国”听新闻联播，竟然也让我为她下载了学习强国App。

老太太挂念的学生是她的第三个朋友圈。三十多年教书育人，她教过许多届学生，于是便投身多个年级的班级朋友圈。这些班级的同学聚会，她都积极参加，享受“众星拱月”的无限乐趣。同学们搞AA制，总是不肯收老太太的一份，她就让我一一回请。对待这些已经进入花甲或者古稀之年的学生，母亲和半个世纪前一样，总是一视同仁。无论是那些卸任的厅局级干部或资产过亿的学生，还是至今为了生计仍在做家政服务的学生，她见了都是满心欢喜。

最让我惊喜的是母亲的第四个朋友圈。这个朋友圈完全是母亲自主开发的。2017年8月，她随我来到市郊一个全封闭小区居住，进小区要刷四次门禁卡，老太太挺不适应。因为地处偏僻，出入麻烦，亲友上门探访不多。她跟我唠叨了多少回，我让她就地取材，自主开发朋友圈。想不到这句玩笑话，竟然启发了蕙质兰心的老母亲。

小区的老人虽然不多，但母亲处处留心，竟很快找到知音。如今与她最要好的闺蜜是马老太太，两人不仅同庚，还志趣相投，几乎到了亲密无间、无话不谈的境界。前些时候，母亲去妹妹家小住，马老太太好像得了“相思病”，天天问我“纪妈妈什么时候回来”。另外一位闺蜜曹老师，年纪、经历和老母亲都差不多。她们的相识更有趣，有一次曹妈妈和老同事卫领云在发微信，母亲只是瞄了一眼，便问曹妈妈这位卫老师的儿子是不是院士，确认无误后，“院士妈妈”的两个闺蜜便迅速加为好友，从此形影不离。

今年母亲是在妹妹家过的春节。妹妹住的小区比较大，人气旺，母亲一下子加了多位好友。母亲的朋友圈越来越大，我们家的餐桌也变得越来越丰盛，那些老太太们回老家省亲，总会惦念着她，今天陈妈妈捧来新鲜的黑塌菜，明天王阿姨又递上才出海水的红毛虾。于是，从不占别人便宜的母亲便时常嘱咐我，遇到好吃的，必须多买几份。闺蜜们遇到各种各样的烦恼，她不管能不能办成，总会先热情地揽下来。

这样的朋友圈，让母亲的愁眉舒展了一些，暗淡的日子亮堂了一些，也让我们放心、轻松了许多。在科技发展、资讯发达的时代，我们每个人都有自己的朋友圈。有些人的朋友圈是圆的，有些人的朋友圈是椭圆的，有些人的朋友圈是方方正正的。而母亲的朋友圈永远是心形的，透着丹红，透着温馨，透着那份不变的爱。

余远来
我们是这样的娘儿俩

今年已经是母亲走后的第四年。时光如常，似乎并没有多少变化。细数流年，我已失去了一个可以撒娇邀宠的港湾。每每遇到不顺心的时候，总还是会想起母亲乐观的笑容、雍容的气度，尽管她只是一个普通的农村妇女，但她身上却有着生活予她的无穷智慧和通达智识。

每每看到别人携母出游的时候，心里就会酸酸的，总是会想起母亲摆好姿势等着我给她拍照的情景，她是那么的热爱生活、懂得美好。所有的所有，都只能是在追忆之中，再也无法去设想在她膝下的种种欢欣。

母亲，是一位普通的农家妇女，只上过小学，没有什么文化，却始终透着一股倔强、良善、乐观的精神。她的一生，可谓是饱尝了人间悲苦，历尽了人世沧桑。她十三岁就失去了父亲，上面的三个姐姐均已出嫁，母亲与外婆两人相依为命，苦苦支撑着一个家。她十九岁结婚，二十岁有了我，不久又失去了年轻的丈夫，我的生身父亲。二十一岁经人介绍，带我下嫁，只为能给我一个完整的家，能够在父爱的庇荫下健康成长。

母亲的倔强和能干在我们当地可是出了名的，里里外外都是一把好手。她被乡亲们称作“插秧机”，插秧的速度无人能及；她是“铁娘子”，上山挑得百斤担，下田扛得打谷桶；她是“美厨娘”，烧得一手好菜；她还是“老板娘”，经营服装店、鞋店在市场里首屈一指……她从不知疲倦，永远都是那么乐观。

母亲虽然文化程度不高，但是她的语言天赋却值得膜拜，她将生活教给她的朴素道理，全部编成了好懂易记的“段子”，或者说是千锤百炼的“金句”，令我终身受用。我跟在她身后喊累，她就不断地鼓励我、鞭策我、引导我，让我逐步学会如何适应苦累、锻造坚强。插秧时我喊腰疼，她会说“青蛙无颈，小孩没腰”；打猪草、砍柴我嫌苦，她就说“只有享不了的福，没有吃不了的苦”；挑水、挑稻压得我脚步蹒跚、气喘吁吁，她就说“男人就要有副铁肩膀”；我要是不开心，她就会逗我说“菩萨要灵气，人要神气”……至今，母亲的这些话语仍然萦绕在我耳边，感奋着我，激励着我，同时也鞭策着我。

母亲干活，总是会带着我，手把手地教我，当然也不乏严苛。她一边坚毅地告诉我要学会吃苦，一边又转过头去偷偷地抹泪。她何尝又不想宠溺着我、疼爱着我？可生活的艰辛、父亲的苛责又不许她那样去做。她一边念叨着“崽伢子作孽”，一边训导着我要“吃得苦、霸得蛮、耐得烦”。每每看到母亲汗水湿透的衣背，躬身劳作的身影，马不停蹄地忙碌，我又何尝不是看在眼里，疼在心里。母亲付出了比常人更多的辛苦，她绝不是心理上的要强，而是护佑我的担当，她只是想让父亲从心理上彻底接受我，而不看轻我。

母亲对于我的爱，是一般人难以理解到的，因为她还要小心翼翼地平衡与父亲的关系，生怕我受到一丝丝不公正的对待。她当着父亲的面狠狠地训斥我，尔后还要找机会安抚我，告诉我最多的两个字就是“争气”。我起先不能理解，总觉得很委屈，还曾几次顶过嘴，惹得母亲一边骂一边哭，直到最后母子二人抱作一团痛哭一场。后来，我渐渐地懂事了，也学会了克制自己的情绪，主动地担当起家务。6岁不到的我，还不到灶台高，就开始跟着母亲学做饭；体重不足70斤的我，就开始跟着母亲挑水种菜，收稻子时还要挑100多斤重的谷子上岸回家；从初二暑假开始，我就跟着母亲到蔬菜公司摘辣椒为自己挣学费，我一天摘300多斤，甩大人好几条街；高中住校，周末回家我就跟着母亲上山打柴卖挣伙食费。有一次，村里的元叔看到我们母子俩挑柴回来，当着我们的面掉眼泪，感慨地说：“没有见过你们这样的娘儿俩。”

母亲除了能干，还有就是人好，十里八乡的人无不称道。她的良善，是温婉的，足分的，也是直接的，不计较的。邻居竹叔因为双抢季节与父亲争水，大打出手，两家关系弄得很僵。竹叔媳妇怀孕了，母亲知道消息后很是开心，因为他们夫妇可是结婚多年未生育。母亲把我叫上，让我到树上去摘了一篮子柚子，再带上一坛子自己腌制的酸菜，让我给送过去。当我敲开门的时候，竹婶笑得很开心，连声道谢，那一刻我就知道所有的恩怨在那一刻就烟消云散了，竹叔和父亲在路上开始打招呼，后来还一起在预制厂上班，亲如兄弟。母亲对于邻里的照顾、对于亲戚的帮扶是不遗余力又无微不至的，她能记住所有人的生日，像心里有一本簿，总能准时送达祝福。这一点对我影响较深，我带兵时就特别用心，第一时间将他们的籍贯、生日、家庭成员等信息记住，对于很快赢得兵心起到了至关重要的作用。当教员时，我把本科班学员每个人的生日都做了标记，准时发信息送去祝福，让他们能够感受到一份“殊遇”。

母亲罹患肠癌，在医院的那些日子里，她始终都是保持着乐观的态度，所有的病友都很钦佩她。我在陪护的那些日子，她不断地安慰我说：“我很知足，儿女们也很争气，亲戚朋友们对我都那么好。你要记得承他们的情、记他们的恩，不管在哪里，都不要忘了根、忘了本。”后来，她因脑部转移，逐渐失去了语言功能，依然以顽强的精神与病魔做斗争，连叹气都不曾有过一声。

母亲的坚强，慢慢地成为我的性格，她不辞辛劳、一生勤劳的样子，深深地复刻到了我的努力之中。母亲的乐观，也慢慢地成为我的基底，她爽朗的笑声激荡着我的整个人生。母亲的良善，更是在我心里筑起了最为坚实的围垸，任凭生活多么艰难、人心多么难测、世态多么炎凉，都不曾让我对人性感到过悲观，我始终相信世界有光、人间温暖。

孙洪学
扫路，父亲一生的习惯

父亲如果还在，今年98岁。

父亲留给我的记忆很多，最深刻的是：他每天起床后，要先把院子和门口的道路扫得干干净净的。七年前的那一天，他午饭后去世，清晨也一样安详地把路扫干净。

我家是山东农村的。以前，家门口有一条从村南到村北的土路。下雨时，大车一轧，变得坑坑洼洼。雨一停，父亲就会拿着铁锹把不平的地方铲铲，再找来一些土和砖头填平整。

这些砖头是父亲从地里捡来的。我小时看《聊斋》，里面有一个小故事，说的就是一个农民喜欢从外面拣一些砖头瓦块，倒在院子角落里，老人去世后，那些砖头瓦块变成了金子。我有时会笑话父亲，你捡的这些东西能变成宝吗？直到父亲用这些砖头铺在路上时，我感觉它们真的变成了宝。

我们这段路，从来没有积过水，太阳出来干得也最快，村里的其他人都会说："庆大爷，你那么大岁数了瞎折腾啥？"但还是对老人的做法很认可。

冬天遇到下雪，等我们起床时，父亲已经把门口整条道上的雪铲扫干净了。这种习惯也影响了我们做子女的，大哥回来大哥干，二哥回来二哥干，几个姐姐在家时也会保持门前的路是干净的。我每次带着女儿回家也会一早把路打扫干净，女儿跟在我后面，也用小扫把很卖力地扫尾，这种习惯一直在传承。

有时候觉得扫路带给我的不仅是一种习惯，也是一种修养，身上的灰尘就像是自己的勋章，有一种接地气的感觉，也培养了我对农民的深厚感情，特别是到了部队以后，体会得更加深刻。

在广州上大学期间，我从来不挑食，保持着吃大葱的习惯。有一次学校征求伙食保障意见，我填的“很满意”，一些城市来的战友骂我，说我没见过世面，容易知足。

还有一次，大院里来了个老农民，穿着在别人眼里土得扎眼，但在我眼里就是纯朴，是厚道，是善良，就像看到自己的父辈一样亲切，我很热情地接待了他。

现在想来，父亲的扫路习惯也扫去了我思想的尘埃。

我的父亲是一位勤劳的农民，他看不得地里长满荒草，八十多岁时，看见谁家地里有草，还会训斥人家一顿，然后弯腰去拔掉。我家旁边有一块盐碱地，没人种，父亲就把上面的碱土铲掉，拉来一些好土进行改良，在上面种庄稼。看着绿油油的庄稼，父亲特别开心。

我觉得这也是一种清扫，对懒惰行为的一种清扫。

父亲在村里的威望很高，对农村要彩礼的风俗很反感，只希望子女家庭和睦幸福就好，几个姐妹结婚时，都没有要一分钱彩礼，几个女婿对我父亲也像自己家的老人一样尊重爱戴，甚至比我们这些儿子做得还好。四姐几十年如一日地照顾父母，姐夫不曾有一丝怨言。父亲经常说，我多了几个儿子。

村里老人都很羡慕父亲，也有很多家庭效仿我家，不要彩礼，不给子女增添负担，村风变得很淳朴，连外村的都很羡慕。因为我家在村头，很多外来的路过我家门口，看见我父亲，都会很主动地下车，热情地说一声："大爷，您还好吧？"甚至有的恭维说："大爷，看您的气色能活一百多岁！"我父亲特别知足，特别开心，谁说善良不是一种福分呢！

父亲对我们的影响很深，特别是对家乡、对农村的感情。大哥每次回家，都要挨家挨户地把村里的老人看一遍；二哥是医生，回来后就到村里的贫困户家里，送点药，帮着诊断一下病情，提供一些治疗和饮食建议。二哥对他的病人非常关心，经常下班了，还要到病房看望自己的病人，深得病人的喜爱。父亲去世时，二哥的不少病人自发从五百里外的济南到我家给老人送行。

父亲经常告诉我，一定要扶着墙走路。我始终认为：组织是我的"墙"、官兵是我的"墙"、制度也是我的"墙"。我无论是在部队还是到了军队院校，都严格要求自己，扶着"墙"走路。

从直辖市重庆申请到全国深度贫困县会泽工作以来，我利用征兵和民兵点验时机，把全县 25 个乡镇街道全跑了一遍，拿出17万元先后为6个学校买书、送电脑，改善教学条件，开展教育帮扶。

每逢“六一”节，我都会到一些学校参加庆祝活动，在他们身上从小厚植爱国爱党的红色基因。我还自己帮扶了一家4个孤儿，协调给他们办理孤儿待遇保障。看着山区孩子们渴求知识、渴望走出大山的眼神，我心里对来到会泽从来不曾有一丝后悔。

我负责挂包一个乡镇，每年都要进村入户，一家一家地记录他们的困难，先后协调经费，帮扶发基村开展脱贫致富；上海和云南开展沪滇合作后，我看挂职的副县长是海军转业干部，请他申请经费开展发基村美丽乡村建设……

回顾28年军旅生涯，我感觉自己一直在践行父亲的期望，父亲扫路这一小善激发着我对国家、军队、人民的深厚感情。有时，感觉父亲对我的影响太大了，他扫的不仅仅是路，更是我们子女思想上的惰性和灰尘，培养的是我们忠诚、干净、有担当的品格 。

会泽老厂乡陶发昌乡长曾这样评价我的父亲：“上辈吃的苦是我们的精神财富，让我们有艰苦奋斗的根和源头。我们更不会忘了从前，忘了初心。”

我就是受父亲扫路的影响，走到今天。感谢父亲，思念父亲！

现在，家门口那条土路已经铺成了水泥路，每天村里的公益岗都会打扫，远在天堂的父亲不用再担心路上有泥泞了。

崔　凯

母亲就是我的家

我爸因病去世得早，我娘便成了我们家的顶梁柱。我和哥不管是放学还是下地劳作，以及参加工作后歇假回家，推开家门的第一声呼喊，就是先叫上一声："娘！"因此，对于我和哥来说，家的概念就是娘，娘就是我们的家。

我爸我娘是 1962 年退职的教师，回到家乡后农活没有根基，但为了养家糊口，不得不咬牙硬撑着。20 世纪 70 年代初，我爸患病不能参加劳动了，这对于我们这个一日三餐都是高粱饼子蘸盐水的家庭来说，犹如破船又遇顶头风。

为了给我爸治病，娘便走上了求亲访友借钱的漫长道路。几年时间，我家就欠外债 6000 多元，这对当时贫困交加的我家来说，真是一个天文数字。娘在精神上、生活上的压力可想而知，但娘从不在表情上流露出来，而是经常对我和哥说：你们要好好学习，有困难娘来承担，困难只是暂时的。

在国家恢复高考以后，我错过了 1977 年的高考。当时，我想家中如此贫寒，我的工作刚刚能为家中做点贡献，每月可给家中补贴几十元钱；如果回去考学，就意味着扔掉了这份来之不易的工作……可我真的好想上学。

1978年的4月份，我利用歇班的机会壮着胆子把这一想法和娘透露了。二十多年过去了，娘说的一句话至今还回荡在我的耳边：“儿啊，你才16岁，你能有这个远大的理想，没有辜负娘对你的期望。”

于是，1978年8月1日，我参加了高考，我终于实现了上学的愿望，并走上了工作岗位。每当想起娘的话，我就百感交集，没有娘的支持，就没有我的今天。

娘是一个知书达理的人，在农村生活的几十年里，与左邻右舍、乡里乡亲从不斤斤计较。娘也是一个热心人，不管谁家夫妻打架、邻里之间闹矛盾，都愿意把娘叫去。娘在解决纠纷上从不瞎打乱锤，一贯主持公道，一次次为邻里化解矛盾，一次次使打架的夫妻和好如初。

我家在最困难的时期，也就是吃了上顿没下顿的时候，我家一个邻居看到我和哥饥饿难忍，主动给我们家送来了二十多公斤黑豆接济生活，后来我娘经常对我和哥提起这件既心酸又感动的事情。

娘教育我和哥，不管到什么时候不要忘记邻里的这种恩情，点滴之恩当涌泉相报。同时，还给我和哥约法三章：只要是乡亲们来城里办事，你们一要热情帮助，二要态度积极，三要管吃管住。

我和哥非常明白娘的意思。因此，不管乡亲们谁来城里办事，只要找到我和哥，我和哥从不怠慢。

一晃，我和哥相继娶妻生子，到了而立之年。每当携妻带子回家，娘便忙里忙外，问寒问暖。

娘干针线活没有什么基础，这些年来也和邻居们学了一点，算得上是“二把刀”。所以，每到夏天，娘就开始给我们两家人量体缝制棉衣。娘说，她做得慢，关键时刻再让邻居大娘大婶们帮帮忙就行，所以要提前动手，这叫“慢驴早套磨”，免得你们冬天挨冻。于是，也逗得我们大笑一场。

娘于 2004 年 4 月中旬一病不起，虽几经住院和医护人员的抢救，却还是没能挽留住娘的生命。娘在临终前，拉着我和哥哥的手说：“我死后一定要火化，因为你哥俩都是国家干部，咱要带头破除封建迷信，娘培养你们走上工作岗位不容易，你们努力工作才是对娘最好的回报。”

在娘去世后的一段时间里，我常常梦见娘的音容笑貌：梦见娘在劝导孩子们去上学，别耽误学业；梦见娘前去为考上大学的孩子们祝贺；梦见娘又坐在沙发上，听我的萨克斯独奏《人间第一情》和《白发亲娘》……

娘走了，娘住过的院子失去了往日的喧嚣。

娘走了，我和哥没家了，儿时出出进进的院子只剩下了紧闭的大门和铁锁一把。

娘走了，娘没有给我和哥留下万贯家产，只留下了娘那不灭的精神。

何雪松

母亲那起伏跌宕的创业路

1983年，我们这里实行分田到户，把集体的田地分给每个家庭。因为当时大家都是靠种田来生活的，为了让大家能多增加一些收入，国家大力鼓励搞养殖，如果是搞养殖，还可以给无息贷款。

这件事，妈妈心动了。因为从小家境贫寒，对于幸福生活的渴望特别强烈，所以，她做出了一个重要的决定：要通过养蛋鸡，来增加收入。当她跟家人商量时，大家很有顾虑，第一，虽然是无息贷款，如果鸡死了，本金还是要还的，那不就赔了？还不如不做。第二，搞养殖本来就是辛苦活，能否受得了这份苦？妈妈知道大家说得有道理，但做什么事情都有风险，如果前怕狼后怕虎的，最后耽误了时机，什么也得不到。

说干就干。就这样，妈妈就成了村里第一批吃螃蟹的人。当时村里搞养殖的很少，我就觉得她的想法总是与众不同，因为她是一个内心特别有力量的人。

刚开始搞养殖，一切从零开始，首先要解决在哪养这个问题。我们家有三间北房，还有一间小储藏间。为了搞养殖，我们全家都搬到小储藏间里住，把三间正房腾出来，搞养鸡。

在进小鸡苗前，妈妈买了几本搞养殖的书，认真阅读后，就开始用高锰酸钾给鸡舍消毒，然后，为了达到小鸡苗需要的温度，还在房间里生火取暖……

总之，我们家的养殖之路就这样起步了。

刚开始进了300只小鸡苗，半个月后，发现小鸡头上长出鸡痘，不久就开始死亡。见到这种情况，妈妈找来了大队技术员，他让我们往饲料里拌药，还给患处涂药。但尽管这样，每天妈妈还是一篮一篮地往外倒掉死去的小鸡。

这一幕，我真的忘不了。

但既然选择了，我们就要走下去。虽然鸡苗死了一半，但剩下150只渐渐稳定下来了，开始陆续产蛋，这让我们看到了希望。

因为国家扶持养殖，我们所属的四大队，有一个部门是专门收鸡蛋的，但价格要低于市场价很多。妈妈卖了一段时间后，想出一个主意，自己找销路、自己推销鸡蛋，这样，收入就会高一些。既然有想法，就开始行动，自己找附近能有鸡蛋需求的地方。我记得当时的客户有部队食堂、清华大学学工食堂、北京大学的留学生食堂，而运输的工具，就是家里那辆二八永久自行车。

记得有一次，妈妈装好车去送货，谁知在走到胡同拐角处时，对面来了一辆自行车，本身我们车上装的鸡蛋就多，车重，没躲好，车歪了，鸡蛋撒了一地，妈妈坐在地上委屈地大哭着，我看到这个情景后，也哇哇大哭。为什么想做点事，就这么难呢？

通过这次事件，妈妈决定，等蛋鸡淘汰后，改养肉鸡。这样，就不会出现鸡蛋摔碎的情况了。不过，正是这150只蛋鸡，打开了妈妈的创业之路。

因为肉鸡养殖时间短，2个月后，就快要出栏了。因为有上次的经验，妈妈还是决定自己找销路。她在销售时发现了一个商机：活鸡还需要再收拾，如果你把鸡毛都拔完，把内脏都收拾好，到了商户那，不就更方便了吗？这样，妈妈找了几个人，开始宰鸡、拔毛、净膛一条龙作业。因为自己销售，收入自然要高一些了。

过了一段时间，妈妈又做出了一个决定，自己不养了，直接收别人养的肉鸡，我们专职做加工销售。因此，要办个营业执照。我记得非常清楚，当时畜牧站的张站长说，你要办营业执照，还要起个名字呀。妈妈说，起什么名字合适呢？张站长笑着说，你所做的一切，不都是想让全家人过上幸福的日子吗？那就叫幸福鸡鸭屠宰场吧！

就这样，后章村第一家私营企业正式成立了。妈妈主要负责收鸡、送货、结账。刚开始去收鸡，爸爸给她焊了一个排子车，把收好的鸡都捆好，倒挂在后边的架子上，但人拉起来是很吃力的。我放学后，也经常和妈妈一起去收鸡。一般情况都是下午去收，晚上加工，早上去送货。

当时，有一个日本电视剧叫《阿信》，村里人都说我妈妈特别像阿信，我也这么认为。

为了让妈妈收鸡送货更方便一些，爸爸给她买了一头驴，再焊了一个车，这样，妈妈就不用推车受累了。可以说，那段日子，可给妈妈高兴坏了。可想而知，妈妈的快乐多么简单。

随着加工场的业务量增加，慢慢地驴车也不能满足了，妈妈决定买一辆三轮摩托车，让送货更方便了。

在妈妈创业的这些年，她和爸爸一起又把我家的房子翻盖了，让我们的居住环境变得更好了。

妈妈经商时，经常发生一些有趣的事。当时急需一批肉鸡，但找了好几家都没有找到，最后她想到了一个办法，直接开车去了白水洼鸡场，因为当时的场长，是我好朋友东彦的爸爸，但妈妈和大伯没见过面，也不认识。妈妈到了鸡场，用很熟悉的口气说，我找我大哥闫泽民。大伯笑着说，我就是，我怎么不认识你呀。妈妈笑着说，我是雪松的妈妈。瞬间大伯就明白了……这段往事，很多年后，大伯还跟我说起，说雪松，你妈妈太聪明，她太会利用资源了。我说，这只是冰山一角。

每次妈妈送货回来，都要给我带一些好吃的，比如清华大学的冰淇淋、中关村的羊肉串，还有西苑的雪菜馅包子。也就是说，因为妈妈经商，我从小吃的东西就非常丰富。另外，我的衣着也很时尚，牛仔裤刚一上市，妈妈就给我买了，让我穿上。当时我手里的零花钱也是同学中最多的。

前段时间，我在餐厅用餐时，看到一个童年的小伙伴，她笑着跟我说，雪松，我第一次喝咖啡，就是在你们家。

妈妈创业的这些年，让我们全家在经济上、精神上得到了不是一般的满足。我感谢我的妈妈，让我的童年和少年时期过得那么幸福，什么时候回忆起那段时光，我都美得能笑出来。

因为看到养殖有了收入，当时那些观望的人们，也开始大量搞养殖。什么东西都是一样，一个市场有一个需求量，供大于求的时候，这个生意就很难做了。有时明明没有销路，但那些养殖户就上门来游说妈妈，说妈妈是谁，销路对于她来讲根本就不是什么问题；或者苦苦相求。妈妈也是心软，架不住这些，只好用当时的高价来买进，没有销路就放在冷库里，等有销路时再卖。这本来就存在着风险，可以说怕什么，就来什么。这批鸡，因为高价收进，冷库费用也是一大笔开支，还有销售时冻鸡的价格又低于鲜鸡的价格，就出现了一个很大的资金缺口。妈妈为了不让我们着急，想凭自己的力量把这个缺口补上，但这次显然有些力不从心了。

1996 年的夏天，我明显地感觉到，妈妈的精神一直处于紧张的状态，问她怎么了，她总说没事。但有一天，家里来了一个人，说是妈妈的合作伙伴，说妈妈欠了他 7 万多元。当时，我们都懵了，不知道发生了什么。我们怎么问，妈妈就是不告诉我们。后来，我们选择不问了，因为在经营上遇到的问题我们也解决不了。但有一点我坚信，妈妈想凭自己的力量让我们过上幸福生活，她也付出了智慧和体力，既然厄运来了，那我们就一起面对。

因为拿不出那么多钱，对方把我们给起诉了，就在我结婚前三天，原告带着一群人来到我家，目的是想羞辱我们。我在结婚前一天，陪妈妈去法院出庭。那时，我突然感觉到，我是妈妈的主心骨，我的成熟和责任感就是在那一刻被激发出来了。

可能这就是人生吧，在我没出生时，妈妈为我的出生，心甘情愿地奔走治疗；在我五岁那年，妈妈第一批领取了独生子女证，一辈子只有我这么一个女儿，把所有的爱都给了我；34岁开始创业，一路走来跌宕起伏，一直做到46岁……她用实际行动证明，她为了家人一直全身心在付出。

前面二十多年，是爸爸妈妈照顾着我。接下来，这个接力棒就传到我手上了，重振家业的重担就该压到我的肩上了，因为这是我的责任和义务。

因为对方把我们告了，我们拿不出钱来，只能以房屋作抵押。原本我们家是一个三合院，五间北屋、三间东屋、三间西屋，最后把五间北屋抵押给了对方，在北屋和东西屋之间砌了一道墙。

这件事，让我们家迅速成为村里的重要谈资。最让我想不到的是，一些我们曾经给过大力帮助的人，看到我家破产后，眉飞色舞地谈论我家的事。我的自尊心受到了极大的伤害，那是我们家最寒冷的冬天。所以，当时我就暗下决心，我要努力，我要把家建设好。

接下来，我们就努力挣钱，把欠的外债一笔一笔都还完了。后来，条件好一些，我们在还钱时，还多拿出一部分，作为感谢金。最后，把房子也赎回来了。

现在说起这些很简单，但这个过程长达6年。真的要谢谢那些在我们最艰难的时候，一直默默支持我们的亲戚和朋友。

刘长辉的经济曾经破产了，但她和她家人的人格没有破产。

把这件事说出来，对于我来讲，是一件很难的事情，但这是现实发生的。也就是说，妈妈，包括我们全家是经历过大起大落的。

什么是一家人？有福同享、有难同当，就是一家人！

我爱我家。我爱我的妈妈。

陈永博

老爸“抱外孙的姿势像是在抓逃犯”

昨晚，可爱的老爸从千里之外，跟我视频通话：几乎是满头白发的他，亲热地抱着10岁的外孙。我女儿笑话他老人家：爷爷抱小孩的姿势像是在抓捕逃犯。

我妻子在一旁补充：“还有更可笑的呢，当年你爷爷奶奶谈对象，过马路时，你爷爷牵着奶奶，左手抓腕，右手抓臂，自己又穿着一身警服，搞得交警都走过来说，又抓到一个？要帮忙吗？”

“我是公安局的，命令你们赶快放了这个人！”

老爸在宁夏当了一辈子警察，其中10年副所长、10年正所长，退休时荣升为正科级侦查员。

1960年夏天，他着便装，因公出差到河南一个小县城，路过一个偏僻地方时，见到七八个青年手持棍、刀，正围殴一个四十多岁的农民。

原来，他们是在抢这个农民的一布袋大饼。

在那个饥饿成荒的年代，这一小布袋大饼真是比黄金还珍贵啊。老爸不顾个人安危，冲上去亮出警察证，大声吼道：“我是公安局的，命令你们赶快放了这个人！”说完，老爸一把夺过被抢走的布袋，一个扫堂腿，撂倒一个。其他坏人见状，掉头就跑了。

老爸将大饼还给了被打的农民。农民感激得直流眼泪，赶忙拿出两个大饼，想赠给老爸。当时，老爸其实也正处于饥饿状态，但他硬是忍住，一块没要，目送这位农民离开……

老爸这样的力气好像用不完，他工作办事从不计较，常说：流自己的汗，吃自己的饭，心安理得。

几十年前，公安机关经费拮据，老爸所在的派出所办公用房破破烂烂，冬天常用旧棉被钉在门窗上面遮挡风雪严寒。

老爸主动用自学的木工手艺，在业余时间打造门窗。只花费了少量的钱购买了木材、玻璃等物，用了两个多月的业余时间，他硬是将十多个新门窗打造出来，使全所民警可以在暖和的办公环境里过冬了。

可是，有一年农历七月十四，对我家来说，却是个黑色的日子。那天，老爸所在的派出所开会。

“局里安排汽车进矿山拉煤，今天轮到咱们所了。还有20多个单位在排队，80多户民警家中在等着用车，不能再向后拖了。”

可是派谁去呢？

那时大家都讲迷信，认为是鬼节，便不愿出门。老爸就这样挺身而出领了任务。

好巧不巧，老爸那天进山途中，汽车半路出了故障，在公路边停车准备维修时，被后面疾驶的大卡车追尾！坐在副驾驶的老爸，脑袋瞬间从挡风玻璃撞了出去……

顿时血流如注。

在好心的过路司机帮助下，他被送到近百里之外的医院抢救。头部十多处毛细血管破裂，缝合 28 针，警用棉袄早已被鲜血浸透，愣是拧出了半盆的血。

万幸的是，老爸的命保住了。

“你收了他的礼物，事情就变味了”

20 世纪 70 年代的时候，老爸成了派出所负责农转非户口的领导，经常有一些人打着老乡、同事、同学的借口来送礼。

那个年代，其实家家户户的日子都过得非常艰难，一年都不一定买一回新衣服，一个月不一定吃上一次肉。妈妈拿起一个鸡蛋来，要反复想老半天，才下决心是吃还是不吃。

可即便是这样，无论是谁送来了什么，老爸都雷打不动，一一退回。实在推不开了，他就实话实说：“你们不要害我，这是违反纪律的！”

我读初二那年，经常来我家的王叔，趁我爸妈不在家的时候，悄悄给了我一条当时时髦的筒裤，我说，不能要。

他说，我不求你爸办事，只是你爸3年前给我办了农转非户口，一口水都没喝我的，还经常请我来你家吃饭，我们一家人心里过意不去，就送给你一点心意，让我们心里踏实一下。

那时的我一直穿着老爸的旧军裤旧警裤，最不喜欢那个大裤裆，一直想穿一条筒裤，也赶一下时髦。

就这样，我在虚荣心的驱使下收下了。当我“臭美”了3天后，被老爸发现并审了出来。

我以为反正裤子穿了，生米成了熟饭，批评两句我照样潇洒。

谁知，老爸粗暴地将这条裤子撕成了细片！还挥动老拳打了我……

当晚，我们父子俩就到这个王叔家，还了他的裤子钱，老爸还批评了这个王叔。

老爸教育我：“你给人家按政策办了好事，不收他的钱，他下辈子都感谢政府、感谢你。你收了他的礼物，事情就变味了。”

到了20世纪80年代，老爸已经成了所长，有位领导的亲戚突然调来当民警，要求半年内解决入党问题。

半年后，老爸摆出了事实：支部大会认为这个同志还没有达到入党条件，表现不够突出，继续考察。

这下可得罪了这个领导，剥夺了老爸晋升的机会。

而这个领导的亲戚则调到了另一个派出所，3个月入了党，提拔当了副所长，一年后，又调到政府一个部门任副局长。

对此，老爸只是淡然一笑。

5年以后，这个领导，因贪污受贿问题被政府免职查办。

和妈妈约定的那碗“长寿面”

老爸做事悟性很高，工作起来风风火火，样样公安业务都在行。回到家中，他还是一个好丈夫，好父亲。

家里的家具，大到大衣柜，小到碗柜、板凳，全是爸爸亲手打造。

不仅如此，他还自学了一手好厨艺。节假日，只要没有工作上的事情，他总是亲自下厨房，摆弄几个小菜，想方设法改善生活。

老爸把土豆切片、插孔，让我们吃到了人生中第一顿“炒藕片”；用蜜枣蒸玉米面窝窝头，香甜又爽口；还有每年妈妈过生日时，我们才能吃到的长寿肉面条……

有一年，妈妈过生日的头一天晚上，爸爸得知次日有任务要出差，就连夜将面条切好，晾起来，又将羊肉、豆腐、萝卜等一一调理好，仔细教给我制作的方法，嘱咐我，第二天一定要让妈妈“吃上这碗长寿面”。

因为爸爸妈妈有过约定，谁过生日，谁这一天就不用做家务，不能受埋怨，专门享受快乐。

但同时，老爸对我们兄妹四人的教育也十分严格，教我们从小就要热爱劳动、诚实待人、学做家务，还要好好学习。

我们中的有一个，在七八岁的时候逛书店，因为太喜欢，悄悄“拿了”一本连环画书，没想到半夜就被老爸发现。

经再三追问，终于弄清真相。

老爸就让他写了检讨，跪搓衣板 4 小时，外加两拳头。

第二天，老爸领着孩子到书店去，完璧归赵，赔礼道歉。

老爸说："小时偷针，长大偷金啊，一定要吸取教训。"

从此以后，我们家谁也不敢再违反家规。

在老爸的严格管束下，我们兄妹 4 人先后都考上了大学，成家立业。每每回想起自己的人生道路，我们都无不感激父母的教育。

"心摆不正，再好的法律、再好的装备，都没用"

1984 年，我大学毕业，追随老爸的脚步参加了公安工作。

工作后，一位副局长曾幽默地对我说："怎样做好公安工作？就是要掌握好枪杆子和笔杆子。"

回到家中，我和老爸探讨这一问题，老爸笑笑说，这个局长的观点不是很对。

我反问："您还有更高明的论点？"

"要做好公安工作，必须有一颗为人民服务的心。这颗心你摆不正，再好的法律、再好的装备，都没用。"

时光一晃已经许多年，现在回味起这番话，还是那样耐人寻味。

那怎样才算做好群众工作？老爸认为：你要来实的，不能来虚的。比如说，你和群众打交道时，不要总以为自己学问多，喋喋不休地说个不停，而是要静心倾听群众的，了解群众在想什么，要求是什么。

老爸当过十多个辖区的片儿警，和老百姓的关系一直很好。

我和弟弟都被老爸带着帮助五保户挑水、拉煤、买粮、打扫卫生等。我和老爸还用自行车推着这些老人家逛过大街、欣赏黄河风景区。

老爸还认为，哪怕对方是违法犯罪嫌疑人，也要尊重，不能一上来就狠狠批。

尊重群众，会避免很多冤假错案。

有一年，一个小商店被盗了不少物品，损失价值五千多元。辖区民警抓住一个犯罪嫌疑人，他承认此案是他做的。公安分局副局长就要批准刑事拘留。

当时身为副所长的老爸却说："证据不足，万一错了怎么办？"

副局长说："如果他跑了呢？你负责啊？"

老爸就分析了半个多小时：抓住的这个嫌疑人，没有作案时间，盗走的物品找不到。

最后，这位局领导同意放人。

又过了一个多星期，老爸带领民警侦查破了此案，作案的果真不是先前已经抓的人。

对自己的从警生涯，老爸一直很是知足，他给自己的评价是：旱地里拔大葱，全得靠自己的"笨力气"。

第六章 —— *Chapter 6*

风化于成，从一个人的坚守开始

孔繁明

理解娘行跪拜礼，从心疼娘开始

磕头是中国古代最主要的礼节之一，又称叩首、跪拜。我国古代传统礼仪文化中，晚辈给长者、臣民给君主磕头是以示礼貌、尊敬、服从的大礼节，体现了尊崇、遵命的内涵和用意。如今时代进步，人人平等，大家见面多以握手、点头和微笑以示友好，所以如今的年轻人，几乎都排斥磕头、跪拜等形式的礼节了。

而我83岁的老娘，却在我大大（方言，鲁西南一带对父亲的称呼）生病那年，重新行起了自“批林批孔”文化运动期间中断的磕头礼，且越老越信奉这种膜拜能带来的福报和保佑功能，在她的脑海里，世上万事都有因果，无论好坏事，先种下好“因”，日后必有好“果”。“报应”是她常常挂在嘴边的话，对自然的敬畏、对生命的尊重、对弱者的同情、对诺言的遵守，等等，都是娘信奉的做人准则。

所以，每逢传统节日，老人家都要跪天、跪地、跪祖先，以示对自然、祖宗、先贤的敬畏；农历的初一、十五，娘必叩拜心中的诸神，嘴里絮叨着一些祈福保平安的碎碎念语；二十四节气里，娘要适时叩拜日月星辰和大自然的一切生灵，祈愿风调雨顺，五谷丰登；大大的生日、忌日，娘更是提前几天就早早地张罗，买这做那精心计划着她心里祭拜的事儿，当天把精心准备的大大生前爱吃爱喝的饭菜吃食和热茶在八仙桌上摆布整齐，然后擦拭遗像、点上香火、跪地叩拜，祈愿大大在天之灵安好，保佑全家平安；她的寿辰日，娘更要跪谢她的爹娘，叩拜自己的属相兔雕像……

反正，在娘的心里，万物皆有灵，都时刻在阳界游荡，皆应受到她的敬畏叩拜，皆能保佑她家人丁兴旺、孩子健康平安，所有事儿如意顺当。

从戎多年，和娘聚少离多，偶尔返乡在家也是陪着老人家拉呱儿唠家常，搬个马扎坐在娘跟前听“那过去的事情”，赶巧碰到特别日子娘行作揖叩拜之礼，很是惊讶，曾经不能接受，于是在言语表情上都流露出反对的情绪，娘是看出来的，怒斥我对她的不解，一边说着“我不管你咋看，反正我信，这是老理儿，过去的皇上都祭拜天地日月”，一边把手高高举起来象征性地在我屁股上打几下，以示教育和对抗。此时我知道，我娘儿俩对这事的彼此不理解是心照不宣的，谁也说服不了谁。也许就是因为我排斥的态度，娘才在大大去世后执意不与我们同住，在老家自己的空间里恪守着融入她生命的礼仪。

我家是孔氏后裔，世代居住在被世人誉为“东方圣城”“东方耶路撒冷”的名胜之地山东曲阜。众所周知，曲阜是中华民族始祖先皇古帝的发祥地，商为奄国都，周为鲁国都，春秋末期著名思想家、政治家、教育家、儒家学派创始人孔子的故里，那里有先师至圣孔子、亚圣孟子、七十二贤人颜回等古文化名人，素有“孔孟之乡，礼仪之邦”的美称。文化氛围浓，礼节礼仪多是当地特点，更是美德。礼尚往来、以礼待人是当地人道德修养、人品素养的体现，特别是注重修行的又多以孔孟人家为甚。所以娘的磕头礼，源于嫁入孔家后家中长辈言传身教的榜样力量感染教化。

娘，名叫岳本荣，出生在离县城三里地的一个叫五泉庄的小村子，属兔。娘身材高，力气大，脾气急，干净利索，思维缜密，独立要强。因姥爷在县城里经营布匹生意，家境相对殷实，兄弟姊妹七人，她排行最小，爹娘宠爱加上哥哥姐姐们打小让着惯着她，因此养成了争强好胜不服输的性格脾气，强势和认为自己都对是她的主要性格特点。

在我的记忆里，她当过女生产队长、劳动模范、生产标兵，出席过县一级的劳模表彰大会；一生行善积德好施舍，见不得谁家孩子挨饿受冻，不帮人家一把自己心里好几天都过不去；爱好豫剧，能唱能品，是票友级的老业余豫剧爱好者，如今还能底气十足地唱整段大戏，偶尔在村街节日庆典晚会上还能登台献唱，尤以《穆桂英挂帅》《对花枪》为最爱，对河南台《梨园春》节目着迷，是主持人的粉丝。

为圆老人家到《梨园春》现场听戏和与节目主持人合影的愿望，俺还专程驾车带着娘去郑州，找路子搭关系实现娘的梦想。娘有一帮戏迷好友，会定期在家乡沂河边凉亭里吹拉弹唱，自娱自乐。

娘自 1956 年嫁给大大后，就开始夫唱妇随地遵从“仁义礼智信，恕忠孝悌廉”的儒家思想，也就自然地遵从了我家传承多年的磕头礼仪，逐渐知晓了礼节的重要性，形成了自己信奉的理念。

大大也是兄弟姊妹七人，在家行二，上有一位患眼疾几乎失明的奶奶和年迈的父母及大哥，下有两弟三妹。在那个百废待兴的年代，物资匮乏，粮食短缺，又何况我家人口多、劳力少，更是入不敷出、缺衣少食，加上我大爷 17 岁外出讨饭失联，多年未归，大大便担当起了老大的角色。

娘自然便在家族里履行起长嫂职责，缝洗浆补、挑水做饭，既要侍候几乎瞎眼的奶奶，又要孝敬公婆，还要照料两个小叔子三个小姑子，带着大的随生产队干活挣工分，辅导小的读书识字，传承儒家文化和做人道理。不待俺年幼的叔叔姑姑们长大成人，我们兄妹三人也相继出生。可以说，娘自嫁作人妻后，便重任在身，在孝敬长辈、扶持姊妹、养育子女、操持家务的辛劳之中艰辛挣扎度日。

娘与大大的婚姻，沿袭了他们那个时代鲁西南地区农村普通夫妻最传统的模式，彼此间既没有甜言蜜语的告白，也没有诗情画意的承诺。但他们在婚后五十多年的日常琐碎中，形成了心照不宣的默契与了然彼此的懂得，他们也曾为各自的强势赌气过，为缺吃少穿烦恼过，为居家琐事争执过……他们把对彼此的“爱”搅拌在柴米油盐里，继而浸润到每一寸肌肤每一滴血液中。与其说老两口的婚姻有纯真的爱情，不如说那是多年的相濡以沫，把最初的两情相悦慢慢磨合成了手足亲情更为准确。

大大生前极为喜欢喝茶，在他对茶的认知里，总认为沏茶时洗茶后的第二泡为最甘醇的好茶。爷爷奶奶去世后，大大便一定把最好的一杯茶先端给娘。一日三餐里，娘做好的第一碗饭也总是先送到大大面前，紧着大大先吃。家里偶尔有点儿好吃好喝的，娘都是谎称自己不爱吃，而执意让给大大享用，即便是一碗现在最常见的白面条。如今大大不在了，每逢家里做了大大爱吃的食物，娘还遵守着这条铁律，必定要先盛出一碗摆在遗像前与大大对望交流一番：“现在日子好了，想吃啥就可以买啥，你却没福气享受，活该！谁让你丢下我先走啦。”虽然带着怨恨的口气，其实能听得出对大大无限的思念。

2003 年，年迈的二老因帮我和弟弟带孩子，来北京和我们同住。由于山东人“隔辈亲”的观念，更是格外上心操劳，送完大的上学，忙小的吃喝，还兼顾给我们做饭洗衣，娘忙得不亦乐乎，用时髦的话说就是“累并快乐着”，用娘的话说就是“爷爷奶奶都贱骨头”，自嘲和自黑的乐观洋溢出照顾孙辈的快乐。

2007 年，75 岁的大大胸腹部常会略感不适，除了娘知道这事儿，大大没跟家里任何人提及，只是自己在不舒服时习惯性揉揉胸腹部，吃几片健胃消食类的药。那时我和弟弟天天沉浸在忙碌的工作中，早出晚归，都很少与二老同吃一顿饭，并没及时发现大大身体有问题。还是娘敏锐地发现了大大胃不舒服，因为娘经历过爷爷奶奶患胃癌治病的事儿，她略知这个病有家族史更易得的道理。因为心存忌讳，娘便用“坏病”置换了“胃癌”两字儿，在催我们哥俩带大大去医院检查那天早晨，娘跟我们说：“如果你爹患的不是坏病，我就给老天爷磕一万个头。”我以为娘也就是情急之下说说而已，压根儿没把娘的话放在心里。

不幸的是，大大在医院的全面检查结果正如娘所料，的确是胃癌晚期。当时，我和弟弟商议一定要瞒住娘，不能让娘预先承受爹得了“坏病”的心理痛苦，于是我们哥俩就“伪造”了一份病情诊断书给娘看。当娘得知大大得的只是普通的胃溃疡而非“坏病”时，喜极而泣，双手合十念叨着谢天谢地谢祖宗恩德的话语，很相信“诊断”结果，也更坚定了好因好报的理念。

为了能及时给大大治疗，第二天我们谎称需要住院治疗几天，带大大去办理住院。此时家里就只有娘和不满10岁的小侄女，谁知老人家却默默地张罗起来，面对苍天要磕足一万个头以兑现承诺，直磕得头晕眼花膝盖渗血，次数不足还不肯罢休。事后侄女告诉我，她哭着求奶奶：“奶奶，您象征性地磕几个就行了，没谁真给您计数儿的。”娘的一生都在秉承一个老理儿做人做事，即“人在做，天在看，凡事儿不能指望别人监督，自己说过的话要作数”。

娘的虔诚与执着，令我无奈的同时，更多的是心疼，是那种带有恐惧的揪揪的疼：心疼娘无奈之下的祈愿，心疼娘不顾疲惫，虔诚磕头的决心毅力，就算身强力壮的我磕一万个头，也会筋疲力尽啊！更何况娘是一位七十多岁的老人。我无法估量，娘磕一万头的执着里，究竟包含了她对大大怎样的深爱，我只知道，爹已经得了不可逆转的重症，必须让娘身心安好，不能再为此操心费力，要和我们合力撑起这个家。

从此，我再也不忍心根除娘心中固有的精神支柱，我似乎读懂了娘，也理解了娘的所作所为，于是便默许了她由着性子来。毕竟，儒家崇尚的“孝顺”中一半为“顺”。如今物质丰富，“顺”更重要的是合老人心意。就连我那“95后”的侄女都被奶奶的行为深深感动了，懂事的侄女跟我说，希望奶奶的虔诚能打败“肿瘤君”。

祈愿很美好，现实很残酷。2008年4月，大大永远离开了我们。

大大走后，怕娘一个人的日子太孤独，我和弟弟都劝说娘到北京随我们一起居住，但娘说我们是“忙大事儿、忙正事儿的国家人儿”，不便让我们分心。她执意要留在老家，我们拗不过老人，也只好依了她的想法。感谢老家政府的棚户区改造惠民政策和照顾，让娘得以用故居的老宅院置换了两套回迁房，极大地改善了居住条件，而且与妹妹对门而居，这样既能方便妹妹一家照顾娘，又不影响娘安享磕头礼的自由，实现了颐养天年的愿望，但这样就是要多辛苦妹夫妹妹两口子了。

我虽然无法做到完全接受娘的磕头礼，但却越来越能换位思考，站在一个孤独老者的维度去解读娘的虔诚：娘或许只是把融入生命初始的磕头礼，当成现代人的微笑、鞠躬、敬礼而已，那是她内心固守的一种敬畏礼仪，是她一心向善，崇尚美好的表达方式，无关乎迷信与否。

壬寅虎年春节回家，看着娘在除夕的各种叩拜，心疼之余，我竟然有那么一刻恍惚渐入到了娘的灵魂深处，看到了娘内心对天地日月、对世间万物、对祖宗先人、对已故夫君等人和物的无上敬畏，她是用虔诚的跪拜磕头来与她所敬畏的一切隔空对话、倾情交流，让自己与跪拜的对象同频共振相融相交。如此，她孤独的晚年时光便喧嚣热闹了起来，她所祭拜的载体便鲜活灵动地闪现在她的眼前……娘在叩拜中跨越了时间与空间的限制，释放了孤独与思念，令自己的内心宁静，在穿越时空的对话里，让自己的日子变得丰盈充实。

大地回春，面对窗外万物复苏的大自然，惬意间心生敬畏，脑海里浮现出娘磕头的画面，一时间特别想表达感谢大地、感恩亲人的意愿，真想像娘那样行个磕头礼。但理智告诉我，行礼不在乎形式，只在乎心声，于是我默默地举起了右手对着窗外行了个标准的长长的军礼：祈愿祖国早日战胜疫情，风调雨顺，五谷丰登，龙腾虎跃，国安家好。

蒋登科

给父亲磕头

父亲是在农历庚子年正月二十三日去世的，离他的生日只差两天。

回到老家的时候已经是深夜，见到父亲的遗体躺在堂屋里，一股悲伤的情绪再次涌上心头，我带着爱人、儿子马上就要跪下去。但是，几个妹妹立即拉住我说，奔波那么久，太累了，先休息一下吧，吃点热饭，缓一口气。

家里没有其他人，除了母亲，只有三个妹妹和她们的家人。

父亲头一天去世的时候，我没有在老家，父亲的后事所需要的一切都是她们在安排。按照常理，老人去世是非常重大的事情，如果是在平时，或多或少都有亲戚、朋友、邻居来帮忙或者陪伴，但在这个特殊时期，家里只有我们兄妹几家人。

在我回来的路上，大舅给我打过电话，说父亲去世，他怎么都应该去看看。我叫他千万别去，现在这个时候去，既对自己不安全，也可能给我们带来麻烦，因为我给单位和村里做了承诺，一定不让人员聚集，不能影响疫情防控。后来，幺舅专门来了一趟，代表几个舅舅为父亲上了香，连饭都没有吃就离开了。

晚饭后，我和爱人、儿子，跪在父亲的灵前，上了一炷香，只是叫了一声“爸爸啊，我们回来看您了，您怎么就走了呢？”其他什么话都还没有说出来，泪水就哗啦啦流下来了。父亲生前的一切都在眼前浮现，心里有好多好多话想对他说，但是，那一刻，我面对的只是父亲冷冰冰的遗体，说出来他也听不到了。几个妹妹陪着我们，一边哭着，一边把我们扶了起来。我猜想，刚刚到家的时候，她们叫我休息一下再上香，应该是担心我悲伤过度，最后连饭都吃不好。

在春节期间，我感觉父亲的状态挺好，胃口也不错。我一直觉得，对于任何人，抵抗力都非常重要，而提高抵抗力的重要方式之一就是能够吃东西。父亲病重那么多年，还能够坚持下来，应该与他的胃口比较好有关。我当时还开玩笑说：“老爸，看您的胃口，完全没有问题，只是尽量不要感冒。”但是，才过去十几天，父亲说走就走了，实在出乎我的意料。

我向小妹妹了解了父亲去世前的一些情况。当天早上，父亲感觉胸部、腹部有点胀。十多年了，这种情况在他身上时常发生，大家一般都认为他是着凉了或者感冒了，引起消化不良，接着就送他去医院输液抗感染。当天中午，父亲没有吃东西。午饭之后，小妹又去看他，他还是不想吃东西，说胸腹部感觉到很胀。

父亲回乡几年，小妹一家照顾不少，父母有时候就住在她家里，所以她可以根据父亲的容颜判断他的身体状况。小妹注意到，父亲的血氧饱和度下降得很厉害。在过去，只要坚持吸氧，父亲的血氧饱和度一般都保持在 90% 以上，而当时，父亲用呼吸机吸着氧，血氧饱和度最低已经降到了 60% 多，反复得很厉害。这是非常危险的信号。因此，在得知这个情况之后，我叫他们尽快送父亲到医院。但这一次，我们没有成功，父亲也没有扛过去。后来，我们分析，可能是父亲的肺大泡破了。多年前，医生就告诉过我，只要父亲的肺大泡破了，肯定就无法挽回。我们一直注意着这件事情，尽量让父亲少咳嗽，少运动。但是，父亲的肺功能实在太差，只要稍微感冒，稍微运动，咳嗽实在无法避免，我们最终不得不面临这一天。

回到家乡的时候，正是新冠疫情防控最严格的时候，社区防控深入到了最偏远的乡村。到家后的第二天早上，村里的医生就赶到了家里，登记我们的信息，测量体温，接下来的每天都如此。村里的党支部书记也到了家里，他是我的小学同学。但我知道他主要是来查看情况的，而且不断提醒：特殊时期，希望老同学能够理解和支持。我做任何事情都是按照规矩来，所以才在回家之前就给单位和村里报告了。我希望他放心。最后，他以村委会的名义送来一个花圈，对父亲的去世表示悼念。

我过去也参加过一些葬礼，有些人把葬礼搞得非常热闹，认为人越多，越能够体现出自己有地位，体现逝者的影响。在以前的北碚，有人去世之后，家人就在街头、路边用帐篷搭起灵堂，深夜都在唱歌，而且各种歌曲都唱，包括一些喜庆的歌曲，就好像是在开庆祝会，哪里有什么悲伤的氛围？我觉得，丧事还是安静一些好。父亲是一个低调的人，一辈子只知道踏踏实实地干事、劳动，从来没有张扬过，甚至很少和他人发生争执，他在防控新冠疫情的时候离去，无意中也营造了这种安静的氛围。

父亲去世，一家人都很悲伤。但换一个角度说，我觉得父亲或许选择了一个很合适的时机离去。在疫情防控期间，我们可以不接待外面的亲友，不宴请，摆脱了嘈杂，可以静静地陪着父亲，回顾和思考一些问题。三个妹妹和家人平常都在外面打工，也恰好因为疫情，大家都还没有离开。那些在外面上班、上学的孙辈都还待在家里，这也是前所未有的。可以说，父亲这条根脉上延续下来的后人，儿女、孙辈、曾孙辈，大多数都在老家。如果是在其他时候，也许有一半的人无法回来为父亲送行。

这或许是一种天意吧。对于父亲，也应该算是一种幸福！

张宁宁

当节俭成为一种习惯

关于节俭，有很多道理可讲。我们小学读到的第一首关于节俭的古风作品，就是“锄禾日当午，汗滴禾下土。谁知盘中餐，粒粒皆辛苦。”这首人人都会背的诗，不一定人人都会做到。我觉得，真正能做到节俭的，那应该是一种习惯的养成。

我的父母出身都是农民，对粮食的重视，从小根植于他们的内心。之后从军打仗，那更是每样物资都得精打细算着用。

父亲说过半截蜡烛的故事，因为他的工作性质，长征途中仍然需要整理文件，而且这项工作经常在夜间进行。他们的军需官每次都只给他半截蜡烛。也因为只有半截蜡烛，父亲需要加紧工作。常常是他的文件刚刚整理完毕，蜡烛也刚好燃尽。父亲说到这件事情的时候，总要加一句：“那家伙真是抠门！”

但是，类似“抠门”的事情，父亲在之后的工作、生活，乃至对我们的教育中都没有少做。

在我们读到“谁知盘中餐，粒粒皆辛苦”的年龄，父母亲和我们之间的交流对话中，很少涉及诸如“这首诗说的是什么意思啊？”或者其他的关于节约的道理，他们只用他们的身体力行或者是他们的“简单粗暴”的方式来让我们形成一种他们认为有必要形成的习惯。

有一件事，尽管是一件很普通的事情，但我永远都会记住。这件事，在我身上发生过，在我的姐姐们身上也发生过。

这是件什么事情呢？很简单。在我上小学的时候，有一天上学要迟到了，我匆忙吃完饭拎起书包就冲出了大门。我已经冲到了家门外那条坡道路的坡下了，听到父亲在坡顶大声地叫我。我回头，远远看见他向我招手让我回去。姿态上，我感觉他很严肃。我以为家里发生什么大事了，赶紧往回跑。等我跑到他的跟前，问他：“什么事？”他说：“去把你碗里剩下的那几粒米饭吃干净！”

我的天哪！就为这几粒米饭把我叫回来？我大声地抱怨：“我上学要迟到了！真是麻烦！”

但是父亲不为所动，他脸上波澜不惊，不怒而威，让我不敢违拗他。我冲进饭厅，抓起桌上的碗，把那几粒米饭吃掉，然后从他的眼前再冲出门去上学。我没看他，因为我气得要哭了。

那天上学是迟到了。我回来也不理他，他也不问问我上学是不是迟到了？有没有受到老师的批评？我想他可能认为被老师批评一次也没什么大不了的。

同样的事情，也发生在我的姐姐们身上。她们也同样是一边抱怨着一边不得不回来把碗里的米饭吃干净。

父亲每次都很得意，承受着我们的抱怨。抱怨可以，但是你必须按照他说的做，这很奏效。有了这样一次经历，我们以后吃过饭的碗里，再也不会有剩下的饭粒子。在那个年龄，我们不是领悟了节约的重要性，而是怕被他再叫回去耽误了上学。

久而久之，“光盘行动”在我们姊妹间形成了常态，如果有哪个人偶尔疏忽了，其他人就会提醒：“碗里还有饭粒子！不怕被爸爸叫回来啊？”

我们年纪小的时候，对父母亲在节俭方面的严肃、严厉甚至苛求颇有不满。但异曲同工的事情，发生在我三姐当兵的那个新兵连。

三姐当兵的时候只有十五岁。新兵连的伙食很简单，一菜一汤。有一回是茨菰烧肉，她把茨菰吃了，把茨菰的尾巴丢在了桌上。结果让她的班长看见了，要求她把茨菰把子捡起来吃掉。三姐照做了，我想她当时的心里一定很委屈。这件事情换作现在的人是绝不能理解的。我们当时也不理解。三姐回来探亲的时候，跟我们说了这件事，时过境迁，她已经想通了，很淡定。我父亲听她叙述了这件事情之后，只是笑了笑，也很淡定。在他看来，连队里发生这种事，再正常不过了。我甚至从他的笑容里，感觉到他的不无得意。

新兵连的生活对于三姐这样的新兵蛋子来说，应该是新鲜和好奇的，发生的事情也应该很多。可是她单单记住了这件事情并且回家时特意说给我们听，足见这件事情在她心中留下的痕迹。而我们这些做妹妹的，也从三姐的故事中比对出一个标准，相较于父亲大老远把我们叫回去吃干净碗里的饭粒子而言，三姐班长的做法有过之而无不及。或许，三姐正是有了被父亲叫回去吃光碗里的剩饭粒子的经历做垫底，才能承受住班长如此这般的严厉吧。

在那之后，吃光碗里的饭，对我们来说已经形成了习惯。如果碗里有剩下的饭粒子，我们自己看着都不舒服。

这些事情，虽然普通，却够经典，它在我们的记忆长河中占据了一席之地。

现在，社会不断地进步，生活不断地趋于美好。在物质生活空前丰富的当下，美味佳肴早已不是稀罕之物。但节俭，一旦形成习惯，就会贯穿于你生活的始终。就像那些被剩在碗里的饭粒子，像那根被丢弃在桌上又被勒令捡回来吃下去的茨菰把子的滋味，恐怕这辈子都不会忘记。

施立群

根植在骨子里的教养

我的父母读书都不多。

家母从戎前就读于上海第七中华职业学校，据说在那里读书的孩子多是家境贫寒者，家母的情况也不例外，那时已然家道中落。

家父在他的文章里写到过，他因为家中经济拮据而辍学。我曾问父亲：“你从水头小学毕业后在哪里读的中学？”他回答说：“中学的门在哪里我都不知道。”

从前我并不清楚文化的内涵，我一直是将其与学历紧密挂钩的。直到有一天，我看到了梁晓声说的一句话，“文化是根植在骨子里的修养”，才觉得言之有理，才懂得学历与文化之间的不等式，才开始思索“教养”二字究竟意味着什么。我也才开始回望父母的来路，用心品读他们代表文化的教养。

印象中家父的谦恭与平和是一直存在并与日俱增的。从前我几乎从未见过他在外面和谁红过脸，更不用说怼过谁。或许在他看来，对同志必须如春天般温暖吧，哪怕对方挂一副冰窖的嘴脸，哪怕无论如何都捂不热对方，他也在所不辞。

迈入老年后他的表现更胜一筹。干休所二十来岁的干部、战士倘若上门来或者在院子里与他相遇，他总是向对方表现出极大的友好，听从他们的意见，服从他们的安排，配合他们的工作，且一切言行都发自内心，无怨无悔，因为他们都是“组织上”的化身。

在家里，他也绝未轻易向子女发过火，其中也包括我这叛逆之徒。当然，他只是谦，却不卑，腰板还是挺直的。家父尽管曾被家母数落说“也有贪念，从所部办公室里拿回过几张公家的打印纸”，他却是没有贪过啥也留不住啥的。

家母说，家父不识货，把家里从前有的名人字画全部捐出去或者送了人，那些破破烂烂的旧挂历倒是都留了下来。家母倒也不生气，随便伊，反正生不带来、死不带去。

家父一直在向往和追寻着他心目中的诗和远方。除了吃饭时希望能吃到鱼之外，再无更多的奢求。到老后，他的口头禅就是“我不需要”：给他买衣服他说不需要，给他买保健品他说不需要，甚至他一百岁时我去帮他端洗脚水他也说不需要。

有一次我对他说，你的级别应该可以有用药自由了吧？他索性和我急了，连声称：“我不需要那些，我不需要！”

家母到老都如孩童般存在着，到老了之后有时会有点任性，在家会耍点小脾气，多数斗嘴的对象只是家父。如有首诗所写的那样，“吵吵争争几十年，人人却说好姻缘”。

家母内心里透明、干净、正直、善良，满满的爱意。

在我的记忆里，她一辈子没撒过谎，更不肯去干那些蝇营狗苟的丢人事。家母也从不和他人争斗的，不似我睚眦必报，向来不愿受小人气。她即使在不堪回首的“文革”中遭遇无妄之灾，也没有说过一句违心话，始终没干过一件昧心事，没害过一个人，堂堂正正地做人做事。

家母一辈子没住过几次院，看病的次数用十个手指头便可以数得过来。倘若染了小疾，她总是差弟弟去药店买些药，而弟弟多半是记不得开票的，所以纯属自费。

我们子女谁都没揩油享用过家父家母特殊医疗保障的免费午餐。卫生所配给家父的药，家父也是断不会拿去给家母吃的。记得有一次家母临时向家父借了一瓶血塞通吃，第二天就让我去买了一瓶还回去。她最爱说的话就是：“这辈子不欠任何人的。”她说到做到了。

去年夏天，浙江省老干部局下了文件，家母的医疗可以享受副省级待遇。这无疑是让我们沐浴深恩，然而，直到家母今年初离世，她都一直在享受平常人的平常待遇，临走时也是在八个人一间的 ICU 里，身上盖着破旧的被套……

我很伤心，但我也很为家母自豪，她才是一世清廉的典范。

细细想来，家中二老的言行应都来自根植在骨子里的教养。但更让我从他们那里感受到教养二字的，是在他俩卧病之后。

家母的失智起于 2019 年初夏的那次感染。突如其来的高烧以及随后大剂量的抗生素输入，令她丧失了许多正常思维，以至于到最后忘记了亲人的模样和名姓。

但在卧床的两年半中，家母一直很乖、很安静，没有吵过闹过，也没有不配合。她从没有对家中的保姆发过难，即便保姆做得不尽如人意。所以家母离世后，保姆也曾哭过好几回。

家里来了客人，病榻上的家母总是很礼貌地以笑脸相迎，说着热情客气的话，对客人有问必答，虽说答得基本都不正确。

有几次她突发情况，我送她去医院检查治疗，其间医护人员无论抽血、输液还是做其他有痛苦的检查治疗，她都一声不吭。这事发生在普通人身上也许一点也不稀奇，可家母一个罹患痴呆症的病人，能做到这般，实属不易。

每到此时，我都会想起从前她告诉我的话："咬紧牙关，不要让人瞧不起。"仰不愧于天，俯不怍于人。

这方面，家父的表现就更不用说了。直到今天，家父仍保持着清醒的头脑，因此他所承受的精神折磨远比家母大了很多。

新冠疫情开始的那个月，家父也病倒了。因为梗塞压迫，他失语了；因为吞咽功能的缺失，他只能选择鼻饲；因为无法站立，他的举止完全不能自主。

家父的鼻饲管连续插了两年多了，他一直在坚持，一次也没有动手拔过。我之前见过不少脑卒中病人，大部分都比较难以控制自己的情绪，有时是因为谵妄而恐惧惊叫，有时甚至无理取闹。在医院陪护中，我也亲耳听到过深夜隔壁病房里传出的刺耳哭喊声。

这一切，都没有在家父身上发生过。他也谵妄，谵妄时仍在克制，不使自己发出声音；他被吸痰时非常痛苦，但他终究没有失态。他可谓把“隐忍”二字发挥到了极致。每次我附耳聆听他含糊不清的话音，反复解读他极不规范的唇语，最后得到的答案很多都是关乎他人、关乎他的梦想的内容。

直到今天，他都坚持每天让弟弟扶他坐起来，哪怕只有半小时工夫。他还能主动要求看视频。弟弟说，家父有时甚至可以一次看完一整出京戏呢。前几天弟弟让我和家父视频，我看见他的右手一直伸在被子外面向我招着，招着……

有些时候人的风骨并不完全表现出肉眼可见的铮铮，她亦可以那般柔软，从日常生活的每个细节中缓缓流出，不经意地显现在人们面前。这大概就是易中天所述的那种最不可战胜的如水的力量吧。

有些时候，人努力活着比离去要难得多，并且他们求生的目的并不只是在这个世上喘气，而是想证明自己的毅力，证明自己的勇气。

老爸，我佩服你！

家父家母以他们自己的身体力行，让我领略到教养的可贵。我今生固然无法做到他们那样了，我也不去唱啥“光辉照儿永向前”，我只希望自己能从他们那里撷取哪怕是一丁点骨子里教养的精神力量，让我在余生继续做个无愧于人生的、有点高级感的平凡人。

父亲，节日快乐平安！怀念我亲爱的母亲。

彭化义

深埋心底的“一口馍”精神

熟悉我的亲友都说我“特别会过”。我知道，这是拣“好听”的话说呢。说实在的，我这人并不“大气”，用了解我的妻儿的话说，岂止是不“大气”，根本就是“抠”，而且还不是一般的“抠”！不仅对别人“抠”，就连对自己也“抠”！

我承认，发生在自己身上的许多事，说出去，有人肯定会笑话。吃饭尽量不剩一粒米，上顿剩下的菜从不舍得倒掉，掉在地上一颗花生米也得捡起来放到嘴里，一件破旧的背心、衬衣能穿二三十年，外出能坐公交不打车、能坐一站不坐两站……虽然这样，我倒从来没觉得自己受委屈，反而感到很踏实、很快乐。

我这“小气”的毛病，源自小时在老家受到的家风影响，具体说，就是“一口馍”精神。

我小的时候，我们老家生活特别困难，因为人多劳力少，分的粮食不够吃，一年中没有几顿饭是能吃饱的，榆树皮、地瓜秧、棉花籽，都曾经是填饱肚子的好东西。正是这种生活条件和环境，养成了上辈老人特别节俭的习惯。在我们家，每个人吃饭吃到最后时，都要留下一口馍，攥到手里，当碗里的粥喝完后，再用那口馍沿着碗边来回擦干净。

我们家的这种“一口馍”精神，是城里的二大爷传下来的。

二大爷是个老革命，十三四岁就参加地下党工作。他小时候兄弟姊妹 8 人，家里生活困苦，忍饥挨饿是家常便饭。为了不浪费一粒粮食，他从记事起，就养成用剩馍擦碗的习惯，一直到后来在城里做了官，甚至到了年老，这种习惯也没改。

20 世纪 70 年代初，有一天我到城里二大爷家，正好赶上了吃午饭的点，二大娘就留我吃了饭再回村。

记得那天，吃的刀切馒头和炒豇豆，豇豆是二大爷家院子里墙根下种的，豆角秧爬满了墙和房子旁边的小旮旯。从街道办事处下班回来的二大娘，蒸了馒头，又摘下一把长长的豇豆，洗洗切切，不一会儿就在煤炭炉子上把饭菜做好了。

这时上学的哥哥弟弟们也回来了，大家一起吃饭。大家还没怎么吃，二大爷就吃完了，他吃得特别快，是打仗时养成的习惯。只见二大爷，把最后一口馍从嘴边拿到手里，沿着刚才盛菜的菜盘子，来回擦了好几遍，盘子被擦得锃亮锃亮的，几乎就不用刷了。二大爷吃罢饭，又对几个哥哥弟弟说：“都把碗盘擦干净啊，别浪费！”

二大娘有点不高兴，说：“多少年了，一句话天天说，顿顿说，也不嫌絮叨！”

饭后，家里每个人都学着二大爷的样子，用剩下的一口馍，把各自的碗盘再擦一遍。那顿饭，我吃得特别香，也记得特别深。

回到家，这“一口馍”精神就在我心里深深扎下了根，比起其他家人，我觉得自己发扬得更加自觉，不仅吃饭要节约不浪费，在上学时也尽量避免浪费。

家里没钱买本子，我就花几毛钱到信用社买来几张白纸，回家自己裁成本子大小，再用针线从边上缝上，这样写作业的本子就有了。白纸本子先铅笔写，用过再钢笔写，最后再毛笔写，用过三遍再换新的，如此节约了不少学费呢。

在我们家，弟弟妹妹也都自觉发扬“一口馍”精神，生活中处处注意节俭。尤其是四弟，上大学、读研究生、当上公司领导，艰苦朴素的作风一直没有忘记。一次我们从老家回到北京西站，已经是夜里10点多了，背着大包小包的他不说打个车回安贞那边，却执意摸黑儿寻找公交车站，要坐公交车回去。我知道，他这并不是特意为了节省几十块钱，而是习惯使然。

我后来参军入伍，留在部队工作，这“一口馍”精神，也一直没有丢。

在北京成家后，妻子女儿特别“会过”。女儿更是个特别懂事的孩子，就是到了上大学，周末回家坐公交车时，也常常为了节省一块钱特地多走一站地，我知道后特别感动。6岁的小外孙女刚刚懂事，也知道不浪费粮食，有好几次，吃饭时发现掉在地上的花生米后，都自觉地捡起来把皮搓掉吃了。

在我内心世界，“一口馍”不仅仅是一种节俭行为，而已是一种深入骨髓的生活理念。

赫　穆

爷爷想盖着我的军大衣睡一晚

考上军校那年寒假，我从学校回到老家丹东。家乡的寒潮让在学校基本闲置的军大衣，派上了大用场。

到家第二天，我迫不及待地穿着军大衣回乡下看爷爷。一进门，一股热气迎面扑来。我准备脱下军大衣，爷爷却颤颤巍巍地走到我面前，按住我的手："乖乖，先别脱大衣，敬个军礼，让爷爷看看。"我立正敬了个军礼。爷爷张开双臂抱住我："我孙子成军人啦，我这辈子没白活！"

隔着厚厚的大衣，我还是能感受到爷爷那颗激动的心。那天，我原计划吃完午饭就回城里，却禁不住爷爷一再挽留。他的理由让我实在不忍拒绝——他想盖着我的军大衣睡一晚，感受一回军大衣的"暖"。

当晚，爷爷生怕弄脏军大衣，特意拿出一条崭新的毛巾被，裹住军大衣的里子和领子。然后，他把自己的棉被放一旁，盖上了军大衣，躺在炕头渐入梦乡。次日醒来，爷爷说他睡得很暖和。他还说，他梦到了那些被冻僵的烈士，是他们用生命换来我们今天衣食无忧的好日子，让我一定要学好本领，保家卫国。

1950 年的长津湖战役中，年仅 14 岁的爷爷是支前担架队的成员。他亲眼见过很多战友身体被冻僵，依然保持着战斗姿态的惨烈情景。在那个物资匮乏的特殊年代，很多部队接到作战命令后，来不及等到棉衣配齐就奔赴战场。

一天，一位名叫高进的指导员腿部中弹，昏迷不醒，被分配到爷爷的担架上。高进的领导担心高进转移途中再遭冻伤，便果断脱下自己的军大衣盖在高进身上，并叮嘱爷爷不论途中有多艰险，都坚决不能丢下伤员；如果伤员途中牺牲了，也一定要将其抬到国内才算完成任务！爷爷和同伴当即拍胸脯表示，一定与伤员共存亡。

转移途中，爷爷和同伴时刻不忘嘱托，无微不至地照看高进：他们会不时地抓个雪球揉搓成水，滴进高进嘴里；定时给高进揉搓手脚，避免他被冻僵；把高进的胳膊放到大衣袖里，再用草绳系住袖口以避寒。爷爷还脱下自己的棉坎肩，盖住高进的脚……

在爷爷和同伴的悉心照料以及不停的呼唤中，高进在途中奇迹般地醒了。醒后的高进，机警地指挥爷爷和担架队成员夜行晓宿，成功躲过敌机轰炸。大家一路颠簸辗转，忍饥挨饿，终于在一个深夜回到丹东的一户老乡家里歇脚。

老乡家尽管很穷，但还是拿出家里唯一一床棉被把伤员安置到热炕上，并做了一大锅酸汤子给伤员和担架队成员暖胃充饥。那是爷爷近一周里，吃上的唯一一顿热饭。他深切地感受到回到祖国怀抱的温暖。

饭后，高进脱下那件一路当棉被、护佑他平安回国的军大衣，郑重地交给老乡，作为这顿饭的伙食费。老乡连连推辞：“你们志愿军出国作战，连命都能豁出去，我们老百姓管顿饭怎么能要饭钱呢？”说着，老乡把军大衣又盖到了高进身上。

爷爷将这一切看在眼里、刻在心底，从此，念念不忘那件血迹斑斑的军大衣。

从我记事起，爷爷就经常给我讲他所亲历的抗美援朝战场。一次生日，爷爷拿出他省吃俭用攒下的钱，为我买了一套海军童装。我穿着这套小军装，在同伴们面前威风了好一阵子。

高考那年，成绩出来后，妈妈激动地要我报考某重点医科大学，子承父业，做一个治病救人的医生。而爷爷、爸爸和我，异口同声地选择了军校。8月，我从凉风习习的鸭绿江畔，来到闷热的南京，一时还有诸多不适。周末与爷爷通话时，我随口提起新训的辛苦，爷爷便在电话那头严肃起来：“孩子，再苦能有当年朝鲜战场上的志愿兵受冻挨饿苦吗？别的不说，单为你的一身军装，你也要给我挺住了。好钢都要在烈火中炼，是我的孩子就要给我争口气。”

是啊，和平年代的军人，再苦再累，能有抛头颅洒热血的先辈们苦吗？

这些年，每当学习和工作中遇到挫折时，我都会及时与爷爷通话。爷爷的家常话里，总蕴含着许多人生哲理，能随时为我解惑，促我奋进！

去年，我与同是军人的妻子回老家举行了婚礼。婚礼上，90 岁的爷爷摸着我们崭新的军装礼服说：“看看这身军装多英俊、多威武，等将来你们有了孩子，让他们再穿军装！”

王均波

父亲的草鞋

父亲的童年生活那么苦，每次听人讲起，我都会泪流满面，都会下决心：一定要努力混出个人样，让父亲享享福……

父亲出生于20世纪50年代，因为家里困难，没上过什么正规学校，认识的字也不多，每天只知道不断地劳作，靠勤劳和节俭养活了一家人，还供姐姐和我上学读书。

儿时的记忆中，父亲的草鞋给我印象最深刻——虽然简陋得只是一层稻草和几根麻线，却是父亲整个夏天唯一的鞋。

南方的夏天能把沥青路晒化，但为了节省衣服，许多男人都是光着膀子或穿个褂子就到地里劳作了，很多人的肩膀因此被晒掉了一层又一层皮，最后形成厚厚的、红红的一大片。

父亲不仅光着膀子，还光着脚。父亲很爱惜他的草鞋，一般情况下，都是光着脚去田里劳作，用他的话说："既省钱，又省事，到了田里就干活，省去了脱鞋的工夫。"

我年幼时对父亲脚底磨出的那一层层泛黄又厚厚的死皮特

别好奇，曾偷偷去触摸，还埋怨扎手，却不知那是父亲穿草鞋和光脚留下的伤痛。虽然有那层厚厚的老茧护着，父亲穿草鞋上山砍柴时，还是会被荆棘刺到。看到父亲疼痛难忍地继续干活儿，我有了人生的第一个梦想：长大挣钱了，给父亲买双那个年代最流行的“解放鞋”，让他的脚不再被荆棘扎到。

记忆中的父亲，犹如上紧发条的陀螺，每天都在忙个不停。

邻居应奶奶曾告诉我，父亲小时候，家里穷得连草鞋都买不起，一年四季大部分时间都光着脚丫走路。有一年夏种农忙时，太阳特别晒，爷爷带着父亲和二叔还有姑姑下田收水稻，快走到地头时，二叔和姑姑实在受不了南方石板路面 40 多度的“滚烫”，说啥要到树荫下歇一歇再走，只有父亲咬着牙跟着爷爷走到田里去割稻子。夜里上床时，太婆（父亲的祖母）看到只有 9 岁的大孙子脚底布满血泡，哭得那个伤心，第二天，说啥也不让爷爷带着孩子下田了。

转眼间，父亲和叔叔都到了谈婚论嫁的年龄，但爷爷家里一贫如洗，一家七口人与饲养牲口的猪圈在一间屋子里。几拨媒人在地里头看到勤劳的父亲都满口答应要把婚事说成，但一看爷爷的家境又摇头“变卦”了。

后来，还有几拨媒人来给二叔说媒，也是嫌弃爷爷一家七口与猪圈在一起，不欢而散。作为长子的父亲，下狠心自己动手盖房子。在那个计划经济的时代，别说家里穷，就算有钱也不一定买得到东西。为了盖房，父亲天天光着背，带着姑姑和两个叔叔自己动手做泥砖、拉石块、锯木板。为了弄几根像样的房梁和柱子，每天凌晨三四点，没等天亮，父亲就穿着草鞋出门，走六十多里的山路，到亲戚的山林里砍树，简单加工一下，再扛回家，碰到大一点的房梁，往往深夜才能回来。

就这样，父亲砍几天歇一天，近三个月时间，几乎每天来回走一百二十多里地，终于扛回三间房屋要用的七十多根大大小小房梁、房柱。

后来，应奶奶常说，是父亲的一生勤俭换来了全家的幸福生活。当年，父亲带着弟弟妹妹种地、盖房、卖菜，先后帮衬大家各自成家，住上属于自己的房屋，过上了好日子。

父亲的童年生活那么苦，每次听人讲起，我都会泪流满面，都会下决心：一定要努力混出个人样，让父亲享享福……

在父亲的影响下，我和姐姐打小就跟着父亲在地里拔草、点种、摘菜，干些力所能及的事。上学后，也都是每天放学回家，先到地里干农活，天黑了再回家写作业。

我上一年级的时候，开始学着帮父亲犁田，由于个子矮，够不着铁犁的扶手，就双手顶举着犁把，跟着比自己高出一截的大水牛，一圈一圈地犁田，一上午咬着牙，帮父亲犁完一亩多田，连双手打满了血泡都没有察觉。

原以为我有的是时间和机会报答父亲，却不想，2002 年冬天的一个凌晨，父亲在去县城卖菜的路上，因意外车祸造成高位截瘫。经过治疗，父亲的病原本已经开始逐渐好转，但一年后，得知家里实在借不到买药的钱，父亲不愿拖累我们，悄悄拒食，直至饿着肚皮离开了人世……我想给父亲买鞋的愿望再也无法实现！

如今，我已是两个孩子的父亲，时常给孩子们讲爷爷的故事，告诫他们要勤俭、要勤奋、要有担当，努力做个对社会有用的人。我自己也在组织的教育和培养下，从一名普通地方青年成长为一名军官，先后到西非的利比里亚执行过国际维和任务、到内蒙古草原参加“沙场阅兵”保障、去武汉火神山医院与战友们一起抗击新冠疫情……

父亲走了，但他穿着草鞋大步流星的身影，却留在了我的生命里。

向贤彪

三双布鞋

我儿时都是穿母亲做的鞋，一年两双，一双单鞋，一双棉鞋，从未间断过。穿着母亲做的鞋，既美观又结实，走在上学的路上，引来同学羡慕的目光，甭提有多神气。长大成人后，穿母亲做的鞋少了，但其中有三双布鞋却刻骨铭心。这三双布鞋不仅寄托着慈母对儿的海洋般的恩情，而且蕴含着教子成人成才的家风家规，至今思之仍感慨不已。

第一双鞋是母亲为我做的“出征鞋”。那是 1970 年 12 月的一天，我接到应征入伍的通知书后，急忙赶回家告诉母亲，她连声说：“好！好！我儿子当兵保家卫国，有出息了！”当晚，我外出与亲戚朋友告别，很晚才回家，见母亲还没有睡觉，在昏暗的油灯下纳鞋底，忙问道：“给谁做鞋呢？”她说：“给你做的，穿上新鞋好出征啊！”眉宇间洋溢着兴奋和自豪。几天以后，母亲拿出为我赶做的布鞋，一看比往日做的鞋更周正、更结实，针脚密实，鞋帮、鞋底全用新布外，鞋底还加了一层轮胎底。母亲让我穿上试试，不但合脚、舒适，还有防滑功能，我十分喜欢，当即打入行囊中。到了部队后，穿上母亲为我做的“出征鞋”，走起路来足下生风，增添几多豪情。

第二双鞋是母亲为我做的“保本鞋”。那是1974年底，我当兵4年后第一次回家探亲。当时已经提干的我穿上崭新的军装和皮鞋，走在家乡的小路上，吸引着路人的目光。回到家里，母亲见我长高长壮了，还得知在同年入伍的战友中我是第一个提干的，她更是高兴得合不拢嘴。过了几天，母亲发觉我有些得意骄傲的情绪后，语重心长地说：“你过去是干过农活的，知道成熟而饱满的谷子总是低着头，而那些稗子总是头昂得高高的。做人也要这样，懂得谦虚使人进步、骄傲使人落后的道理。”探亲归队的头天晚上，母亲将连夜赶做的布鞋递给我：“当干部后，穿皮鞋多了，但也不要忘了常穿穿布鞋，不仅脚舒服一些，还能提醒自己不忘本。”我把母亲做的这双鞋叫作“保本鞋”，穿上它，我就会想起母亲的教诲，提醒自己永葆本色，走好人生的每一步。

第三双鞋是母亲为我做的“思念鞋”。那是1999年9月的一天，我突然接到家人来电，告知母亲因病去世的噩耗，我顿时泪如泉涌，陷入巨大的悲痛之中。当时，我正参加一次重大任务，不能马上回去，直到数天后才回家。小妹告诉我，母亲走的前些日子，一直念叨着我，还张罗着为我做双新鞋。家人劝她：“您病得这么重，还是好好休息吧！”母亲不依，仍坚持要为我做鞋。家人只好找来鞋样，备好做布鞋所需要的布料、针线等。在弟妹的协助下，母亲半卧在床上纳鞋底，眼不好使，手的稳定性也差，一不小心针就扎了手，她仍坚持着。当时母亲已经病得很重了，化疗的反应无时不在折磨着她，纳着的鞋底多次掉在地上……在母亲去世的一周前，鞋子终于做好了，母亲一次次抚摸鞋子，一次次断断续续地给小妹交代说："这是给你大哥做的最后一双鞋，叫作思念鞋吧！你大哥穿着这双鞋，就会有个念想，如同母子心连心。"小妹一遍遍给我讲述母亲最后做鞋的情景，复述母亲说的话，我早已泪涌不止……手捧"思念鞋"，我在母亲的坟前长跪不起，原谅我没能送您最后一程。

"慈母手中线，游子身上衣。"那一针一线纳出的一双双布鞋，是慈母心血的凝结，饱含着无限深情！儿穿上它，脚步踏实，步履轻盈，激励我在人生之路上把每一步走稳走好，不负慈母的养育之恩。

吴建强

父背如山

小时候，父亲每次接送我上下学，总会骑着老“凤凰”自行车，让我坐在后座上。

我用双手紧紧地抱住父亲的腰，把小脸贴在父亲的背上，感受着父亲坚实的后背给我带来的满满的安全感。

那时候的父亲，健硕、魁梧，可以一只手把我举起来，举过头顶，安稳地放在肩头，带着我奔跑、转圈。

后来，我上了初中，去了市里的重点中学；父亲因为工厂倒闭，去了上海打工。因为聚少离多，通信也不似现在这样发达，我与父亲的交流并不多。每到寒暑假的时候，父亲总会回来与我相聚，那是我一年里最快乐的日子。

每次相聚总在燥热的夏天抑或湿冷的冬天，父亲总会带我去洗澡，在氤氲着水汽的澡堂子里，我们父子俩互相搓背，虽然话不多，却是最好的交流。

再后来，因为爷爷身体不好，父亲从上海回来照顾爷爷。那是家里经济最窘迫的时候，一边是正在长身体的我，一边是生病的爷爷。

只有高中学历的父亲硬是通过自己的努力考取了保安证，成了一名中学保安队长；同时，为了多挣点钱，父亲休息时会去附近的厂子里打零工贴补家用。

父亲干得最多的零工是给工厂卸货。那一吨多重的货物都要靠父亲和他的工友们一袋袋搬下去，常常一搬就是一下午。

父亲的背就这样一天天驼了下去。再洗澡的时候，父亲总会叮嘱我："你现在长大了，给我搓背时候轻一点。"

我点点头。

父亲不知道我已经清楚，那些斑斑点点不是他不小心碰到的颜料，而是扎扎实实打在他背上的伤痕淤青；父亲不知道，多少次，我在给他搓背时，在氤氲的水汽里泪流满面。

我就这样轻轻地，用搓澡巾在父亲背上搓着，用来一寸寸感受着父亲的背。

日子一天天过去，父亲一天天老去，父亲的背也慢慢地松弛，那些或深或浅的伤痕见证着父亲过往的岁月，那些为了幸福生活努力的岁月。

我也在父亲的背上一天天长大，感受着父亲如山的爱，满满的无言的爱！

第七章 ———— *Chapter 7*

走出少年，
走不出他们的目光

郑 苇

父亲引领我走上绘画人生路

岁月一点点侵蚀老照片。当我再次打开相册拿起照片端详，看到它们早已泛着淡淡的霉印，这才恍然意识到父亲已经离开我们五年了。

过往记忆一帧帧在脑海里不停回放……回首重拾画笔的日子，特别感激爱妻的师兄殷占堂先生在我艺术创作遇上瓶颈之际给予的支持和帮助，更感谢儿时父亲为我开启绘画这扇奇妙有趣的大门。

父亲郑兰，毕业于第一届厦门工艺美术学院绘画系并留校任教，副教授级高级讲师，鼓浪屿文化联谊会会长，曾连任三届区政协委员，擅长书画与篆刻。他的作品《春消息》入选《全国第一届当代山水画邀请展作品集》；《墨竹》入选《20 世纪国际现代美术精品荟萃》……先后获得国际文化艺术市场研究中心联合举办的全国书画研究会精品奖等奖项。

父亲的艺术实践形式别具特色，除了自身勤习作和教学中示范之外，还得益于参与名家之间交流经验。父亲常说，高雅的艺术，得寻觅知音，如偏安于东南一隅，便犹如井底之蛙，难有放眼全局的眼光，更不能传诸四海。他经常外出交流，乐此不疲地结交名士，登门拜访请教书画大家，其中不乏国内一流名家，如李苦禅、吴作人、张仃、孙其峰、程十发、周思聪、石齐，等等。

1960 年父亲考入中央美术学院美术史论班深造，1981 年又被学校派往中央工艺美术学院进修。学习期间，父亲与中央工艺美院院长张仃、教育美术家庞薰琹及中国近现代大写意花鸟画宗师李苦禅、我国 20 世纪美术史上公认杰出女画家周思聪等众多知名画家相交甚笃、声气相求。

父亲这一生，学术生涯逾半个世纪，或许是受益于读书世家的传承，他几乎把所有心神和精力倾注于书画艺术作品。

祖母苏氏为四川总督苏廷玉之嫡传子孙，教育儿子所传授的理念自然是读书上进、光耀门庭。

记得我还很小的时候，工作繁忙的父亲抽空骑自行车载我去泉州老家探望祖母，他说这样既可以省钱，又可以锻炼身体。我们天不亮就出门，一路上，父亲津津乐道地给我讲家族历史，讲他自己学书画和一些画家的奇闻趣事。我满心好奇地问了许多问题，父亲都乐此不疲耐心地一一解答，愉悦的场景至今还深深印在我的脑海里。

一路颠簸中父亲跟我互动太过入神，车上绑了一袋给祖母的大米，居然没发现袋子什么时候被划破，到达祖母家时才发现大米所剩无几。

父亲多才多艺，我对他崇拜至极。2019年底去北京看望大舅李明滨（北大俄语系教授、俄罗斯文学研究所所长），聊起父亲，大舅说“文革大串联”时，父亲徒步旅行去井冈山红色根据地，然后去了北京，相见时话题不止于名山胜景，却集中在毛主席诗词和沿途书画遗迹。

儿时记忆历历在目。小学有段时间，我的心特别野，家里待不住，老想着跑出去玩，疯起来想不起回家，父母招数用尽，一筹莫展。

当时学校安排父亲带学生去江西、湖北等地毕业创作写生，长时间出差在外，父亲担心母亲工作忙碌、家事多照顾不过来，打电报回家让母亲拜托一位当列车员的邻居当班时把我带到江西。

这是我第一次跟着一群专业绘画的人，游走在祖国的大好河山中，写生创作，犹如忽然之间看到心中的桃花源，满是新鲜好奇，目不暇接，心驰神往。对画画浓厚的兴趣开始充溢我的整个旅程……

从此，我那颗躁动不安的心居然奇迹般地安静下来，我的世界除了满眼的画纸、颜料、画笔，其他都了然无趣。在父亲安排下，我拜师于父亲好友、著名画家秦长安老师的门下，在老师的谆谆教诲下，绘画技艺突飞猛进，14岁时便以优异的专业成绩考入福建工艺美术学校。

父亲独具慧眼，我的老师王柏生（国内著名的人物重彩画家）说，父亲是他的恩师，更是他行走在艺术道路上的伯乐。

王柏生自幼酷爱美术，平时喜欢临摹连环画，但因家庭经济困难，初中一毕业就到工厂当了学徒，报考工艺美术学校前没有接受过任何培训。但是连环画不是考试科目，考试时他的那幅线描勾勒的静物写生给招考老师出了个难题，按当时要求他是不符合标准的，但父亲慧眼识珠，力排众议，破格录取。

古今文人雅士，皆有“建功立业、造福桑梓”的抱负，父亲也是如此，个人建功是为了忠诚的事业。

他组织统筹能力强，一呼百应，作为骨干教师受命为学校复办而奔走呼吁，负责草拟复校方案，呈请主管部门批准。大功告成后，旋即奉派至中央工艺美术学院进修，经过几年深造，既开阔了眼界，又学得办专业的经验，理论和实践水平均有所提高。

开课后，父亲便编写出《中国工艺美术简史》教材，成为学校该学科的开拓者之一。工艺美术学校复办后，父亲任首届漆器、陶瓷两科负责人，竭力推荐王柏生回母校任教，培育出一批批造型能力极强的学生，日后颇有建树。

王老师说，他“在学校十几年的教学与专业创作上，一直得到恩师郑兰的支持与帮助”。在校内外，父亲的师生关系相当融洽，无论同行还是学生都慕名前来请求观赏父亲收藏的艺术精品，他都毫不吝啬、不厌其烦地搬出来提供给大家鉴赏、观摩。

父亲一旦抱定理想，便终生坚持实践，矢志不渝，心系书画。改革开放之初，厦门作为经济特区，商业蓬勃发展，装修业兴起，作为工艺美术家，父亲也一度跟随潮流从事装修，在厦门颇具影响，跟从者众。可他却在成功时急流勇退。他觉得做装修经营偏离了他艺术追求的初衷，果断放弃后遵从初心，孜孜不倦教书育人，收获桃李满园。

父亲爱好收藏，除了收集全国各地著名书画家作品外，还收藏名酒、古玩。父亲性格开朗豁达、温和淳良、重情重义，平时自己舍不得用的好酒好茶都会留着招待好友。

20 世纪七八十年代，每逢假期，国内顶级美院的画家们凡到鼓浪屿休养写生，必到我家与父亲诗酒唱和，品茶论艺；更记得 1977 年，著名画家周思聪、万青力和石齐（当代大视觉“三象合一”的创导者）相约厦门绘画创作，齐聚我家中作画。父亲把我带在身边，我有幸得国画大师们的耳提面授。齐白石入室弟子、著名画家娄师白特别为家中的书斋题字“静观书舍”赠予父亲。这一切让我自幼便深感荣耀之至，耳濡目染绘画艺术殿堂之神圣。

父亲一生酷爱兰花和竹，人亦如兰花品行高洁，竹似其骨，刚正笔直。受此影响，我特别爱方正物件，为人处世如方形规整，创作绘画亦是，严谨认真、细致入微而不失意趣。

父亲开启了我绘画人生之门，以自己的言传身教引领着我在艺术人生之路前行，令我在历经人生坎坷、几近耳顺之年，依然重拾画笔，求索艺术之路不停歇。

艺术之路虽孤独寂静，但我坚守其中甘之如饴，内心清明澄澈，方得笔下清静、淡然、深远。

朱俊杰

母亲那双布满老茧的手

夜里，我又梦回老家。跨过熟悉的门槛，老屋依然整洁明亮，两个暖水瓶放在条台老位置，玻璃杯倒放在一个旧托盘上，上面覆盖着一块洁白的毛巾。正堂中间挂着父亲的大照片，母亲擦拭得特别干净。母亲正在小菜园忙活，见我回来立刻抛下锄头："儿你咋回来了？"说完，用她那布满老茧的手拉着我："让妈看看！""妈，我们兄弟俩已成家立业，您吃了一辈子苦，我把这旧房推倒，盖一个新房供您养老？"母亲连声说："不用，不用！这房去年翻修了，一点都不漏雨，好得很！"可我明白，这老屋承载着母亲太多的记忆。突然，嘹亮的军号声打断了我的梦境，天亮了，该出操了。

母亲因为小时候兄弟姐妹多，没有上过学。但母亲有一个信念，就是再苦也要供自己的孩子上学。这些年，有太多难忘的记忆。难忘，一年秋天连降大雨，泥坯房突然塌陷让一家人无处可去；难忘，为了赶收庄稼，母亲起早贪黑下地干活累得吐血；难忘，为了赶在大雨之前抢摘棉花，母亲被雨淋得大病一场……这一幕幕至今在我脑海里清晰可见，母亲为我们兄弟俩受了数不清的苦。

母亲会做菜。在我看来，真正会做菜的，应该是最擅长做家常菜的。我喜欢吃母亲做的小炒肉。蒜苗切成寸段，胡萝卜切成寸丝，瘦肉或者五花肉切成细条，用酱油、盐提前腌制上。入锅的时候，肉炒出香味儿了，把蒜苗和胡萝卜丝一起放进锅里，炒到八成熟，出锅，好看也好吃。我对中国菜“色香味形”的认知，最早的理解便是从这道菜开始的。当兵后，在外面再也没有吃过这么美味的佳肴。

自我记事起，母亲每天都很忙碌。幼年的我最盼望下雨，因为只有下雨，母亲才不会出门劳作。这时，她会拿起针线，用那双布满老茧的手为我和弟弟做布鞋。我们兄弟俩便搬来两个小凳，依偎在母亲身旁听她讲故事，做人的大道理总会在小故事的结尾出现，然后一针针地缝进我们的心里。每当跟母亲待在一起，父亲的故事就成了她总也讲不完的思念。

20 世纪 70 年代初，父亲曾是一名水兵，在一艘炮艇上操作轮机，因工作出色两次立功。当兵第六年时，父亲凭借出色的工作成绩获得一次提干机会，此时家里传来爷爷病重的消息，父亲放弃了提干的机会，选择退伍回家照顾爷爷。为改善家庭的生活条件，父亲承包了 500 亩的茶叶厂，日夜劳作，积劳成疾患上癌症，在不到半年的治疗中花掉了家里所有的积蓄。年仅 36 岁的父亲终究不幸去世，家里所有的重担全部落在了母亲身上。

父亲去世的时候，母亲才30岁出头，为了不让我和弟弟受委屈，多少人劝她改嫁，她就是不答应。在那段难挨的岁月里，母亲总是把她认为最好的东西留给我们，那些最好吃的、好看的、好玩的……为的是不让我们在人前抬不起头来，不让别人说没有爹的孩子可怜。平时在吃饭没有菜的时候，母亲就拿起一个鸡蛋做成一大碗汤，我们兄弟俩吃得比厚羹还要香甜，她自己却舍不得吃上一口。

父亲去世的第二年，母亲因胆结石住院手术。一开始母亲忍着病痛不愿意花钱看病，直到被病痛折磨得难以下床才去医院，医生说如果再晚一天命都难保。结果，从母亲的体内取出一个小鸡蛋那么大的结石。就在这年，小学三年级的我又突遭车祸。那段岁月是最难熬的，现在想想都替母亲心痛。为了让我们的日子过得好点，多年来母亲没有睡过一个囫囵觉，总是日出而作，日落而归，割水稻、收稻谷、犁田、插秧……我们家里的农忙总是比别人家结束得早。

农闲时，母亲还做些小生意。卖鞋子、袜子、衣服，也有卖菜、收花、批发水果等。母亲经常一大早就骑着自行车去进货，天还没亮时就赶到街上去换点钱补贴家用。我每次总是美滋滋地跟在后面，拿着个头最大的苹果吃。

我18岁那年的冬天，是我最难忘的日子。那天一大早，母亲帮我收拾好行囊，村里的干部帮我戴上大红花，父老乡亲一路欢送，鞭炮和锣鼓的欢快响声此起彼伏。我光荣地成为一名水兵。我长大了能帮助母亲分担家务了，但她偏偏要送我去参军，我理解母亲的心思，她希望我在部队大学校、大熔炉里成长成才。送别前，母亲用布满老茧的手拉着我说：“儿啊，你是在你爹当海军30年后，我们村第一个海军。你要在部队好好干！”

参军后，带着母亲的教诲，带着父老乡亲的期盼，我刻苦训练，挤时间学习，第二年就考上了士官学校。在学校我继续发愤图强，在2000多名学员中第一个入党、第一个被评为优秀学员、第一个荣立三等功。毕业分到部队后，喜报接连不断地传到家里，在电话那头，母亲喜极而泣地告诉我：“你爹临终前嘱咐我，大儿子俊杰从小就喜欢我的水兵帽，还有我穿水兵服的照片，将孩子抚养长大后也让他去当一名水兵，他会成为一名优秀的海军。”

从军近20年，我先后两次荣获海军士官优秀人才奖，3次荣获全军士官优秀人才奖，5次荣立三等功，采写的文章有多篇获奖。而母亲依然住在那个小山村，依旧守候在老屋，守候着墙上父亲的照片。听乡亲们说，母亲常常倚在村口，看着远处的马路，凝望着儿子的归来。

我只能将深深的思念寄托于文字。月光掠过床前的影子，我知道母亲想我了。柔和的星光犹如母亲慈祥的眼神，多么温暖。母亲的秀发让岁月漂白，额头沉淀着生活的沧桑。母亲布满老茧的手握不住流光，却托举起我的成长，殷殷期盼牵引着我的军旅梦想。

郭　勇
父亲留下的财富

“有你爸爸的真传！”小姑发来的微信打开了我记忆的闸门。

父亲出生在陕西省安康市紫阳县，当了多年中学语文教师仍然带着乡音。

祖辈清朝初年从湖北郧西移民而来，跋涉湖广填四川大移民路线，溯汉江而上到四川，由于秦岭阻隔，蜀道难难于上青天，途经陕南而定居。按照“世启明良国，祖德乾坤大，宗功日月长，贤才辅帝治，福寿卜其昌”的族谱，到父亲这辈已经有九代了。

父亲幼年聪慧，可以背诵《左传》全文。逢年过节的时候，父亲的最大乐趣是为乡亲们写春联，而且能将各家的春联背诵下来。爷爷认为他有读书的潜质，克服困难送到紫阳中学读书，为父亲埋下求学的种子。

从乡村到县城，父亲看到更广阔的世界。他不甘于大山的束缚，梦想到更开阔的地方去求学。紫阳中学毕业后，他考到安康师范学校读书。

当时，父亲班级同学年龄偏大，学习基础较差，上师范只是解决饭碗问题，缺乏上进心。为提振班级学风，班主任组织阅读吴运铎同志的《把一切献给党》这本书。同学们读后深受鼓舞，父亲作为班长，代表全班向吴运铎同志写了一封信，对这位“中国保尔·柯察金”表达敬意。而后，他们出乎意料地收到吴运铎同志的亲笔回信，信中说：“只有对专业的热爱，才能产生学习上的最大动力……我们对困难的回答是战斗，对战斗的回答是胜利，对胜利的回答是谦虚。”这封信温暖着每个同学的心。班级面貌焕然一新，被学校授予“吴运铎班”的光荣称号。

安师毕业后，父亲被分配到安师附小教学。那时候，冬天很冷，他经常提着小火盆备课到深夜。他讲课时滔滔不绝，而且板书很工整。我小学数学老师是父亲曾经的学生，她给我讲过很多父亲当年的故事。

正逢国家颁布了一条允许部分中专学生考大学的政策，父亲报考陕西师范大学中文系，并被录取。无奈家庭条件窘迫，当时爷爷已经去世，长兄为父，大伯劝他放弃上大学，毕竟现在已经有职业，还可以补贴家用，但父亲最终还是选择了更加艰苦的求学之路。

那时候，从安康到西安上学需要翻越秦岭高山，没有钱买车票，父亲需要背着铺盖卷走 7 天才能到达，夜晚借宿在村民家时，远远可以听到狼的嗥叫，甚至还碰见劫匪，不过这个穷学生被他们放过了。这些困难始终都不能动摇父亲坚定求学的梦想。

大学期间，父亲完全靠助学金生活。大学食堂辣椒面和盐不收费，他每天只买馒头，然后夹辣椒面吃。大学毕业后，他主动要求回到家乡从事教育工作，用所学知识改变更多家乡人的命运。

在安康中学从事语文教学工作期间，父亲经常用吴运铎同志给班级回信中的内容勉励青年学生，告诉他们：“学习不是一场轻松的游戏，而是不断战胜困难的斗争过程，谁能经得起困难的磨练，谁就是胜利的获得者。我们不能驴拉磨式地打发日子，如果今天不比昨天学得更多，也做得更好，生活将会走向空虚。”在他的教导下，很多学生都取得了很好的成绩。

父亲通过自己一步一个脚印、扎扎实实的作风赢得同事和学生的尊重。很多当年的学生现在经常出现在电视和报刊上，活跃在安康人的谈话里，带着敬意。

父亲清贫一生，经常说：我这辈子没有给你们留下什么东西，只希望你们努力求学。

求学让父亲走出大山，并帮助更多的山里孩子看到世界。

章海军

天堂花开

父亲是到了中年才有了我，我自然是他最娇惯的孩子。至今，我对于童年的记忆，几乎所有画面都与父亲有关。

比如，夏天的夜晚，我和父亲一起躺在门口一张竹榻上，父亲一边摇着扇子给我赶着蚊子，一边给我讲着《隋唐演义》之类的故事，我常趁着父亲不注意恶作剧地拔他的汗毛，父亲痛得激灵一下。我以为父亲会生气，结果他没有，只是用扇子轻轻地敲我的额头，算是警告。

再比如，过年串门的时候，我总是骑在父亲肩膀上，双手搂着父亲的下颚，学着小人书里的样子开心大喊着“驾”，路人纷纷侧目。我以为父亲会生气，结果他没有，只是提醒我要抓紧了。

再比如，有一年秋天，我大概五岁的样子，不慎点燃了家门口成堆的茅草，烧掉了家里的一间偏房。我以为父亲会生气，一定要狠狠地揍我一顿，结果他没有，只是好几天没有说话。

我以前总是以为我的父亲不会衰老。事实上，父亲衰老得很快。

在我上高中的时候，父亲已经六十岁了。那个时候，哥哥和两个姐姐都已经成家，母亲在家操持家务，赚钱供我上学的重担全落在了年过花甲的父亲身上。我的学杂费，我的资料费，我的伙食费，都是父亲用汗水一分一分挣来的。

父亲为了供我上学干过很多的零活，包括去一个离家十多公里远的水库给工作人员做饭。我直到现在依然觉得很疑惑：一辈子从不下厨房的父亲是怎么学会做饭的？当然，这个谜底早已无人可解了。

那时候，父亲不管在外干什么活，无论风雨，周末总是要回家的，因为我周末才能回家，父亲回家是为了看我。

记得有一个周末，突然下起瓢泼大雨，我以为父亲不会回来了。可到了晚上八九点钟，我在风雨中依稀听到有人敲门，打开门一看，是一身泥水的父亲。母亲闻声迎了出来，不停地责怪父亲这么晚还赶那么远的山路回来。父亲也不解释，把手里拎着的两条花鲢给母亲，得意地说："明天做给孩子吃了。"第二天早上，天刚放亮，雨还有些淅淅沥沥，我在窗前复习功课，听到隔壁的门被轻轻地打开，又轻轻地合上。很快，父亲的身影经过我的窗前。就在那一瞬间，我突然发现一直很挺拔的父亲背驼得厉害，甚至有些佝偻——望着父亲的背影，一种莫名的恐惧感油然而生。

高中毕业后我去大连念军校，这是我第一次出远门，也是我第一次坐火车。出发的前几天，母亲很担心我的安全，不停地抹眼泪，叮嘱这叮嘱那。父亲不吱声，皱着眉，一根接一根地抽着劣质香烟。其实自打我懂事开始，父亲就很少跟我说话，从不深谈。

由于要赶清早的第一趟长途汽车，我提前一天到了城里，住在一个熟人家。第二天早上五点多钟，我背着包，从熟人家的小巷子里拐出来，恍惚间总觉得有个人影在身后不远处。我有些害怕，突然回头，却发现是父亲！父亲没有想到我会发现他，尴尬地站在原地。“爸，你怎么来了？”我嗔怪地问。“你妈不放心，让我来看看。”父亲有些局促，像犯错的孩子不停地用沾满泥土的布鞋搓着地。从家到城里有三十多里地，大部分还是山路，父亲的后半夜都是在夜幕下赶路啊！他身上的白衬衣湿透了，裤腿也被露水浸湿了。

我很想带父亲去吃个早点，他却死活不肯，又塞给我三十块钱，然后疾步而去，头也不回。

后来，我军校毕业后在离家千里之外的地方工作，再后来我结婚、生子，有了自己的家庭，我和父亲见面的机会就越来越少了。父亲对于我的回家，总是那样不冷不热的样子，但每次都穿着新衣服，站在我下车的位置，然后一言不发地跟在我的后面往家里走。

2007 年，我在石家庄读研究生。因为离家近，我利用假期回了几次家。父亲那个时候已经 73 岁了，苍老得不行，背驼得更严重，走上百八十米就喘得厉害。暑假回校那一天，父母和我坐在堂屋里，我从口袋里掏出一盒烟，递了一根给父亲。母亲见了，有些生气，数落我不该给患有支气管炎的父亲烟抽。父亲斜了一眼母亲，然后悠然点上，深深地吸上一口，吐出浓烈的烟雾。透过烟雾，父亲目不转睛地看着我，想说些什么，却只字未吐。

这是父亲留给我的最后目光。

三个月之后的一个晚上，大概凌晨一点多钟，大哥突然给我打来电话，说父亲有话跟我说。父亲那个时候很清醒，在电话里说："我没有事，你好好上你的学。"我说："我明天就请假回来看你。"父亲不同意，说："放假再回来，我很好，你就放心吧。"

和父亲通话时间很短，不到一分钟，电话就挂掉了。我预感父亲身体肯定有情况，盘算着请假回家看看。却不料几分钟以后，大哥打来电话，泣不成声地告诉我父亲已经走了。

后来我从姐姐那儿知道，父亲好几天不能进食了，所有晚辈都日夜守在父亲的床前，父亲不让他们告诉我，说部队的事哪能因家里的事耽误。那天晚上父亲本已不能说话，但大哥拨通电话告诉父亲是我的时候，父亲突然回光返照，说话一点儿也不含糊，让在场的亲人非常吃惊。而挂掉电话以后，父亲很快就离开了人世。

我从不敢相信我会失去父亲，犹如我不敢相信父亲会苍老一样。奔丧的那段时间，我得了很严重的耳鸣，时常夜不能寐。于是，很多次在黑夜里，我睁着眼睛回忆和父亲一起的点滴过往……

不知道从什么时候开始盛行起父亲节的。其实，我从内心里很恐惧这个节日。因为在这个节日里，我的思念格外浓烈，常常不能自已。

今年的父亲节，我是在万里之外的非洲度过的。那一天，很多战友录上视频或者通过微信，向父亲表达自己的感恩，我却如一个无家可归的孩子一样，默默地游走在营区里。走到三中队西侧的时候，突然闻到一股很特殊的花香，淡淡的，却沁人心脾。循着香味，我看到一簇不起眼的草丛上，竟然开着一朵朵白色的小花，虽不艳丽，却芳香四溢。在这个近乎沙漠的地方，有如此浓郁的花香，我觉得很好奇，便找来翻译，让他向当地人了解一下花的名称。

翻译问了很多人，终于问到了答案：天堂花。当年轻的翻译找到我说出花的名字后，我努力控制着自己的情绪，只是点点头。而后快步回到自己的板房，关上门的那一刻，我泪如雨下……

曾和好

滋养一生的父爱

久居都市，每当看到战友把年迈的父母从老家接过来尽孝时，羡慕之余，总会想起溘然离世的父亲。那种痛失亲人的悲戚和“子欲养而亲不待”的伤感，曾多少次让我长吁短叹、夜不能眠。

多年前，父亲逝于一场车祸。去乡镇赶集归来的路上，父亲被一辆失控的班车撞倒在地，无情的车轮从他单薄、瘦弱的身上碾过。当时，我正在海南某部工作，相距江西老家千里之外。噩耗传来，顿觉五雷轰顶，天旋地转。那年我三十而立，部队生活紧张，工作频繁调动，从基层到机关，一路摸爬滚打，很少过问家事。谁知事业刚有起色，父亲——一个六十岁不到，耕田犁地依然不歇晌午的大活人却瞬间离我而去。我携孕妻马不停蹄赶回老家。父亲装殓入棺前，我一次次抚摸他那粗糙的双手、皲裂的双脚，那种欲哭无泪的悲恸至今仍在心头隐隐作痛。

出殡那天，前来为父亲送行的乡亲一眼望不到边。本村邻村的人来了，十几里外村庄的人也来了。成百上千的人赶来为一个地地道道的农民送别，这在我们当地罕见。苦命的父亲，在乡亲们心中德高望重啊。

二

年幼时并没有体会到父亲的好。父亲天生劳碌命，每天起早贪黑，忙个不停，哪怕是逢年过节也不肯歇一歇。可即便如此，家里也从未殷实过，不是借钱就是赊粮，年少无知的我把家境贫寒、生活窘困归罪于一家之主——父亲的无能。由此，让我既无法与父亲亲近，也不可控地在心里轻视他。而更让我看不起父亲的，是他的懦弱和被人欺凌。老家地处赣东丘陵山区一隅，偏僻闭塞，民风彪悍，不足百户的山村相骂打架的事几乎天天都有。父亲似乎特别怕见这种场面，别说打一场架，就是和邻居家吵吵嘴他都不敢。明明自己有理，只要对方嗓门一大，父亲就不再争辩，咧个嘴憨憨地笑着，一个劲地往后退。母亲为此没少怄气。我们兄弟几个在村民们面前也觉得抬不起头来。

上中学后，随着年岁的增长，我慢慢地开始读懂了父亲。父亲总是默默劳作，独自背负生活的重担，尽管老天爷给予了太多的苦涩和不公，但他从不怨天尤人。也许这个世界太张扬，生活太强硬，父亲很少硬碰硬，而是淡定地选择了示弱与吃亏。如果说善良谦让成就了他的好人缘，那么遇事柔软温顺则源于他内心的强大。渐渐地，父亲不再使我自卑。

父亲读过几年私塾，又打得一手好算盘。打从记事起，父亲就一直是生产队会计。我读初二那年，父亲却说什么也不干了。事后才知道，当时的大队书记要父亲做假账，合伙私吞扶贫救济款。哪料一向憨厚寡言的父亲顿时火冒三丈，坚决辞职不干。父亲不干有人干，那位接替父亲的会计和大队书记狼狈为奸，瞒天过海，但最终还是东窗事发，双双进了监狱。直到这时，我才恍然大悟，看似懦弱、木讷的父亲其实外柔内刚，他做事心中有杆秤，称得出斤两轻重。我想，这正是他赢得七里八乡尊重的缘由吧。我对父亲更是心生敬畏。是的，这世上无论是权高位重、腰缠万贯的父亲，还是无数平平凡凡的父亲，只要行得正、坐得直、不亏心，就不愧为天底下最优秀的父亲。

而读高一那年发生在家里的一件事，更是让我对父亲万分钦佩。有一远房亲戚在动荡年代将一整箱银圆托付给爷爷保管，爷爷带着年少的父亲将它埋在祖上老屋一厢房内的墙脚下。爷爷去世后，守口如瓶的父亲一直把这个秘密埋在心里，家人谁都不知道。直到远房亲戚的孙辈们，几乎不抱任何希望地找上门来打探，父亲才从墙脚挖出箱子，原封不动地将八千多枚银圆归还人家。他们感动之余要拿出一些银圆答谢，父亲只接受了几个不同年代的银圆留作纪念。

这段传奇故事至今还在老家一带被人津津乐道。我有时在想，那些年，父亲因钱紧缺而心力交瘁，难道对埋在地下的银圆就没有动过一丝念头？多年后，我曾开玩笑地探问父亲。他像是受到了侮辱，狠狠地瞪了我一眼，愤怒地说道：我就是要饭也不能动那邪念，一诺抵千金，你懂吗！父亲的话，一字一句砸在我的心上。是啊，人穷志不短，信誉大如天。贫穷不是借口，更不是贪婪的理由，再苦再难总有一些东西值得我们去珍惜、去坚守。这是父亲给予我的最好财富，足以滋养我终生。

二

父亲一辈子在山沟沟里刨食，没有赚到什么钱，平时自己节衣缩食，但在子女花钱求知上学上却毫不吝啬。他经常对我们讲，“就是砸锅卖铁也要供你们上学”“你们上到哪我就供到哪！”受父亲的影响和鼓励，我们兄弟姐妹七个都上了中学，没有一个辍过学。在那个温饱都成问题的年代，父亲为此付出了多少的努力和艰辛，他也因此成了村里村外效仿的榜样。但面对家庭沉重的经济负担，渐明事理的我，在心疼父亲的同时，更怨恨自己不能为家里分担忧愁。

1984 年的夏天，我中考失利，心情沮丧。内心虽然十分渴望继续上学，但想到父母的苦难，我实在于心不忍，于是瞒着父亲准备跟一位亲戚去外地做手艺挣钱。正当我们上车要走的时候，父亲闻讯跑来，一把夺过我的行李，呵斥道：“跟我回家！”父亲弓着背，一只手把我的行李扛在肩上，一只手攥紧我渴望握笔的小手，拖着我往家的方向走。我至今还清晰地记得，那正是南方最酷热的时节，汗水浸透了父亲的衣裤，在太阳和高温下很快形成汗渍。父亲就用这种方式把他的父爱、坚强、期望传递给我。

在父亲看来，生活在穷山沟里，只有读书才有出息，为了子女能有出息，他什么都愿意付出。父亲把我从车站拉回家后，我重读初三后考上了高中。上完高中因为没有考上大学，又被父亲劝说去复读。那时打工潮兴起，别人家像我们这般大的孩子都成群结队外出赚钱去了。而我家依旧入不敷出，生活举步维艰。为了凑齐我的学费和保证我每周在校的生活费用，父亲除了大量地收罗村里闲散的田地来耕种，还在农闲的时候，起早摸黑到附近的砖瓦窑干活。因为赚钱不多，父亲又去了采石场给人扛抬石头。父亲总是早早就起床，吃完早饭，带上午饭，赶在天亮前到离家六七里路的采石场。露天的采石场被和父亲同样苦累的人们开凿得很深，有的深过百米，从上往下看，让人头晕目眩，要是不慎掉下去肯定粉身碎骨。

但胆小的父亲似乎并不恐惧，他和另外一位工友，用很粗的木棒一前一后，抬着由别人凿出的一百多斤的长方形石头，沿着悬崖边凿出的崎岖石阶一步一步拾级而上。每从矿底扛上来一块石头，能挣一毛多钱，父亲累了一整天也就挣六七块钱。不到半个月，父亲就瘦了一圈，眼眶也明显地陷了进去。一个星期天，我软磨硬泡终于说服父亲跟他一起去抬石头。父亲让我走在前面，他在后头。由于从矿底往上攀抬有一定坡度，加上父亲不时把系着石头的铁链往木棒后方挪动，几乎整个石头的重量都压在了他一个人的肩上。可即便如此，不到一个上午的工夫，我稚嫩的肩膀还是被压得血肉模糊。父亲很自责，从此再也不让我去采石场干活了。

高三复读期间，赶上海军部队来学校招兵。想着自己的家境和父亲的艰辛，我再也按捺不住，毅然报名参了军。入伍第二年，我考上军校，报到前顺道回了一趟家。父亲放下手头的农活，跑到当年把我拉回家的车站接我，见面时竟兴奋得满脸通红，用那筋青皮瘦的大手再次夺过我的行李，快步走在前面。我依旧跟在后面。所不同的是，父亲这次话特别多，几步一回头，问这问那。我一边搭着父亲的话茬，一边看着父亲的背影。父亲的背更驼了，弯得像张弓，头上一根根白发也争先恐后地探了出来。我心里一阵酸涩，泪水再次模糊了我的双眼。我暗暗发誓，等参加工作后，一定要好好报答他的养育之恩。

三

军校毕业后，我工作越来越忙。因为难得回家，我多次打电话邀请父母亲到我工作的城市——海口来游玩。父亲一再推托，总是借口家里农活多走不开。后来，老家一位亲戚到广东办事，不知怎么辗转来到海口找到我。亲戚告诉我，你父亲记性真好，把来看你的路线说得一清二楚，还专门给我画了一张图。这更使我疑惑，没出过远门的父亲，怎么可能无师自通地当起人家的向导呢？后来回家探亲，母亲给我揭开了谜底。原来，父亲把我历次探家的车船票一张张收集起来，又买来了全国交通地图，只要晚上有空，就在昏暗的灯光下研究，从江西到海南，坐哪个车次、多长时间、在哪儿转车，然后在地图的沿途铁路线上一一标出来。那张地图因为圈圈点点，已破烂得不成样了。我终于明白，父亲是多么想走出自己待了大半辈子的山村，到大城市去转一转，看看他那“出息”了的儿子，但他即使把来海口的路线研究得滚瓜烂熟，也还是一次次拒绝我的邀请。其实，父亲是怕我费钱，他盼着我把钱攒起来娶个好媳妇。后来我结了婚，他依旧不肯来。他说，现在还能干点农活，等干不动了就和母亲来。

然而，天有不测风云，人有旦夕祸福。一场残酷的车祸彻底击碎了父亲的这份美好愿望，也给我留下了终生的遗憾。他的离去，让我措手不及。他的养育之恩，我无法报答了。在梦里，我曾经多少次与父亲促膝长谈，多少次与父亲开怀畅饮，多少次与父亲同扶犁耙，又多少次带着父亲畅游祖国的大好河山和繁华美景……然而，这一切已然成了梦，成了几多美好而又令人痛惜的梦。这种撕心裂肺的痛，让我迷茫、彷徨和颓废。

但我最终还是从阴郁的日子中走了出来。因为我知道，自己只有倍加珍惜、倍加努力，谨慎而稳妥地走好人生的每一步，才是对父亲最好的纪念和最大的孝顺。他那勤俭质朴、达观淡定的生活态度，恭良谦卑、宽厚仁慈的为人秉性，守信重义、是非分明的处世准则，显得那样的平凡而又尊贵。这些早已深深地印在了我的心里，浸润到我工作、学习和生活的一点一滴之中。

张同华

忆母亲

母亲在2017年离开了我们。母亲走得平静而安详，甚至没有给陪伴在身边的孩子们说点儿什么。但是她亲切的话语、慈祥的笑容、辛勤劳作的身影，时常在我的脑际萦绕，以往那些平常而又难忘的生活片段，总是压在心头，挥之不去。

20世纪50年代末的一个深秋，由于极度饥饿而挣扎在死亡线上的母亲逃荒出走，一路上捡拾生黄豆、烂菜叶充饥，落脚到鲁西南黄河岸边的小村庄，后来与父亲相识组成了家庭。母亲养育了我们兄弟姐妹7人，生活一直过得很拮据。我8岁的时候，父亲患病去世，母亲一人带领我们兄弟姐妹艰难度日。在我的记忆里，母亲常年穿一件灰色粗布对襟衣裳，头扎一块酱色方巾。还不到50岁，母亲就已经是满头花白。

面对我们极其困顿的家境，有很多好心人给予了同情和热心帮助。也有不少人担心，母亲能否把这么一群孩子养活大。在厄运当头和望不到边际的苦难面前，性格刚强的母亲从来没有低头认输。为了能够挣到和男劳力一样多的工分，她向生产队请求，每天挨家挨户掏大粪运到庄稼地里。沉重的担子压在柔弱的肩上，母亲竟能一路小跑健步如飞。实行承包责任制以后，冬季闲暇时节，母亲就与人结伴批发祭祀用的香火，顶风冒雪辗转周边的集市和村庄售卖，赚些零钱贴补家用。临近年根赶回家时，母亲的手和脚早已长满冻疮、皲裂出血。

那时候，农村的日子普遍贫穷，我们家更是捉襟见肘。家里穷得实在揭不开锅的时候，母亲曾领着我到离家几十里路的外乡讨饭。我感觉这是一件极不光彩的事情，内心胆怯、自卑。怕人撵，怕狗咬，噙着泪低着头不愿意往前走。母亲找来一根棍子攥在手里，揽我入怀，说："儿啊，记住，咱们要饭不为孬，扔下棍子一般高！"家里孩子多，又都在长身体，衣服不够穿，母亲就在昏暗的煤油灯下"嗡嗡"地摇车纺纱，再经浆染、沌线、络线等多道工序，用土法织布缝制衣帽鞋袜。青黄不接的时候，母亲便采摘新鲜的柳芽、槐花、榆钱等野菜，蒸煮调拌供全家食用。

就这样，母亲竭尽全力，勤扒苦挣，不知熬过了多少苦不堪言的日子，挺过了多少常人难以想象的难关，才含辛茹苦地把我们拉扯大。

母亲历经磨难，她把生活的全部希望都寄托到了孩子们身上。母亲虽目不识丁，却对文化充满了敬畏与崇拜，她把学校发给我们的奖状全都贴到堂屋的正墙上，最常说的一句话就是"砸锅卖铁，也要供你们念书"。读初中的时候，有一次，我不能按时交纳 5 元钱的书费，母亲跑到学校跟老师求情，一向严厉的老师深受感动，同意延迟一段时间上交，且没有再当众催促我，保护了我脆弱的自尊心。

17 岁那年，我应征入伍赴沂蒙老区军营，母亲送我到县人武部集合。一路上，母亲一遍又一遍地叮嘱我好好当兵、好好工作。登车告别的那一刻，母亲用充满慈爱又坚毅的目光望着我，没有掉下一滴眼泪。后来我才知道，当送兵的大客车渐行渐远，直到在视线中消失以后，母亲一下子坐到地上号啕大哭。我换下来的衣服，母亲用布包起来抱在怀里，一路哭着回了家。

有谁知道，此时，曾经饱尝艰辛的母亲心中是如何的悲喜交集，对出门远行的儿子是多么的依依不舍，又有怎样的牵挂和期待啊！我考上军校的次年，母亲被推选参加了县里召开的模范军属代表会议，这应该是对母亲辛勤付出的最好宽慰吧！

母亲宽厚仁慈，乐善好施。有次赶集途中遇上大雨，母亲隐约听到有人哭喊，不顾雨大地滑跌跌撞撞循声找去，发现一名妇女不慎掉落井内。母亲赶紧大声呼叫找人过来帮忙，一同把落难的妇女搭救上来。母亲公道善良，心底无私，加之辈分高，在村里的人缘和口碑非常好。平时邻里之间有了矛盾纠纷，母亲都是苦口婆心地调和劝解。从苦海里走出来的母亲，时常感叹现在的生活幸福，国家政策好，吃穿不用愁。她经常告诫晚辈们，要知恩图报，孝敬老人，助人为乐，做个对国家和社会有用的人。

儿行千里母担忧。每次探亲，母亲都到村口接我。假满归队，母亲又送我到车站。无论刮风下雨，雷打不动。从军期间，我始终牢记母亲的谆谆教诲，遵从领导的指示要求，爬坡过坎一路向上，再苦再难从不懈怠，一步步走上了大军区机关处长工作岗位。母亲非常喜欢我穿一身绿军装，每次探亲我都要穿上熨烫得体的军服，引得街坊邻居投来羡慕的目光。我从母亲的笑容里，读出了她发自心底的骄傲和自豪。

母亲坚忍不拔，勤劳俭朴，心胸宽广。无论多么复杂的事情，她都料理得井井有条。不管遇到多大的困难，也没有把她压弯、击垮。母亲通达乐观，热爱生活，笑对人生。每年过春节前，她都要亲手蒸一盘红枣大花糕，在年三十晚上，要求家人都吃上一块。花糕寓意着团圆、兴旺、富裕、发达，母亲说这样可以保佑全家人永不分开。母亲年轻的时候就患有严重胃病，常年过度操劳导致心脏功能也日渐衰退。在生命的最后时光里，她留恋着这个家庭，舍不下身边的孩子，期望尽快走出病痛的折磨。她躺在病床上，还列出了身体康复后的各种计划安排。怎奈天不佑人，母亲终究抱憾而去，走完了她86岁的人生路。

母亲一生颠沛流离，命运多舛，尝遍了世间悲苦，耗尽了精力和心血。如果真有天人感应、阴阳轮转，我希望母亲能够在另一个世界里健健康康、平平安安，快乐、从容、悠闲地活着。

母爱是不落的星辰。人间最动听的声音，便是母亲的深情呼唤。母亲，儿女们十分思念您！您在天堂还好吗？母亲，您是否又在村口把我张望，您是否又在窗前把我默想，您是否又在梦中把我挂念，您是否又在灯下为我牵肠……

孙洪学

我们这些子女，也算是父母种的庄稼吧！

我的父亲母亲都是地地道道的农村人。父亲只有一个妹妹，嫁到本村，后来举家搬迁到辽宁沈阳去了。母亲本来兄妹挺多，由于种种原因，后来只剩下了一个弟弟。

他们一生淳朴、善良、勤劳、本分、知足，受了很多苦，却没享着太多的福。

我的父母都很孝顺。我爷爷奶奶健在的时候，家里十一口人，爷爷、奶奶、父母，还有我们兄妹七人。

那时，孩子多的家庭，比孩子少的人家更穷。父亲 14 岁出门，挖过河，淘过煤，卖过烧的土盆。我记得，小时候，吃红薯是最多的，一煮一大锅，每人用大碗盛上几个，吃得胃直冒酸水。我还记得，母亲做的鸡蛋蒜、辣椒面糊和锅灰烧的面罗圈，特好吃。

那时，要到年底才能吃上点肉，父亲基本不吃，他说："不爱吃！"我们还真信了。爷爷奶奶去世后，父亲才开始吃肉，大姐问父亲："您不是不喜欢吃吗？"父亲说："父母在，我能吃吗？”我们才恍然大悟。

母亲是个特别勤劳的女人，从没听她抱怨过生活的艰辛，也没听她抱怨过人，和奶奶相处得非常好，如母女一般，从没红过脸。

父母亲的孝行，一直影响着我们兄弟姐妹的言行。

我的父母都很示弱，与世无争，处处让人。有时，我都觉得父亲活得很憋屈。我家本来有好几处宅子，被人硬是强占了两处。曾有一次母亲被邻家八奶奶摁在地上打，我当时三四岁吧，心急如焚，只是站在一旁手足无措地大哭。

少年记忆石上刻呀，那场景，至今记忆犹新。我还记得父亲因事找生产队长讲理，被队长找人用绳子绑着胳膊……少年的记忆简直没法抹去，火冒三丈却深感自己当时无能为力。

从那时起，我在心里发誓，长大后绝不让母亲受欺侮。

在我初中时，得知一个同学的母亲被别人打的消息，我脑海里突然闪现出母亲被欺负的样子。夜里，我带上几个同学，找上门，逼凶手向同学母亲跪着道歉。

在儿时的记忆里，父亲的脸上很少有笑容，总是忍气吞声，脸上蒙着一层灰尘，直到我二哥考上了大学，成了村里的第一个本科生，紧接着，我也考上了军校，父亲的那张脸，才渐渐舒展开来，慢慢变得有了光泽，以至于别人见我父亲就说：“这老头，一定长寿！”

的确，我父母亲都活到了91岁，曾欺负过我家的人，都走在了他们前面。

我的父母很注重教育。家庭子女多，经济条件自然不好，但父母坚持支持我们读书。我八岁上的学，上一年级的第一天，父亲送我，一路上，反复教我数数，从一数到一百；放学后，父亲又让我把当天在学校学的东西复述一遍。

上小学时，每次跟着父母去棉花地里捉虫子，捉够一百只奖一毛钱。累了，父亲就让我用小木棍在地上写字、画画，有时和邻居家的孩子比看谁写得又快又好。每次，我都不让父亲失望。

上初中后，我喜欢写诗、画画，父亲也没反对，只是怕影响我的学习。我曾在初中校报《沃土》上发表了一篇文章，回家念给父亲听，父亲似懂非懂却依旧面带笑容，没有一丝的反感和厌烦，这一直激励着我把写作爱好坚持到现在。

我的父母亲特别知足。父母的善良和在物质上的“知足”，导致我们家一直都不太富有，但却和睦，兄弟姐妹很团结，相互帮衬，不分彼此。

父亲曾说过一句很悲壮的话：“咱家那么穷，估计你们兄弟都讨不到老婆，等我把你们养大，我就找根绳子，把自己吊死，你们各寻出路吧！”

我考大学那一年，大学开始收费，父亲把一家人叫到一起，讨论我上学的事情。

大姐家还有个儿子，和我一起考大学，大姐说：“我们不会让老三因为穷而辍学。”

大哥和二姐，高中毕业就闯关东，到了黑龙江。大哥娶了大嫂，就少了许多话语权，没说话。我内心佩服大哥，也很理解他。二姐嫁给一位高中老师，当时，刚从东北调回山东兖州一中，家庭条件不好。但二姐说："我们会尽力的。"

二哥大学刚毕业，很豪气地说："我每年给老三 700 元生活费。"

四姐和我，年龄近，感情深，说："我也不能太小气。"

我当时在父母面前表态："我谁的钱都不花！"功夫不负有心人，我考上了军校，凭当时那种超常规的付出与努力，考上大学，并没有多少意外和惊喜。

我的父母都很低调谦虚。其实，我们家兄弟姐妹的长相和智商，都不赖。虽穷，但根本不愁嫁娶。

在姐姐出嫁时，父亲愣是坚持不向男方家要彩礼。我大哥当年闯关东，又高又帅，一眼就被我嫂子相中，见面第七天就入了洞房。我和二哥考了大学，对象之事自然就不用担心了。父亲叹道："没想到，咱们家会有今天，连亲家长啥样都没见过，也没请媒人吃过一顿饭，就都成家立业了。"自那以后，父母就像泡在蜜坛里一样，天天笑得合不拢嘴。

我 1999 年大学毕业，用工资给父亲买了一顶皮帽子，他逢人便炫耀。给他买的烟，多数都散给别人抽了。后来，我工资渐渐增加，给他买了茅台，过 80 大寿时，他拿出来，给亲戚们一人一盅分了。有时，父亲看我给他买的戏曲和碟片，一看就到深夜两三点。我们兄弟姐妹年底回家，父亲更是乐得像个"老顽童"，很晚都不睡，陪我们聊天一直聊到深夜一两点，享受着与子女在一起的天伦之乐。

我喜欢给父亲刮胡子、洗脚，他也很乐意，任凭我们为他服务，我们也很享受。后来，我女儿也学会了给我洗脚，传递着“孝与爱”。

我们不在家的时候，父母两人下跳棋、打骨牌，母亲眼神不好，常输，常向父亲耍赖，把好牌偷偷藏起来，父亲也装作不知道，只要母亲开心，比啥都好。

现在想起来，我想哭，也想笑。

我的父母有时很“迷信”。二哥考大学前，父亲路过一个小庙，专门进去磕了一个头，求神灵保佑。母亲在我上高中时信耶稣，是个十分虔诚的教徒，在大哥闯关东和二哥考上大学离家后，母亲夜里老是做梦，说她梦见家里的一头猪和一只猫走丢了，很伤心，因为我大哥属猪、二哥属虎。

我和外甥同时考上军校（那年家乡有三个考上军校的，我家占了两个）那年，父亲在村里放了一场露天电影，母亲买了很多糖果，一颗不留地分给乡亲们。真是能人有人敬，风水先生说：“孙家宅子风水好，要出县级领导干部。”父亲信以为真。我从军后，干到副营就想转业照顾父母，父亲不让，要我坚持下去。2010年，我调了副团，也算县级领导干部了，父亲还是不让我转业，后来调了正团，直到任县委常委。可惜，那时父亲已去世七年，没看到孩儿的成长。

每年回老家，我都会到父亲坟前，向父亲报告我的成长进步。

我的父亲2015年正月十五去世，去世前，还到他辛勤劳作了一辈子的地里看了看他新开辟的一块土地，上面种满小麦，长势很密，他说了一句“估计是吃不上了”，回到家里就去世了。

我有时想，我们这些子女，也算是父母种的庄稼吧！收成好，老人就开心，只是没有吃上。这是人生的遗憾。

我的母亲，父亲去世时她正在住院，我们就没有告诉她父亲去世的消息。出院后，她才知道陪伴她风风雨雨几十年的老伴走了。自那以后，与父亲相依为命的母亲就患了老年痴呆，一天到晚不说话。在四姐的精心照料下，母亲在床上躺了六年，2021 年 5 月 7 日去世，母亲的生日恰恰是阴历五月初七，九九归一，享年 91 岁。

这或许是一种巧合，更或许是一种圆满。

我深爱着我的父母。我从军 28 年，为我的梦想，也为父亲的遗愿。身为军人，为了国防，总是聚少离多，常有“陪伴父母太少”之亏欠。每当夜深人静，常想起父母亲，想起他们年轻时的忍辱负重，想起他们为儿为女付出的艰辛……想起他们在世时的每一句话，都是我人生的座右铭。

在梦里，他们常常回到我身边，很真切，当他们要走时，我拉住不让他们离开——醒来时，眼泪已湿透了枕巾。

我们兄弟姊妹中，我拥有的父母之爱最多。有时，想写点东西缅怀父母，但常常觉得他们还活着，一直活在我心中。今天，原打算随意写一点父母的生活琐事，却不想一发不可收拾。

写到这儿，我的泪水又止不住流了出来！我永远走不出为父母而悲伤的日子……

赵山学

父亲，我永远的至敬

父亲不到三岁就失去了父亲。父亲缺少父爱，却给予儿女太多的父爱。父亲是雄伟高山，是宽广大海，是深邃长天，父亲是儿女永远的感恩！

——题记

茫茫人海，有恩于我者，无法用数字来计量。然而，父亲在我心目中的位置，此一生，谁都无法替代。

父亲是个真汉子，是我最敬佩的人。

我对父亲的记忆和敬重，是从上学后逐渐萌生的，随着岁月的流逝和年龄的增长，这种心念愈发深刻，二十年前我就曾经写过一篇抒发对父亲敬重情怀的散文《父亲是山》。

父亲的文化程度并不高，但父亲的品格和才智令我由衷钦佩。在我看来，他是受当时社会环境和家庭背景的影响与制约，才没有成就令人羡慕的学业，但他绝对比很多拥有高深学问的人都了不起。

父亲有着苦不堪言的少儿时代。他不到三岁时就失去了父亲，他们姊妹五个由我奶奶一个人拉扯大。父亲在读了几年书后，穷困的家便失去了供他上学的条件，他只得与比他稍大一点的孩子奔上讨饭过日子的流浪生涯。

父亲少时的艰难与流浪生活，他从不向我们弟兄提起，这些经历，大多是与他年龄相仿的同村人告诉我们的。我隐约听说后，最初的印象就是和《三毛流浪记》中三毛的生活境况来比照。

父亲当时的生活窘境，或许与三毛不相上下。为了生计，父亲编过小曲讨过饭，扒过火车要过手艺……那年，生产队一户人家盖房子，年轻的父亲去帮忙，中午别人都回家吃饭，父亲却原地休息。一位大叔问他为何不回家吃饭，父亲回答说不饿。待下午干活时，父亲因为饥饿头脑晕厥，一下子从架板上摔了下来，差点丢了性命。后来众人才得知，他不回家吃饭，是因为家中实在没有口粮了，他又不愿意随便向邻人讨要。

多少痛苦的往昔旧事，多少与命运搏击的血水、汗水与泪水，父亲却从不愿向我们讲述。后来，我渐渐懂得了父亲的这份苦心，他宁愿自己默默承受来自历史、来自社会、来自家庭的一切压力与苦难，也不愿给儿女一个沉重的灰色天空，他多想让自己的儿女和别人家的孩子一样，平等快乐地成长在同一片蓝天下啊！

在我入学之后，父亲为了养家糊口，仍走南闯北奔波于各地，为城里人做些木工活计。父亲以他中原人正直淳厚的人品和做工的干练，每每受到被务工单位和家庭的青睐，人们总是尽可能地多找些活计挽留他。

我猜想，父亲的青年时期，大多是在与苦难抗争中度过，也是在一种追寻平稳日子中度过的。我至今无法想象，父亲又没有学过立体几何，他做家具时为何能那样得心应手？看图纸是怎么无师自通的？五十年前父亲作为一个乡下进城的打工者，是如何在城市站住脚跟、受到城里人欢迎的；父亲长年做木工活，又是如何成为种田的行家里手的；父亲又没有强健体魄，他是如何坐汽车在翻越唐古拉山口时吃生牛肉，并在青藏高原向往雄鹰的……我还无法想象，一个自小享受不到父爱的父亲，怎么能拥有如此宽宏的胸怀，给予儿女为人处世方面如此多的引领！

也许是父亲的梦想没有成真，才要我们儿女于无声无息中秉承他的心志，继续他那执着的追寻。父亲是一个平凡的人，不过他所承载的苦难，他所经受的历练，他创业立家的非凡气概，都令我动容，令我无比敬重。

没有更多的说教，父亲给予我们的是潜移默化的影响。他教我深深懂得，一个家庭的发展需要一个舵手，需要一种使命的驱使，需要一种精神的支撑，也需要几代人不间断的接力。继而我想到，一个民族、一个国家的发展与兴盛，不也是这样的吗？

“父亲”，在我看来，已经幻化成伟大的代名词了。父亲，就是背负着家庭使命、创造美好幸福生活的亲人。从始至今，父亲一直用善良仁厚、正直无私的品格影响和教育我们健康成长，父亲永远是我们心中的一棵常青树、不老松！

在父亲一天天双鬓染霜的岁月里，我将人世间最纯洁最神圣的祝福和最深情最美好的祝愿献给父亲！尽管时至今日，我还说不清父亲的生日在何月何日；尽管时至今日，我也没有给父亲正式庆贺过一次生日，但这并不影响我对父亲深深的无边的敬仰和崇拜。因为父亲从没有告诉过我们他出生在哪一天，苦难的岁月让他自个也记不得自己的生日是哪一天，他一心只想着把全部的爱给予老人和孩子，没有真心爱惜过自己。

虽然父亲已经离开我们十年了，但在我心中，父亲的音容永存。父亲是雄伟高山，是宽广大海，是深邃长天，父亲是我永永远远的感恩！

第八章 ———— *Chapter 8*

有种铭记，叫永远不需要想起

杜　红

我们心中的一颗明珠

两年了，我至今不能相信妈妈已经永远离开了我们！

两年前的今天（2020年5月13日），我正陪先生在海上垂钓，北京传来消息，妈妈已经处于深度昏迷，或许扛不过今日了。先生马上返航，我一路上晕船呕吐，完全失去了往日潇洒的女汉子形象，回家后盯着手机信息茶饭不思。当晚，妈妈永远离开了我们。而我，因疫情隔离政策竟遗憾未能见她最后一面。

多想再叫一声妈妈！这两年里，我一直难以接受妈妈永远离去的事实，总觉得，我回家还能见到她温暖的笑容，现在一想起她，心中都会隐隐作痛。

妈妈叫齐静轩，1930年5月3日出生在湖北均县一个普通教师家庭。1948年7月15日，在襄樊护校工作的妈妈满怀着对新生活的憧憬，参加了中国人民解放军，分到中原野战军第六纵队第十七旅卫生队。那年，爸爸杜义德任六纵队政委。

1949年元月，经十七旅旅长李德生的介绍，妈妈与爸爸结为伉俪，从此随爸爸转战南北，携手相伴了六十余年。

妈妈先后在第二野战军第三兵团第十军、沈阳军区旅大警备区、海军政治部任职，荣获过淮海战役、渡江战役、西南解放和中国人民慰问中国人民解放军纪念章、解放奖章等。1988年7月获得中央军委授予的胜利功勋荣誉章，2019年10月获得中央军委颁发的中华人民共和国成立70周年纪念章。

1950年5月，爸爸率军南下剿匪，抵达四川泸州时大姐出生了。后来几年，妈妈又添了四女两男。我们姐弟们常常调侃，妈妈一生有两个伟大成就：一是嫁给了一位战功赫赫的共和国英雄，二是生养了七个健康优秀的子女。妈妈的晚年儿孙绕膝，子女孝顺，家庭和谐，其乐融融。我们都说：您老福寿双全，定会寿过百年！

何曾想，2020年春节后，妈妈旧疾复发，住院治疗，遇疫情突来，家人不许陪伴和探视。亲情隔绝，孩子们牵肠挂肚、心如刀绞。最终，尽管我们配合医护人员竭尽全力，还是未能挽回妈妈的生命。七十余载母子情，一朝永别，阴阳两隔！

妈妈年轻时是个追求进步的热血青年，美丽端庄，聪慧好强。1949年2月加入共产党，在部队里表现突出优秀。婚后，妈妈遵从组织要求以照顾爸爸为主，放弃了自己的发展，随着爸爸跟着野战军南下北上。

1950年下半年，妈妈陪同爸爸去南京军事学院。1951年初，妈妈响应号召申请加入了中国人民志愿军，准备随爸爸入朝作战时发现有孕在身，只得留守部队，独自照顾奶奶和孩子，直到1954年爸爸从朝鲜战场凯旋。

我听到过几次妈妈不无遗憾地说她放弃了这次学习或那次升迁，为了家庭耽误了个人的进步。但我记事以来，妈妈从来没停止过工作，只要身体条件允许，她一定会以工作为第一，下班回家后的笑声比以往更欢快轻松。她以革命工作第一的信念努力证明着自己的能力和成就，一生追随着爸爸为他们理想的革命事业无私奉献着，也锻炼出我们七个孩子们从小就具有超强的独立意识和互助互爱的品格。

仅以我个人成长经历来说，小学一年级就锻炼洗衣服、步行上学、自觉读书写作业，五年级学习给家人做饭，初中负责管家和照顾弟弟们，高中毕业后就没向父母伸手要过一分钱，就连上学时的家长会也是姐姐们代劳的，因为妈妈要全职上班呀!

我的姐姐和弟弟们也是如此，全家人都以独立自主为荣，以成绩优秀为傲，以团结互助为家风。有父母这样坚持奋斗的榜样，孩子们哪儿敢懈怠呢?

妈妈参军后又号召家乡的弟弟妹妹一起参加革命，婚后操持着十几口家人的生活，照顾家乡亲属，坚持工作，任劳任怨。“文革”期间爸爸蒙冤受难，三个大姐姐去农村插队，妈妈带着四个幼小的孩子们辗转江西和浙江，陪伴着被关押的爸爸。那时爸爸的工资被扣发，三个姐姐没有生活费，家里缺吃少穿，常常入不敷出。妈妈学着勤俭度日，纳鞋底、缝棉衣、挖野菜、学做饭，陪着爸爸度过了五年的停职审查生活。

这个家有爸妈在，我们就有避风港和加油站。他们的荣辱与共、坚守信念、坚韧顽强，也造就了我们大家庭和谐互助的家风和后代们独立自主、坚强自信的性格。

1971 年下半年，妈妈毅然带着爸爸的亲笔信独自乘车北上，去北京找上级领导申诉，加速了爸爸返京复职，解救了我们全家。1980 年爸爸调到兰州军区镇守边关，母亲依旧坚持北京的工作，让孩子们和自己轮流利用假期去兰州陪伴爸爸。

看起来总在爸爸身后的柔弱的妈妈，当遇到困难的时候，她从不懦弱退缩，义无反顾地与爸爸携手共进。

妈妈热爱自己的本职工作，努力投入更多精力报效组织。爸爸在海军负责干部工作，每当干部调级名额有限，他都主动劝说妈妈让位，把调级的机会让给他人。一来二去，妈妈错失了几次调级机会，1983 年 4 月离职后才是团级干部。妈妈淡泊功名、高风亮节，对于她来说，服从组织安排是一个共产党员应尽的责任。

妈妈多年来保持了勤俭持家的习惯，旧衣改改再穿，废纸盒、旧信封翻过来写字，一张纸巾撕成两半用，七零八落的餐具拼拼凑凑使用，旧家具大修几次不舍得更换，至今家里还保留着 20 世纪七八十年代部队发的家具，晚年时几件漂亮衣服都是孩子们买来孝敬的。后来，妈妈的工资提高了，渐渐有了些积蓄，但依旧勤俭度日，书房和客厅里到处可见她用来写字的废旧纸片。

2009 年我住在家里协助处理爸爸的治丧工作，一日清晨，发现门缝下有一张小卡片，上面是妈妈用药盒翻过来写的几句话，大意是她自己的退休金够用了，建议把各单位送来的慰问金和爸爸的抚恤金全部捐给养老院，照顾贫苦地区的老人们等等。

妈妈经常去探望各地敬老院，每次定会捐款几千上万。遇到工作人员家中有困难，或者某地区遇灾，她也一定会解囊相助。在办理杜义德将军百年诞辰纪念活动、参加各种红色文化宣传活动、出版和购买红色宣传书刊等具有社会教育意义事宜时，妈妈毫不犹豫地使用个人积蓄支持，努力不给组织添麻烦。

妈妈曾留下遗嘱：所有积蓄除了房屋修缮外，均用来做红色文化宣传工作。所以，我们至今依然由专人负责管理爸爸妈妈的积蓄，严格按照妈妈的遗嘱控制着这笔钱的用途。妈妈晚年摔断腿行走不便，便在家接待来自革命老区、红色文化组织及媒体的客人们，每每热情接待，留茶待饭，细心交流，为红色文化宣传工作尽心尽力。

妈妈一生热爱祖国、忠诚于党、信仰坚定、无私奉献、谦虚谨慎、勤俭节约、热爱家庭、关爱亲属和工作人员，给我们留下了宝贵的精神财富，让我们受益无穷。

多想再叫一声妈妈，我们心中的一颗明珠，美丽端庄、朴实无华、永远光彩照人的妈妈！

天上有慈父相伴，人间有儿女思念。

我们承诺，咱们的大家庭会永远相亲相爱，积极上进，热爱人民、报效祖国，把您和爸爸优秀的精神财富一代代地传承下去。

刘　力

心能听得见，眷念在眼前

共谁争岁月，赢得鬓边丝。孤独的我，凝视着眼前满是皱纹却无比慈祥的脸，凝视着窗外布满星星的夜空，把眼泪咽回心中。

陪护的九天九夜，眼睁睁看着母亲从尚清醒至半昏迷，萦绕耳畔的便是母亲忍痛的呻吟，还有医生那句“她心里还是明白，只是无力表述……”

谢亭离别处，风景每生愁。病床前的数十小时，沉浸在母亲战癌十余年的记忆中，飞花似语，忆痕清新，飘散在岁月的风尘中。

曾驰骋体操场的母亲最爱唱歌。她收藏着半个多世纪的老歌本，每天像呢喃的燕，歌声不断。她总说会识谱，能唱最新的歌，但唱的却是那些经典老歌，从《荡起双桨》到《放牛的二小》，从《映山红》到《外婆的澎湖湾》……

许多时光，她总是独自打开电视，调到音乐频道跟唱，愉快地送走时光。音乐是治病的良药。

拿着数十位学生送给她的歌本，欣喜之情溢于言表。不谙互联网的她，主动要我给她录下了几段唱歌的视频，那声音不像八旬老人，却如青春少女。弟弟受视频感染，精心制作成抖音，听说有好多人点赞，母亲笑得好开心，仿如刚教了堂音乐课。

那首《母亲》，那首《烛光里的妈妈》，那句“你回到那家里边，有人沏热茶；你爱吃的三鲜饺，有人她给你包……”还有那句唱熟了的“我们坐在高高的谷堆旁边，听妈妈讲那过去的事情……”医院的病床前，我一遍遍地为她清唱，心能听见的，时间也听得见。歌声的穿越从心灵开始。

邻床的陪护痴痴地看着我，倘若歌可唤醒母亲，我宁愿唱到地老天荒。母亲酷爱音乐，在音乐中完成自由体操，在音乐中笑对生活，一生就是一曲动听的歌，歌唱党和祖国，歌唱逝去的和相伴的光阴，歌唱美好生活。

孩子是母亲的骄傲。做了一辈子园丁的母亲，也培育了自己的儿孙。她最乐于见到孩子的成长，每每有人赞我们，她便喜不自禁：“我有三个好儿子！”极普通的言语充满了自豪和骄傲。

弟作画时，母亲会无声地扶着画板，间或给颜料油汁调水，就这么默默地在画架前站许久许久，洋溢兴奋而从不觉得疲劳。尽管她用工无多，却也乐此不疲。每幅告成时，都有她沁人心田的赞许目光。

记得初中时，语文老师读了我一篇作文，并对妈妈说，这孩子写作有前途。那个时候，妈妈就开始了与我的“二重奏”，一奏便是四十多年。稍有懈怠，她便唠叨：莫懒，拖拉是恶习。就是这种唠叨，牵着我笔耕不辍，走过中学、大学，走上宣传岗位。

与妈妈各居一城，每每探母前，她总叮嘱我别买东西，却又不忘叮嘱我要带好刊有作品的报纸，这份叮嘱让我最忙时也不敢歇息。拿着我的作品，母亲便兴冲冲地找老花镜，来到阳台窗前，有时还举着放大镜，一句一句地念，犹如品着人生的沧桑和美丽。阳光洒在她阅读的面庞，画面恬美圣洁。

“文章又进步了，情感很朴实，语言很生动。”母亲总是这样鼓励我。平素时光，她依旧每天拿着样报读，心中的幸福和愉悦溢满全身，又从心中飞出，飞到我的案前。

病床前，我又带回了样报，可母亲却再也不能倚窗而读了。陪护的日子，我读她听，就让那份寄托陪伴着她，洗净一路风尘。

母亲走了，笔耕不能辍，那是老人家几十年的期待和坚守，我似乎读懂了，又似乎还不太懂，那便是母亲的教育方法，有特长就有成就感，以自己喜好的感染力推着孩子，一刻不停，砥砺前行！

因为特殊的原因，母亲没上大学，生在大城市的她，却在赣南大山里度过了人生最美好的时光，终生节俭，操持家庭，育儿成才。

母亲还爱守着她的存折，除去治病，大部分积蓄存在银行，她常对我们说：“做人一个是骨气，千万莫学坏，莫向邪气低头；一个是清廉，花自己的钱才踏实，俭朴的生活衬托出洁白的心灵，才可衬托出生活的意义、生命的意义。”她是这么说的，也是这么做的。

母亲一生节俭，退休后，工资也不高，她没添过几件新衣，却喜欢把孩子们穿旧的衣裤自己缝改，还不时自夸宝刀未老，缝纫手艺多么多么好。

也许母亲预感自己时日不多，便开始向儿子儿媳交代后事，不收任何人的礼钱，她不想亏欠，除了孩子，不要任何人送她，不要告别仪式，也不要花圈。她说：“我见到了你们爸爸，两个人还是节俭生活，会过得很幸福。你们也要幸福！”她悄悄地说：我还有钱……

那晚，大洋彼岸的姐姐和长孙来了电话，几分钟后，她走了，留下了对孩子们的希望和爱，留下了眷念，也留下了她心中藏着的“巨款”。

母亲走了，带着歌声，带着对孩子的期许，带着对生活的爱恋走了。二三事写不尽挚爱母亲的情怀。母亲是清贫的，却又是富足的，因为她活在真善美的精神乐园，活在了舐犊情深中。她瘦弱的身体喷发出巨大的正能量，带给孩子的精神财富无与伦比，让孩子们在人生路上健康前行。

母爱光辉胜太阳，圣洁如白雪，宽广若海洋。母亲活在了孩子们的心中，不会离开。时光不能倒流，好好活着，便是穿越时空捎给母亲最好的慰藉。

张　立
父亲节的思念

小时候，父亲在我眼中是令人敬畏的严父。

打我记事起，父亲对我和弟弟家教就很严。尤其每逢寒暑假，父亲就要求我们制订假期计划和作息时间，严格到了上厕所时间不能超过五分钟（小时候，爸妈单位分的三室户，没有设计厕所，要方便的话都得去楼下百米开外的公厕）。大人没上饭桌，我和弟弟都不能动筷子，吃饭时不许说话、不许挑食、不许有咂嘴声。小孩子哪有不挑食的？比如我不吃肥肉，弟弟不吃苦瓜、辣椒啥的。可是看到爸爸严厉的眼神，怕怕……

从此，我和弟弟练就了一边手不停扒拉着自己饭碗里的饭，一边眼睛来回扫视着菜碗里的目标，以便稳准狠夹到自己乐意吃的菜的本领。

我们家有个四方木桌，老式的那种。每天吃完饭，父亲都会带着我和弟弟在桌上看书、写作业、下棋，晚上再加一盏昏暗的台灯——无论春夏秋冬，日复一日，年复一年。数十年过去了，那个画面在我脑海依然那么清晰。

按照那个年代的标准，父亲不仅培养我们自觉好学的习惯，还送我去参加武术班、田径训练、小提琴班，教我识五线谱，买了把月琴规定我每天练两小时。

我们家经常萦绕着父亲清朗高亢的歌声。父亲的男高音在我们那七八千人的厂矿一直都小有名气。

父亲多才多艺，爱好广泛，学识渊博，在湘潭电缆厂子弟中学教书时曾一人同时教历史、政治、英语等多门课程。我小学毕业进初中的那个暑假，父亲没让我放松，开始从音标教起，给我进行英语启蒙。

父亲的功夫总算没白花，我瘦弱的体质逐渐增强，60 米短跑一度破市纪录，因为小学毕业成绩全年级第一，被市体校点名招生。初一开始，我的英语成绩在全中学阶段一直都遥遥领先，几乎每次考试都是半小时交卷 100 分。

我对父亲的严厉耿耿于怀，像跳出“火坑”般地欲逃离父亲的严格管教。直到 1996 年，我被单位派驻北京办事处任副主任，常代表企业领导参加外事活动，父亲从小对我的熏陶和潜移默化的教育开始逐渐显现出效果……

我不由得感触：如果没有父亲从小培育我的点点滴滴，哪能有我背井离乡闯荡北京的游刃有余?

儿时记忆中，父亲和母亲总是恩爱有加，但父亲在我们和学生面前常年板着面孔以硬汉形象示人，慈爱的面孔只会偶尔“露峥嵘”一下。

记忆深刻的一次，我们厂学校举行节日庆祝活动完毕，作为小学部啦啦队成员，因为年纪小，我们都坐敞篷卡车回家，父亲怕我吹风着凉，硬拽下自己身上的深蓝色厚毛衣丢给我。我嫌丑没穿。车快到家时，看到父亲穿件单薄的衬衣在路边健步如飞，我愧疚地喊了一声："爸爸。"以为会受到父亲劈头盖脸的训斥，结果父亲只是用少见的疼爱眼神望着我，说："快穿上，别感冒了。"如今，那温暖的眼神仿佛仍在眼前。

父亲早年在湘潭市职大教书那会儿，班上有个叫陈黎明的不怎么起眼的学生，因家里生活困难，放暑假没回家。父亲知道后，把家里一床新蚊帐拿到学校给他用。对父亲来说，这个举动不算什么，可陈黎明一直记着父亲对他的好。2013 年教师节，在株洲税务系统发展得不错的陈黎明辗转打听到父亲在厦联系方式，寄了一超大蛇皮袋的礼品，表达内心深处积淀已久的感恩之情。

父亲不谙圆滑世故，为人刚直不阿，为官两袖清风。他当中学校长那段日子在我记忆中是他最痛苦、我们家最不安宁的时间：父亲整日里为了那些"眼中的沙子"大发雷霆，母亲则忙不迭地在旁边熄火。校长一职也是中学部刘道旺书记和前任谢益洪校长（晋升副厂长）轮番上阵，游说了好长时间，父亲才勉为其难就位——他热爱教学，极不愿意将时间浪费在繁杂的行政事务工作当中。

我早早嫁人，结婚生子，参加工作，1996 年被派到单位北京办，2000 年企业破产后开始漂泊，工作、家庭都发生了很大的变化，二十年左右的时间都没有好好近距离陪伴父母。虽然自己一直坚持报喜不报忧，但一切哪里躲得过父亲的眼睛？他辛苦钻研自己课题的同时，从远处默默地守望着，我们一旦遇到困难，他便冲出来解救。

2006年，一个偶然的机会，我来到厦门，被这座城市的精致、休闲和宜居气候吸引。心想：从小到大，父母一直为我们无尽地操劳，从来不求回报，我虽不才，还是要好好努力，创造条件让他们来厦门安度晚年。

父亲从50岁开始致力于国学的课题，退休后推掉了太多的学生辅导和课外讲学，物质上一直很清贫，生活上跟母亲极尽节俭。身体出问题了，也是能熬则熬，两人难免落下多种慢性病。父亲说：身体再难受，我只要钻到书里，钻到我课题里，就什么都忘了。

2012年12月7日，父母终于乘飞机来到厦门。白发苍苍的两老相互搀扶着走到机场出口的刹那，我的心颤抖着：父母老太多，跟父母在一起的缘分一天一天在减少，是时候该好好陪伴孝敬他们了！

12月到2月，正是厦门的冬季，跟湖南的冬天比起来，差太多。尤其是那一年，听姑妈打电话过来说湖南特别冷，而厦门几乎天天阳光明媚，父亲好运动，穿件衬衫、毛背心和夹克出门走会儿，进屋都嚷嚷着“热死了”。

厦门最大的特色就是大海，环岛路囊括了厦门旅游景点的精髓。厦门国际会议展览中心临海，每年有很多国家性、国际性的大型会议和展览，包括每年年初的厦门国际马拉松赛都在这里举行。我选择在这个地点租了间单元房，好让父母更方便亲近大海。住地不远有菜市场、医院、大小超市等，生活相对方便。平时父亲陪着母亲，买买菜、做做饭、吹吹海风、晒晒太阳、逛逛会展；周末我陪着两老乘公交游厦门……

日子在欢乐中度过，父亲又恢复了乐观开朗，很小的事都能让他哈哈笑半天，难不成我笑点、哭点低都是从父亲那儿遗传来的？

已过八旬的父亲心态非常年轻，说着时尚的网络用语，常笑称自己是“80后”。每天下班回家，父亲都变着花样做好满桌菜等着我，生怕我累着。我也担心他和母亲太辛苦。父亲包揽所有家务，除了继续完成《〈论语〉故事》等与台湾五南出版社的约稿，还要到厦门经济交通广播录制每周四次播放的《讲国学》节目。我和母亲都劝父亲不要太辛苦，他不听，觉得自己时间越来越少，传播国学的计划还那么多，一定得抓紧着跟时间赛跑。

那时父亲每天六点左右就早早起床，风不大的时候自己散步十分钟到海边，看看一望无际的大海，观察着各色游客和早起锻炼的人，时不时跟他们聊聊天。有一两次居然一时兴起，脱鞋光脚踩沙滩、嬉海浪，忘了自己的年龄和病弱的身体。

父亲来不多久，就交了不少朋友，周边菜市场的小老板、附近邻居……比我这来厦好些年的人都熟多了。平日里马路边散步时，偶尔看到地上有烟头、纸皮，他都会痛心地说：这么漂亮的环境，还有人不好好爱惜！尽管腰椎不好，仍然艰难地拾起来，按类别丢到不同的垃圾桶。

我还是通过父亲的举止才注意到垃圾桶原来还分“可回收物”和“其他垃圾”。

父亲终于完成台湾五南出版社的书稿四本——《〈论语〉故事》《〈孟子〉故事》和《〈左传〉故事》上下册，厦门经济交通广播《讲国学》的录制也完成了三分之二。

超负荷的劳累；身体不适，总舍不得在自己身上花钱，不肯看医生硬扛着；加上我工作忙起来，太过大意，2014 年 3 月 1 日凌晨 4 点，一个每每让我回想起来就后悔不迭的日子，父亲因房颤突发脑卒中入院抢救。多亏同事们“雪中送炭”的援助，远在湖南的弟弟也及时赶了过来……

母亲在父亲入院半个月后，突然之间也中风失明了。好在发现及时，母亲住院治疗半月即恢复。

父亲这次倒下最最万幸的是：除了入院第 7 天早上二次抢救那几分钟，其他时间意识都保持着平日里的清醒，算起账来脑子比我们都转得快。虽然偏瘫导致行动不便，说话稍稍不利落，但他一直在做成语接龙游戏，或自己给自己出数学题，要不然就构思论文，脑子一刻都没闲过。

我的一些朋友过来看他，鼓励他，父亲说，他的人生格言是三个字“别趴下”，当年被打成“右派”后遭遇非人待遇，他都是凭着这三个字挺过来的。

毕竟岁月不饶人，八十三岁的老父亲，经历过那么多岁月沧桑和煎熬，身体虚弱，病痛折磨，父亲身心都被摧毁得脆弱不堪，常常瞪着孩童般无助的眼神看着我们，跟一直以来父亲在我心目中高大的“精神领袖”形象判若两人。

父亲内心有知识分子的小傲骄，个性要强，从来都是宁亏自己不亏别人。也是这次父亲倒下，我才恍然明白——原来一直以来父亲都在把母亲当孩子般地宠着、悉心照顾着，父亲倒下后，我和弟弟轮流照顾二老，才体会到父亲之前是有多么辛苦！

习惯了依赖父亲，母亲突然间显现出小脑萎缩厉害、轻微老年痴呆的症状。父亲自己生活半自理状态，还时时不忘在饭桌上把母亲喜欢吃的菜颤颤巍巍地夹给她吃。这种相濡以沫的小浪漫每天都会在我们身边发生。

感谢亲戚、朋友和父亲的同事、同学、学生的电话、信函、邮件的鼓励！

感谢父亲张北中学的高足殷占堂先生、刘太平先生赠送的绘画、书法和篆刻作品！

特别感恩殷先生如同孝敬自己父母般的深情厚谊：他自己身体状况欠佳、工作忙碌，还奔波着给我父亲出书！

2016 年是最让我们全家心惊胆战的一年。父亲先后四次毫无征兆地中风入院，一次比一次厉害，因为头部血管旧的瘢痕，又导致了癫痫的毛病，就是这个病让父亲最终没有熬过 2017 年春天。

2017 年 2 月 18 日 18 时许，父亲终于不堪病痛的折磨，离开了人世。走时，满脸安详……

何友文
影像里的母亲

年过不惑，我除了热爱的军装，还有挚爱的摄影。如今，军装已尘封多年，而手中的摄像机，仍在记录生活的点点滴滴……电脑里储存的八万多个影像文件，见证了我记录美好生活的幸福时光：村庄、田野、老屋、全家福，核桃树下荡秋千的母亲……

1942 年 7 月，母亲出生在嘉陵江畔一个叫浩山的小村里，同胞兄弟姊妹七个。出生在食不果腹、衣不蔽体的年代，是不幸的；能活下来，又是幸运的。母亲身为长女，六岁就开始洗衣做饭，干农活，照顾弟弟妹妹。

母亲二十岁那年，和父亲在一间四处透风的集体公房里组成了家庭，唯一的嫁妆是一个红色木箱子。1966 年二哥出生后，加上爷爷和大哥，全家五口人，一间房实在住不开，母亲发誓要搬出去，于是自力更生，卖了家里养的肥猪，倾尽所有盖了三间茅草房。房盖好了，锅里却比脸还干净。母亲说，那时候饿得慌了，路边的蒿草都想吃一把。直到 2020 年，我家老宅子又盖起了两层小楼，终于衣食住行事事不愁，母亲开心地对我们说：“现在日子多好过，共产党的政策这么好，老百姓有吃有穿有住的。”

母亲一生养育了五个子女，我排行老幺。哥哥们小的时候，经常得麻疹。单三哥一人，就得了十来次。在缺衣少食医学不发达的年代，麻疹是小孩的鬼门关。高烧三天、出三天、免三天，过了这三道坎，才能活下来。有一年三哥得麻疹，几天几夜高烧不退，不出声也不睡觉，眼神直愣愣的。母亲不休不眠，把三哥抱在怀里。十几天后，三哥终于闯了过来。因为医疗技术不断进步，后来我和姐姐都没有得过麻疹。

姐姐是家中唯一的女娃儿，按说很有福气。虽然没得麻疹，两岁多的时候，却因吃杏儿顶了食，病了八个多月，瘦得腿和手一样粗，看过的医生后来都说没救了。母亲不甘心，四处求医，听说哪里医生医术好，再远都要背着姐姐去看。有一次，母亲背着姐姐天不亮就摸黑走，走了三十多里路，因疲劳过度一不留神摔倒了。母亲为了顾及背篓里的孩子，双膝硬生生地跪在地上，硌破了裤子，磕破了膝盖，鲜血直流。母亲害怕姐姐受到惊吓，抱起来拍了拍背，紧紧地搂着。过了好一阵子母亲才缓过来，站起身一瘸一拐地继续向前走。

兴许是母爱感动了天地，后来，医生的一服祖传偏方，救回了姐姐的命。年近八旬的母亲谈起这些往事，仍然泣不成声：“处在那个年代，让娃儿们受委屈了。”

母亲只读过两年书，却能识字写信。20世纪80年代末，哥哥姐姐出远门打工，母亲都要送出十几里地，之后给他们写信，我成了小参谋，依靠一本破损的新华字典，帮母亲完成了一次次千里传书，字字句句都是心里最深的牵挂。有回信了，母亲都要让我读给她听，如果有重要信息，会让我再读一遍。后来我当兵到了部队，母亲也给我写信。每次都千叮咛万嘱咐，让我在部队好好干，听首长的话，争取早日入党。

母亲的叮咛时常在耳边回响，母亲的教诲一直激励着我，照亮我前行的路。

母亲很喜欢唱歌，《绣金匾》《纺棉花》《结婚歌》这些老歌都会唱。村里面，但凡谁家娶媳嫁女，母亲和同辈的姐妹们都要聚在一起唱几首，喜庆欢快写满了她们的脸。

母亲是个有心人。十年前，家里的老照片受潮掉色，母亲就拿到镇上照相馆里，翻拍冲洗塑封。说给一家留一份。我探亲回家，母亲把斑驳的老照片和翻拍的底版一并交给了我，嘱咐我一定好好保存。母亲托付给我的，是她对儿女们深沉的爱，于我，则是一份沉甸甸的责任。

母亲身体一直不好，晚年身体更糟。我每天通过老家的监控画面，看到母亲佝偻着身子走路缓慢，一只手还顶着腰，心里便一阵阵酸楚。打电话时，母亲的声音也渐次微弱，一种“树欲静而风不止，子欲养而亲不待”的感伤，撞得我心窝子疼。母亲担心影响我的工作，反而劝我：“娃儿啦！不用担心，好好工作，人老了就是这个样子。”房前的石墩上，母亲歪坐着，父亲拄着双拐陪在她身边，那相依的场景和无数次的张望，看得我心里撕裂般疼痛。

2021年9月，我决定休假，告诉正在备战高考的女儿："奶奶病很重，这次我要先回老家去陪奶奶一段时间，希望你能理解。"女儿非常爽快地答应了。

回家第一顿饭，母亲不让我做，她亲自下厨做了面条，放了很多肉丸子盖在我的面条下面。每次回家，母亲都会安排上一顿美美的大餐，这成了我们家的传统。我端起碗要把丸子拨拉到父亲碗里，开玩笑说："这么多好吃的怎么都放到我碗里了？"母亲笑着说："你回家少，难得吃上家里的味道。"说话间，我发现母亲的假牙掉了，嘴巴有些变形，花白的头发掩着一张布满皱纹的脸，感觉母亲一夜之间老了许多。

低着头一声不吭，一口气吃完了面，我抬头望向母亲："妈，你的假牙掉了，下午去安上吧！"母亲笑了笑："莫得事，不用装，人老了，安了也管不了好久。"说着，母亲情不自禁流下了眼泪，带着哭腔，似乎是在跟我说，又像是在跟父亲说："人老了，安个假牙都是浪费。"母亲就是担心花钱，她常说，娃儿们挣钱不容易，不要浪费了。

回家第二天，我拉着母亲去赶场。母亲告诉我说，镇上有个大超市很大，什么都能买到。说话间，一脸满足，高兴得像个孩子。

没想到这次休假和母亲相处的温暖时光，成了我今生永恒的怀念。

2021年10月，母亲的79岁生日刚刚过去一个多月，母亲在去喂鸡鸭的路上，因雨天路滑，不慎摔倒引发脑出血，深度昏迷。11 天后，母亲永远地离开了我们，离开了她热爱的黄泥巴墚子。

母亲一生热爱劳动，直到生命最后一刻。大哥说得好，母亲在争分夺秒地完成当娘的使命，用毕生精力诠释一个农民的勤劳和做母亲的博爱。

整理母亲遗物时，我第一次打开家里的木箱子，看到了一个熟悉的包裹，包裹上清晰地印着我老部队对外的番号。这是我当年为了邮寄旧军装给父亲，用旧白床单亲手缝制的包裹袋子。我小心翼翼地打开，里面平平整整叠放着的旧军装，干干净净。中间夹放着一本相册，相册里全是我给父母拍的照片，有的照片我都忘了，母亲却把那些流金的岁月叠进绿色的军装里，放在记忆深处。包裹里，最耀眼的是相册下面的那一抹红，竟然是我从未见过的入伍通知书。那斑驳的字，成了我第一次走出家门，离开母亲真实的见证。看着整整齐齐的老军装，手捧着入伍通知书，泪水模糊了我的双眼……

母亲离开后，我常常打开电脑，翻看曾经拍摄的视频，追忆逝去的往事。老屋门前的核桃树下，温暖的阳光洒在地面，母亲和父亲悠闲地荡着秋千，父亲在笑，母亲在唱："太阳照在穷人的家，翻身的日子开鲜花，男人种地地里走，妇女家中纺棉花，哆嗦……咪嗦……啦哆嗦……"

摩　涅

岁月匆匆又逢春

淡淡的四月，正是芳菲满园的季节。亭台边缘，水滨池畔，堆砌成壮观的花帘。一缕清风吹来，漫天红雨，撩拨着我思念母亲的心弦。

小时候，特别依恋妈妈，无奈她有工作要做，经常加班不能按时回家，除了周末节假日，平时能和妈妈一起玩的时间并不多。

一个春光明媚的中午，姐姐悄悄问我："新伟，带你去公园玩，好不好？"我立马来了精神："啊，真的？"撒腿就跟着姐姐跑出了家门。

公园在我家丁字巷南边不远，和市委机关一墙之隔。"我们没有钱，怎么办呢？""跟我走吧，我有不花钱就能进公园的办法。"说着，已来到市委机关门口。

姐姐主动上前对门卫说："叔叔，我们找妈妈，她叫张淑龄，在宣传部上班，那个楼就是我妈妈的办公室。"姐指着远处一座缀满爬墙虎的绿色小楼。这时，我才知道，母亲调动工作了。

正是中午休息时间，门卫叔叔认识我妈妈，就放行了。

跟着姐姐穿过大院，绕过满是红柱的回廊，拾级而上，径直走进二楼南排第二个房间。

办公室里静悄悄的，好像掉根针都能听见。第一次到妈妈新单位来，见叔叔阿姨们都在伏案工作，我大气不敢出，轻手轻脚地跟在姐姐后边。朱红色的木地板在春光映射下像面镜子，两个扎着蝴蝶结的小女孩儿的身影，在这镜子上一前一后，一点一点地挪动。母亲余光中觉得有两个小脑袋停在身边，抬起头来，发现是我们，立刻笑成了一朵花。

怕影响别人工作，妈妈用握在手中的笔，向南面宽大的落地窗指了一下，给姐姐使了个眼色，含着笑点点头，又继续埋头写她的东西了。

姐姐心有灵犀，立马转身，一句话都不说，领着我走出办公室，那模样神秘极了。

我丈二和尚摸不着头脑，稀里糊涂地跟着姐姐下楼。

只见参天大树从墙的南边探过身子，枝叶在微风中轻拂母亲办公室的窗沿，阵阵花香随风飘来。刚转过草坪，眼前出现一堵花墙，一扇小木门儿，半掩着。透过小门，快哉亭公园秀美的景色映入眼帘："公园！姐姐，公园！"我欣喜若狂。

姐姐倒是很平静。她用食指压在嘴上"嘘"了一声，领着我一路小跑，迅速闪进那扇小门里。突然发现，自己竟然闯进了公园！

这时候，我的心，仿佛有只小兔在咚咚地撞着，捂着胸口，怕有人追上来把我们赶走，怕公园把门的让我们买票，没有钱，那可怎么办呢？忐忑不安中来到公园的小亭子里面，看到周围没有游客，也没有公园的工作人员，顿时觉得安全了，浑身放松了。

姐姐又带我回到小门边守候，我猜这是在等妈妈。我们不时向市委院里探头探脑，盯着办公楼山墙拐弯处，巴望着母亲的身影快点出现。

不一会儿，一阵熟悉的清嗓子声音传来，接着，又听见两声咳嗽——妈妈来了！她上身穿着枣色立领花盘扣夹袄，脖子上系着粉色丝巾，两手插在棕色的人字呢裤兜里，眼睛看着前方地面，似乎还在思考着什么，轻盈地朝小门这边走来。

我和姐姐压住嗓子，低低地呼唤："妈妈！妈妈！"

母亲跨进小门的一刹那，我们一边一个，同时扑向妈妈的怀抱，紧紧地抱着妈妈。

春天和煦的阳光映在母亲脸上，她把我和姐姐搂在怀里，微蹙的眉头瞬间舒展开来，眼睛里闪烁着亮光。

"你弟弟呢？"母亲嘴角弯弯，露出两排珍珠般的牙齿。

姐姐说："阿姨在家里哄弟弟睡觉呢。"

妈妈放下心来，一手牵着一个女儿，向公园深处走去。

四月的快哉亭，"红花初绽雪花繁，重叠高低满小园"，风里酝酿着花香，小燕子翩然掠过。

母亲领着我们踏上静静地卧在小湖上的九曲桥。九曲桥的两块桥板之间有两指宽的缝隙，从缝隙往下看，能望见碧绿的湖水，圆圆的浮萍，游来游去的小鱼。我生怕从缝隙里掉下湖去，紧紧拉住妈妈的手，亦步亦趋，不敢乱跑乱动。

娘儿仨在湖中的亭子里坐了一会儿，就起身往东边的动物园走去。亭子连着东岸的是一条长长的一米多宽的水泥堤坝。这时候，我的勇气上来了，撒开腿，一溜小跑，冲上东岸。然后转过身，朝妈妈和姐姐招手。又叉开腿，卡住腰，像是给妈妈姐姐说：我很小，但是我很勇敢！

动物园里真热闹，一个个两人多高的铁丝笼子里关着各种各样的动物，让我眼花缭乱。

满身斑纹的大老虎，在笼子里走来走去，在这边蹭下墙，又到那边蹭下墙，一刻不停歇。铁笼子前面，有一排铁栅栏，我攥住栅栏的铁棍，头伸进栅栏里，朝老虎吼："虎啊！"

猴子在笼子里蹦来蹦去，一会儿跳到笼子前面，抓住铁丝网，朝我龇牙咧嘴；一会儿跳回笼子中间的铁链子上，露着红红的屁股。一只老猴抱着小猴，静静地给它捉虱子。

孔雀园很大，是个小院子。看到我们走过来，孔雀突然开了屏，根根羽毛直竖，就像一把巨大的花扇。妈妈笑了："孔雀开屏是要和漂亮的小姑娘比美呢。"一听这话，我和姐姐立马抓住自己的花裙子向两边扯，拉得大大的，举得高高的。孔雀来了劲，直竖的羽毛不停地抖动，头昂得高高的，"嘎嘎"地直叫，就像高傲的小公主。母亲幸福地看着孩子，露出快乐的笑容。

笼子里鸟真多啊！五颜六色，千姿百态。有鹦鹉，有百灵，还有许多，我叫不上名字。有的在空中飞，边飞边叫；有的在地上走，边走边啄食。真是百鸟争鸣，百鸟朝凤，叽叽喳喳个不停。我歪着头一只一只地数，数了半天，也没有数清楚。

“别数了，你数不清的。”姐姐说。是的，公园的鸟数不清。

姐姐拉着我去鹤池。我喜欢丹顶鹤，它们头戴红帽子，身披雪白的羽氅，细细的长腿一步一步地、非常稳健地向前跨。

“妈妈，你看，仙鹤在散步！”

“它在抓鱼呢。”妈妈轻轻地抚摸着我的脑袋。果然，仙鹤的头突然钻进水里，一下子就叼出一条鱼来。真神奇！

妈妈累了，坐在动物园树下的石凳上休息。姐妹俩撒着欢地在园子里跑，一会儿跑到老虎笼前，看老虎吃肉；一会儿跑到猴子笼前，看猴子吃苹果。来来回回跑了几圈，都不觉得累，觉得还没看够。妈妈的目光一刻不离地追随着我们。

在孩子眼里，动物园是多么热闹，多么令人流连忘返啊！

出了动物园，一路走走停停，徐徐前行。母亲哼着轻快的小曲，带我们穿过一条幽静的花径。微风过后，落英缤纷，妈妈小心地捡起一捧花瓣，仔细插在我和姐姐的发辫上，捧着我们的小脸儿，轻轻地嗅着：“真香啊！我的女儿太美了！等妈妈忙过这几天，你爸爸出差也回来了，全家去云龙公园划船，好不好？”姐姐一蹦多高，我依偎在母亲怀里叫着：“好妈妈！好妈妈！”

公园北墙西边有座花房，一个老园丁正在里面忙活。妈妈礼貌地问：“师傅你好，我能带两个女儿进来看看吗？”老园丁说：“欢迎，欢迎！”我们这才走了进去。

花房好大哦，足有我幼儿园的一个教室宽、两个教室长。阳光透过玻璃屋顶和玻璃墙，洒了一地金黄，十分明亮。

花房四周用砖头砌了一圈矮墙，中间也砌了一圈小一点的长方形矮墙。两圈矮墙中间，是一条两砖宽的步道，就像操场上的跑道一样。中间的空地上，有几盆高大的树木。两圈矮墙上摆满了花卉、盆景。我认识的有仙人掌、仙人球、仙人柱、牡丹、芍药、米兰、夜来香，等等，房顶上还挂着吊兰、吊竹一类的花草。妈妈抱着我，让我靠近观赏吊兰的绿叶。有的植物下面还挂着标志牌，母亲轻声念着上面的文字，给我们一一介绍。

“花房里怎么这么暖和？”我好奇。

“这是温室啊。到了冬天，还要给温室烧火呢，让花房像春天一样暖和，花草好过冬啊。”母亲揽着两个女儿，语重心长：“妈妈希望你们欣赏温室的花朵，不要做温室的花朵。因为温室的花朵不耐严寒，抗不住风雨。”我似懂非懂，像姐姐那样使劲地点了点头。

顺着林荫道，妈妈一手领着一个女儿慢慢地走回去。在通往办公室的小门前，她站住了，蹲下身来，抱住我和姐姐，每人亲了一下：“上班时间到了，妈妈该回去了。”叮嘱再三：“两人拉着手啊，走人行道，过马路一定要左右看看，注意安全啊！”

我们答应着，跟妈妈招手再见，目送她走进小木门，又往后退几步，看着她消失在那座古朴的青砖四角楼后边。可我们还是不舍得走，再退几步，隔着花墙，凝视着办公楼的南窗。一直等到妈妈出现在翠藤掩映的办公室窗口，笑吟吟地向我们挥手，我和姐姐才依依不舍地离去。

姐俩没有从市委机关门口回家，而是手拉手、肩并肩，挺着小胸脯，雄赳赳、气昂昂地从公园正门走出去，还对检票的说："阿姨，再见！"两个小人儿跑着、笑着，像是打了一个大胜仗。

岁月荏苒，半个世纪过去了。母亲去世转眼三年了。

又是一个四月天。

我从悲痛中渐渐走出来，独自徜徉于快哉亭公园。这里已是敞门入园，免费游览，再也不用逃票，不用担心被抓了。

顺着林荫大道，缓缓地向前走着。北墙的小门还在，只是紧紧地关闭着，不似当年那样半开了。儿时在这里，曾和姐姐一边一个地守候妈妈，而今天，只有我一人怔怔地盯着斑驳的门板和锈蚀的铁锁，枝头的幼鸟张着黄边小嘴，呆萌地望着我。

母亲曾经工作过的宣传部办公楼，如今作为市级文物保护单位，整栋建筑被完好地保存下来，风风雨雨几十年，非但没有损坏剥落，满壁的爬墙虎反而越发地葳蕤起来，有的枝蔓已经爬上了屋顶。凝视着绿藤掩映的二楼窗口，久久不见妈妈的身影，不见她朝我招手。

呆呆地伫立小门前，多么希望听到妈妈清嗓子的声音啊，多么期盼小门突然打开，妈妈围着丝巾，两手插在棕色的人字呢裤兜里，一边思考，一边走出门来……

然而，眼前什么都没有。

缓缓走上九曲桥。昔日的桥板缝下，流水还是那么碧绿，浮萍还是那样圆润，小鱼依然穿梭其间，只是我不再害怕从缝隙里掉下湖了。坐在四角亭里，风景旖旎如初，却再也听不到妈妈的歌声。

起身东去，不再顺着堤坝一路小跑，不再逞强打冲锋。缓步登上柳岸花坡，又像当年转身挥手，可妈妈的笑颜在哪儿呢？又像当年叉开腿，卡着腰，良久，无力地垂下手来，蹒跚而去……

动物园里，老虎还在耀武扬威，猴子已从笼子里乔迁到了山上，孔雀在，小鸟在，只是不知道它们是不是当年那些动物？老槐树下，妈妈坐过的石凳也在，默默地感受着母亲的余温，眼前浮现出她慈爱的目光追随孩子蹦蹦跳跳看动物的情景。

花房里姹紫嫣红，我趴在玻璃窗上向里面张望，不忍心推门进去。回想着妈妈说过的那句话，“不希望女儿做温室里的花朵”，仰望苍穹，竟悲从心来……

不知道母亲在另一个世界，会不会看到当年办公楼那一抹新绿染窗，会不会看到我在小门边候她，呼唤着“妈妈”，泪流满面……

挢首云霞，似望见母亲笑吟吟地向我走来，眉眼间蕴含着深深的眷恋。恍惚中，春风拂过，落红满肩，那可是慈母把孩儿的长发装扮？

楚健健
一别千古恨悠悠

今天，我怀着万分悲痛的心情，深切悼念岳父谢燮友。岳父因突发感染性休克，抢救无效，于2022年8月9日15时不幸去世，终年85岁。

8月6日下午，岳父因血压偏低，被送至江阴人民医院急诊科救治。当时，我远在青海西宁出差，只能通过微信、电话等方式，与多位主任医生保持联系，恳请他们查出病因，全力救治。可是，待CT等检查结果出来后，具体病因仍不明确，病情依然严重。8月7日，岳父病情稳定后，转至肾内科。

8月8日，我办完重要事务，连夜乘飞机赶回。第二天一早，赶往医院看望岳父。

岳父看到我，睁开眼睛，弱弱地说："健健，你来了。"

我问："您有什么不舒服？"他摇摇头回答："没有。"

三天来，我忐忑不安的心终于放下了。随后，我帮他解了小便，用手轻轻按摩他的头部，抚摸他的耳朵、额头，希望岳父能像今年4月、6月前两次住院治疗一样，转危为安，康复出院。

9点58分，我离开医院，回单位上班。

11点58分，突然接到医院来电，告知岳父吐血，正在抢救，让我速往。我以最快速度，第一时间赶到病房。这时，岳父已丧失神志。医生、护士轮番给他做心肺复苏按压。我大声地呼喊，岳父却没有任何反应。急诊科、ICU室主任医师都赶来会诊，调来呼吸机、复苏仪等急救设备……

可惜，30分钟后，岳父瞳孔放大，血压测不出，已无生还可能。初步诊断是：因一块软组织块掉入气管窒息死亡。

两个小时前还是好好的，怎么一下子就没了？来不及与亲友见上一面，来不及给子女留下一句遗言，就这样匆匆地走了，真的太突然了、太意外了！

我们全家人无法接受这个残酷现实。随后赶来的我的妻子万分悲痛，泣不成声。

我给岳父穿衣时，发现他穿的短袖T恤还是我几年前穿剩下来的。想到岳父一生克勤克俭，看到他面容安详，仿佛睡去，我心如刀绞，眼泪终于没有节制地流了下来……

岳父1938年农历冬月初三，出生在江阴市青阳镇一个书香门第。岳父7岁时父亲就去世了，13岁时母亲也去世了。他从小由外婆抚养长大。当时，还有一个比他小三岁的弟弟需要照顾，三个人相依为命。岳父从小就是一个苦孩子，养成了独立自主、坚定刚毅、遇事淡定、乐于助人的性格。

1951年他13岁时，就到上海灯泡厂当学徒，1953年公私合营工厂倒闭，本可以在登记失业后，重新安排工作，留在上海。但他为了继续读书，回到了青阳。1956 年，他考取无锡公益中学（后改为无锡市第五中学）。

其间，他品学兼优，热爱文字，喜欢唱歌、听音乐，会弹琴，会吹口琴。他乒乓球打得好，是学校主力队员。他还担任学校图书馆管理员，为他博览群书创造了条件。中学毕业后，他又到江西洪都共产主义劳动大学勤工俭学。1960 年，回到家乡青阳南新小学，担任了语文老师。

岳父是教语文的班主任。由于教学水平高，业务能力强，很多家长用尽各种办法，想把子女放到他的班级。他讲课几乎不用备课，有时连课本都不带。

我曾问过他，有何法宝？他说："当你全身心地投入一件事，时间长了，你就会成为这方面的专家，更何况已经教书几十年，很多课文都能背了，哪还用备课？"

他无私地把全部的爱，献给了他热爱的教育事业，他的粉笔灰化作细雨，打湿了三尺讲台；他的红墨水成渠，浇灌了千百英才……1988 年，他获评"小学高级教师"职称。

我第一次见岳父，是在 1985 年 9 月 22 日下午。介绍人带我去拜见女方父母，岳父对我并不十分看好。

当时，我高考名落孙山，是农村户口，在镇工业公司当一名"小会计"，身高才 1.71 米。而他女儿是城镇户口，大学生，在国企工作，身高 1.70 米，漂亮聪慧，是位典型的江南美女才女，特别是扎着两条长辫子。在众人眼里，两人条件相差较大。

他大概喜欢英俊、高大、魁梧的人。但后来他了解到，我虽年纪轻轻，却自学成才，被聘请为财经函授中专三门课程的辅导老师。更巧的是，他的二姐夫还是我辅导班的学生。一次去村里时遇见我，当着他面，客气地尊称我为“楚老师”。他觉得天道酬勤，我将来一定会有出息，有远大前程。

我和妻子的恋爱得到了岳父、岳母的一致赞同和祝福。

1993 年，我的父亲因病去世，终年 54 岁。父亲中年去世，给我留下了无限的悲伤和遗憾。在我之后的生命历程中，岳父不仅给我人生中的另一半，给我一个完整的家，而且也给了我全部的父爱，弥补了我父亲早逝的缺憾，我对他心存感恩与感激。

岳父 1961 年经人介绍，与我岳母黄未娣结为夫妇。岳父岳母一生相敬如宾、相濡以沫，家庭幸福美满。他们养育的两个孩子，女儿电大毕业，儿子浙江大学毕业，都在各自的工作岗位上成长成才。

1988 年，我岳母得了早期乳腺癌，住院手术时又检查出患糖尿病。子女们都要上班工作，岳父独自承担起照看岳母的责任。当时，岳父刚调到青阳中学任校办厂厂长，他一边忙于厂里事务，一边忙于家里照顾，一身重担扛在肩上。在他的精心照料下，岳母的身体康复得很好。

1998 年岳父退休，与岳母开始了一起安度幸福晚年的生活。但岳母百病缠身，乳腺癌、肾结石、糖尿病、白内障、心脏病，几年前又摔断髋骨。岳母十多次被送进医院，经历了6次手术。

岳母每次住院治疗，都是岳父一人全程陪护。特别是近几年，岳母每天夜里要小便五六次，岳父都要起身搀扶，没有睡过一次囫囵觉。过分劳累，加上腰椎间盘突出，他的腰弯成了80度。在33年的漫长岁月里，他们两个人变成了一对不可分割的灵魂，在苦难中相依为命，变得谁都离不开谁，和病魔进行着顽强抗争。

2021年6月，岳母因糖尿病并发症，再次被送进医院。医生对病人进行全面检查后，对我说，你岳母能活到今天真是个奇迹。我立刻明白了“奇迹”两个字后面包含的全部内容：这奇迹来自岳父33年来增加的每一条皱纹，来自岳父每一根脱落的头发，来自岳父对自己老伴无怨无悔的关爱。但这次，岳母再也没有能够走出医院。2021年7月12日8时18分，岳母因病魔袭扰，永远离开了我们，享年78岁。

岳母去世后，岳父睹物思人，夜不能寐，写下了一首诗，《痛悼爱妻末娣》：

朝朝相思夜夜梦，
相思难已梦难重。
魂系梦牵无尽时，
珠泪常流落枕红。

岳父有感而发、情真意切的心声令人动容!

在很长一段时间里，岳父生活在无法自拔的痛苦和怀念当中。我们每每劝他到子女家中短住，换换环境，调节一下心情，希望他把岳母少活的岁数补上，活到百岁，但岳父坚持不肯，说:“我走了这个家怎么办?老伴回家找我怎么办?”还将俩人的金婚纪念照放置在橱窗醒目的位置。

今年4月底，活到85岁从未住过一次医院的岳父病倒了。仅三个多月后，岳父离开了人世。令人惊奇的是，那天是农历七月十二日，与岳母阳历去世日，竟是同月同日。

岳父是个嗜书如命的人，把读书看成第一生命。饭可以不吃，觉可以不睡，书不可不读。

在我的印象里，他只要有空就看书，趁做饭、炒菜间隙都在看书。他读的书涉及门类很多，国内、国外文学名著，武侠小说，哲学、历史、文学、经济等社会科学书籍无所不包。一本《鲁迅全集》，看到纸都翻烂了。读书多了，可以“变化气质”。读书，让他拥有书卷之气。他的精神生活丰富多彩，是一个非常富于趣味、非常幽默的人。

这种习惯，一直到他去世前生病时都如此。一般人家的父亲，至少表面上都比较严肃。但我的岳父不是这样，一有机会就会跟子女和我开玩笑，幽默得很，使得整个家庭其乐融融，笑声不断。

岳父的一生是不断学习、与时俱进的一生。他活到老、学到老、进步到老。他知道我从事企业经营管理，对经济问题较为擅长，经常会让我解释什么是GDP、广义货币、三次分配、通货膨胀率、碳达峰碳中和、国内国际双循环战略、共同致富等概念，有好几次把我给问住了。

他对世界疫情、俄乌冲突、美国枪击案、欧洲缺能源也很关注，经常与我微信语音交流。正是家事国事天下事，事事关心！我的部分文章初稿，第一时间会请他审阅修改，尤其是用词造句。我俩会每天互发微信，我们爷儿俩最后一次微信交流的时间，定格在8月6日8点57分，他被送去医院治疗时……

岳父为家庭、为子女倾注了全部的心血和毕生的精力。1988年我儿子出生后，从托儿所到小学二年级，每天上学、放学都由他负责接送。他骑的自行车三角架上，经常更换适合小外孙坐的小座椅，那辆自行车成了接送外孙的“专车”。

为了帮助他儿子改善居住条件，供孙子国外深造，岳父退休后开了一爿小塑料厂，一直干到80岁。所赚的钱全部留给了子孙。如此大爱奉献，令人感佩不已，铭记心上！

岳父帮助别人乐此不疲，但他自己，从不愿给人添一点麻烦，哪怕是自己的子女。他每次身体不适，不到万不得已，从不对我们说。最后一次住院，也是在子女反复做了工作后才同意的。

他走得如此突然，也走得如此乐观、豁达、安详！这是他一生修来的福分，让我们晚辈痛苦的心灵得以慰藉。我们深深理解，这是岳父最后一次，给予我们的人间大爱！

因为是在疫情期间，我们尽量减少人员参加吊唁告别。但出乎意料，岳父去世的消息不胫而走。

邻居们听到他去世的消息，都非常惊愕，非常惋惜。他们纷纷排着队，来送我岳父最后一程。邻居们讲，他们少了一个遇事热心帮忙，没事一起聊天的好长辈、好邻居。

虽然岳父已退休 24 年，同事们知道后，青阳中学从现任校长到历任校长一行十五人，全套班子领导都到现场吊唁，并送来了花圈和慰问金。

我岳父的人缘可见一斑。

敬爱的岳父，您走了，永远地走了。从今以后再也听不到您那洪亮的声音了，再也听不到您那幽默的笑声了，再也收不到您充满父爱的微信了。无尽的悲痛，从心涌出。擦不干的眼泪，再也换不回您那一声亲切的叮咛。

唯愿岳父一路走好。

操劳了一生的岳父，您安息吧，下辈子如有缘，我高兴、我愿意再一次做您的女婿……

一别千古恨悠悠，半子荷恩未尽孝。
一生好学勤奉献，蜡烛成灰泪始干。
德高为师业精湛，伉俪情深动人心。
慈晖虽逝遗爱在，长风浩荡照日月。

李德祥

母亲，我好想您

母亲离开我已经二十多年了，那时她只有42岁，定格在我们心目中的形象永远是那么年轻、漂亮和时髦。母亲名叫周玉英，江苏建湖人，是一个普通的家庭妇女，是把我和妹妹带到这个世上并抚养成人的人，是我一辈子都不能忘却、永远活在我心中的人。

母亲爱美，对“美”总是有着自己独特的眼光。她喜欢设计自己的发型，喜欢穿时尚的衣服，走到亲戚朋友中都能听到赞美声。母亲更喜欢把我和妹妹整理得清清爽爽，每次给我们做了或买了新衣服，我们穿上后，她能围着我们转好几圈，微笑着细细打量。常有同学的妈妈把我拦住，问我身上的衣服在哪买的，我自然不知道，每每回去问母亲，她都显得非常开心，那时我已经懂得，那是别人对她眼光的肯定。

母亲心善，对人特别好。我小的时候，家乡还不富裕，经常能看到要饭的人。对要饭的人，母亲总是很客气，常常多给一些米，要是碰到我家正在吃饭，母亲一定会拉着他坐下一起吃。由于母亲待人热情，有些要饭的到了我家都会坐下来同母亲说会儿话，喝碗白开水，像邻居串门一样。

母亲会做菜，不管什么菜，她都能做出别样的味道来。在农村老家时，家里吃的菜都是母亲在房前屋后空地里种的。母亲要是干农活来不及炒菜，就会从地里摘点青菜或者豆角，甚至山芋叶子煮饭，煮出来的饭再挖一筷子猪脂油拌一拌，那个香味啊，至今都难以忘怀。我最爱吃母亲做的藕坨子和藕夹子，藕坨子更是私房菜，饭店里都没有，自从母亲离世后，再也没有尝过那么贴心的味道了。

母亲明事理，她虽然没什么文化，但她常对我们说，“识字才能不吃亏，读书才能有出息”。初中毕业，我因三分之差没能考进重点高中——上冈中学，母亲便同父亲商量，一定要想方设法把我送进上冈中学，哪怕是砸锅卖铁。后经父亲多方努力，终于在上冈中学争取到一个集资生的名额，交了3000元集资款。在1993年，那可不是一个小数目，可以说是父母勒紧裤腰带把我供进重点高中的。如果没有母亲的坚持，我的人生轨迹一定会改变，我也不可能那么顺利地成长为部队军官。

母亲疼爱子女，用她那淳朴的方式。在我住读上冈中学期间，母亲怕学校伙食不好，经常拎着我爱吃的菜来看我。她来看我时，一大早就忙着煮汤烧菜，然后小心翼翼地装入保温桶，再坐一个小时的中巴车到学校等我下课。等到我后，美滋滋地看我吃完，她才饿着肚子心满意足地回去。我经常会想起母亲第一次来学校看我的情形：在中午下课去食堂的人群中，我一眼就看到母亲站在食堂的台阶上，面对着一群穿校服的学生仔细搜寻着。突然，她看到了我，笑了，向我快步跑了过来，说："德祥啊，我有快一个月没望见你了，食堂饭吃得惯吗……"那时，我怕同学笑话我，就没怎么理母亲，只是默默地在前面走着，听她在身后唠唠叨叨说了很多话。多年后，我真切地感悟到，能够经常听到母亲的唠叨，那该是一种怎样的幸福啊。

我至今珍藏着一封二十多年前的信，信是1996年中秋节妹妹写给我的，那时我已在南昌陆军学院读书，母亲癌症复发也有大半年时间了，情况不太好。这本是一封普通的家信，但因为母亲在这封信中穿插着写了一段话，而显得无比珍贵。母亲不怎么识字，更别说写信了，我不知道她是怎么把那一段话写上去的，也有可能是她把想说的话告诉妹妹，妹妹写出来，她再描上去的。她在信中叮嘱我，劳动的时候一定要做个好样子，运动的时候一定要注意身体，多吃点有营养的东西，身体是革命的本钱。话虽朴实，但却是一位母亲对儿子的心里话，有大爱在里面。

母亲是1997年农历三月初六傍晚离开我们的，我那时真的是心碎了，我和妹妹再也没有妈妈叫了。一幕幕往事浮现在眼前——

我不会忘记，母亲的坚强和勇敢。在我高考前的那5个月里，母亲癌症复发，她怕我知道后影响学习，便让家人瞒着我。那时高三不放假，我每次打电话回家，母亲总是乐呵呵的，像个没事人一样。当高考完回到家，我惊呆了：母亲面容憔悴，头发因化疗全部掉光，腿受腹中肿瘤压迫，血液不顺畅而变粗，腿上的皮肤紧绷着，毛孔张得好大。这得多痛苦呀，可母亲就是一声不吭。在我等待高考发榜的一个多月时间里，母亲只要一打完止痛针，身上轻快些，她就闲不住，有时还偷偷干点活，我和妹妹则整天陪伴在身边，她想干什么我们就抢着先干完。夜晚我常常横睡在母亲的脚头，把她的脚放到我胸脯上，抬高她的腿部加速血液循环，这也是我现在感到欣慰的事。

我不会忘记，母亲对我的等待。母亲在弥留之际，一直在坚强地等着我。当我接到通知，从南昌乘车辗转 28 个小时赶回家时，母亲突然清醒，叫了我的名字，15 分钟后就离去了。

母亲啊，多少次我在梦里见到您，感觉您那么真实、那么亲切，在梦中我做错事您还追着我打；感觉您不曾走远，还在身边，每次回家看到您以前用过的东西，都会让我感受到您的气息，总感到您过一会儿就会回来。

母亲啊，您吃了那么多苦，但当我有能力孝养您的时候，您却远离了。每次想您，翻看您照片时，一个遗憾总是不停地在我心中敲打着：我居然没和您拍过一张合影。母亲啊，如果有来生，我想我们仍做一家人、再续母子情，好好在一起拍几张照。

母亲啊，我们全家都很想您，愿您在天堂一切安好！

陆维伦

维伦悼父六十六岁终祭文

这个世界上再也没有像你一样的人。

爸爸，今天是北京时间 11 月 3 日，湖人主场对阵鹈鹕队，很遗憾，我们不能同时空观看詹姆斯在赛场上驰骋了。我常常会想象我们二人坐在那赛场边一起观看比赛的场景，如果那一幕实现的话，你得多开心啊。仔细想来，你我二人好像很少有独处的时间，而在只有我们两个人的时候，你我也都是无声交流。也许普天下的父与子大多都是这样的吧，我时常会这样安慰自己。但令我开心的是我们经常可以不谋而合，心照不宣，比如我们爱吃的东西，喜欢的人，对很多事物的见解，我甚至数不清我继承了多少件你不穿的夹克，从我上初中到现在，我都非常喜欢那些你穿过的衣服。在你和妈妈无数次低声嘀咕我的时候，我都听见你说“知子莫如父，放心吧，昊昊好着呢”，你可知道，我的父亲，因为传承着你的血液我无比骄傲和自豪。你是很多人的老师，是很多人的榜样，是很多人的挚友，也同时是很多人的麻友和酒友，我甚至数不清你身边的朋友，但我总是知道，你那么善良和仁慈地对待每一个喜欢你爱你的人，甚至对那些看不懂你对你有偏见的人都是那么宽厚和从容。他们说你是神，你演活了关云长；他们说你是光芒，照耀了他们的泥泞道路，而我总是觉得你只是一直在做你应该做的事情，我总认为当你被创造的时候，你就知道了自己应该去做什么，去如何选择。况且你又是一个那么坚韧，幽默，聪明且幼稚又爱热闹的人，怎么能让我们不去爱你？

二十年前，是你用自己的赤手空拳去翻江倒海与命运格斗，才撑起了我们那一个小家。记得上小学的时候因为喜欢音乐，我想要一个 CD 机，现在想来你和妈妈应该是商量好了不给我买，因为那时买一个 CD 机真的很奢侈。到头来直到我那一年过生日，你和妈妈送给了我那台 CD 机，我冲着你跪在地上哭了，心里不知道有多感谢你们。你们几乎就是这样培养着我慢慢长大，让我很清楚地明白爱与被爱。直到步入社会，我慢慢明白，我年幼时每天晚上趴在桌子上写作业的那些夜晚，你都在这个世界上在家的外面为我们捕猎，喂养着我。爸爸，谢谢你的坚韧。

爸爸，我特别喜欢你和奶奶、姑姑们还有大伯在一起的时候，喜欢听你们聊起你们小时候困苦又有趣的生活。小时候你和大伯拿水壶给家里打热水，大伯故意让年幼的你提着重重的水壶回家，到家的时候你假装是自己不小心把开水洒了一滴到大伯的脚上，这个举动导致了大伯脚上一直有一个烫伤的疤痕，而要不是你说漏了嘴逗得大家哈哈大笑，年近古稀的大伯直到现在也不知道当年的你有多么心机。爸爸，谢谢你的幽默。

你总是很容易能看出一个人的本质，这一点我想我很像你，因为打麻将，你惹妈妈无数次地生气，和你吵架，但你每次都能化险为夷，哄着最爱你的女人。想起那时我只有几岁，一个晚上你因为打麻将晚归妈妈把你拒之门外，我觉得爸爸真可怜，于是我央求着妈妈给爸爸开门吧，而在气头上的妈妈硬是要给你个教训，无奈之下你只好到话剧院对面的宾馆凑合了一夜。第二天你给妈妈写了张明信片，明信片上是你画的一个可怜的男人的画像，男人流着眼泪，而旁白似乎还配了文字，大意写道：毛毛，我错了，对不起。善良的妈妈就这样原谅了你。因为你知道妈妈的本质是善良，是爱，是耿直，你也从未放弃过你们的这份爱。爸爸，谢谢你的聪明。

你遗传了奶奶爱热闹、爱玩的性格和基因，你从来不嫌人多，从来不嫌麻烦，只要能把这些你爱的兄弟姐妹和弟子们聚在一起，不论遇到任何问题，可以说你是在所不辞。每一年奶奶的生日，每一年姥姥姥爷的生日，每一年收徒仪式和各种演出，你都会张罗那么多朋友和亲人，大家欢聚一堂为了老人尽孝，真的给我们所有人都留下了无数美好的回忆和值得用生命去记住的词语以及画面。但是又说到了这里，你真的不是一个好的统筹，每次安排活动，统计人员，计划交通，大家经常会因为你的一句错误的指令搞得团团转，舍近求远，顾此失彼的情况经常出现，这一点我想我的这些叔伯兄弟们最有发言权，他们都被你无意间地这样耍弄过。但是，我们从没有怪过你，我们只觉得你真的可爱。爸爸，谢谢你的幼稚和爱热闹。

这些年，我们一起经历了太多的事情，有的是悲伤，有的是愤怒，有的是喜乐，有的是感动，这样的人生才是没有白活吧。你活得精彩，活得值得，爸爸。

每一次在最危难的时候，我都跟您分享过罗曼·罗兰的那句话：如果这个世界上真的有英雄主义，我想只有一种，那便是看到了生活的真相并继续热爱生活。我会好好照顾好妈妈，我会好好孝敬姑姑、大伯、我的舅舅，我会好好用心对待你的兄弟，他们对我如父如兄，我会好好帮助陆家班继续发扬你的忠义孝道，我会继续为我的事业和生命像你一样，坚韧、幽默、聪明、幼稚且爱热闹地活着。

感谢一直以来，支持我们家庭、我父亲和陆家班的各方亲友，感谢这三天为吾父后事操劳的所有长辈及朋友，谢谢你们今天的到场，送我父亲这最后一程。远雁过鸣，彼猿闻涕，家父宏音朗貌天地共鉴，此番归去，还得宇宙，诸君切勿悲观。

父亲，我祭奠您，虚六十七岁终，寄语相送：

人生五十年 如梦亦似幻

有生斯有死 壮士何所憾

刘志学
祭父文

维

公元二〇二一年十二月二十八日、岁次辛丑冬月廿五，先父头七之日巳时，不孝男志学领诸孝男、孝媳、孝女等，谨具香烛酒帛、牲醴庶馐，致祭于父亲大人茔前也！时，朔风起兮彻骨寒，唤慈父兮不回还；荒野凄兮锞灰扬，儿女哀兮哭断肠！

呜呼！七日之前，冬月十九，是未时也，吾父仙游，天盈稀寿，享年七九。儿女积孽，祸延父身，胡天弃我，阴阳两分，号天泣血，五内俱焚！挥泪悬管，抚涕铭文，援笔慰痛，忆吾尊亲！

一九四二，岁次壬午，腊月廿一，吾父诞临。先父讳杰，刘氏府君。父辈枝叶，姊弟五人，二男三女，父领长门。

慈父幼时，家道衰尽，无地立足，无房容身。幼年失怙，十二丧亲，飘蓬无依，随母求存。少承父责，立户顶门，苦雨凄风，艰难何忍？束发之年，苦修自身，殷殷求知，学至乡镇；课余奉母，护佑家坤，扶掖弟妹，尽兄之心。初中毕业，服务村人，先事会计，继为师尊，春蚕红烛，润滋学人。耽于父殇，志趋杏林，职届校长，又师医门。

弱冠之年，暗修岐黄，青灯残月，酷暑严霜，悬梁刺股，终趋经堂。学既有成，恰沐春阳，领袖号召，“六二六”倡。弃教从医，行诊四乡，合作医疗，赤脚荣光！事尊天道，为医慈仁，尝草试药，医身医心。曾起垂死，曾愈绝身，曾疗高官，曾济乞人；曾授弟子，曾植药芹，曾坐医院，曾晋京门。三上首都，受邀述论，人民会堂，畅抒衷悃，一席发言，惠及同仁。春秋更易，倏忽八旬，一生奔走，德被乡邻，扶伤救死，广济红尘。

年二十二，与母成亲，育我同胞，兄妹六人，四男二女，立业树人；四世同堂，子孙成荫。慈父育我，护爱如珍，冷暖温饱，庇佑如神。

我父命舛，天格运蹇，三十失恃，慈母辞尘。长子如父，肩承重任，扶弟立业，送妹出门。先父立家，作则于身，宽严相济，教化儿孙，正身率下，四代受熏。庭训在耳，永润儿身，父荫在上，我辈承恩。兄友弟恭，手足一心；睦亲齐家，克己恭人，端直中正，仁义忠信。椿萱棠棣，芝兰香馨，菽水承欢，克享天伦。

先父大行，备受景仰。忠孝节义，恭俭温良，积善乡里，声名远扬。杏坛为师，桃李芬芳；杏林为医，德济四乡；持家勤谨，常事农桑；知行有果，清节高尚，德范永在，恩泽绵长！

先父一生，备尝艰辛，经年劬劳，积病于身，天妒贤良，公道不存！逢九有灾，廿年一愍。三九胃穿，煎熬受尽；五九肝疾，险为病殉；胡天不佑，六月病侵！七九绝症，大灾降临！我家蔽日，冬十九殒。我父渡劫，儿孙剜心！恹恹半载，终成遗恨！天地肃穆，冬至寒凛，呜呼我父，永绝德音！

我父德望，咸为乡尊，如斯操行，宜寿百旬。吾愿为俾，侍奉晨昏，膝前孝敬，略报深恩。胡天不悯，负我孝心；时不以待，何报亲恩？怨苍天兮，不祸于我；哀厚土兮，罹祸父君。阴阳永隔，悲泪倾盆！高香升烟，纸箔化灰，哭断肝肠，啼血寸心！有生之日，无报恩时，伏思音容，唯剩泪滴！呜呼哀哉，先父千古！

伏惟尚飨！

孝男：志学、志勇、志云、志飞；孝媳：东荣、秋菊、振霞、新娜；孝女：志红、志聪，泣叩于先父茔前

公元二〇二一年十二月二十八日

岁次辛丑冬月廿五

先父头七日